U0565637

井然有序

余光中　著

上海三联书店

为人作序

—— 写在《井然有序》之前

一

　　龚自珍晚年得罪当道，辞官归里，重过扬州，慕名而求见者不绝："郡之士皆知予至，则大欢。有以经义请质难者；有发史事见问者；有就询京师近事者；有呈所业若文、若诗、若笔、若长短言、若杂著、若丛书，乞为叙为题词者；有状其先世事行乞为铭者；有求书册子、书扇者……"真的是洋洋大观，不知龚自珍怎么应付得了。而最令我好奇的，是那些求序的人究竟得手没有：定庵是一概拒绝还是一概答应，是答应了却又终于未写，还是拖了很久才勉强交卷，而且是长是短，是谆谆还是泛泛？

我所以这么好奇，是因为自己也一直被索序者所困，虽也勉力写了一些，却仍负债累累，虚诺频频，不知何时才能解脱。

迄今我写过的序言，应已超过百篇。其中当然包括为自己出书所写的序跋之类，约为四十多篇；为画家、画会所写的英文序言约为十篇；为夏菁、金兆、於梨华、何怀硕、张晓风、张系国等作家所写的中文序言，不但置于他们的卷首，而且纳入自己的书中，也有十篇上下。余下的三十多篇，短者数百字，长者逾万言，或为专书而写，或为选集而撰，或序文学创作，或序绘画与翻译，二十年来任其东零西散，迄未收成一集，乃令文甫与素芳频表关切，屡促成书。而今奇迹一般，这三十几个久客他乡、久寄他书的孩子，竟都全部召了回来，组成一个新家。

序之为文体，由来已久。古人惜别赠言，常以诗文出之，集帙而为之序者，谓之赠序；后来这种序言不再依附诗帙，成为独立文体，可以专为送人而作。至于介绍、评述一部书或一篇作品的文章，则是我们今日所称的序，又叫作叙。古人赠序，一定标明受者是谁：韩愈的《送孟东野序》《送董邵南游河北序》等几篇，都是名例。至于为某书某篇而作的序言，也都标出书名、篇名，例如《史记》中的《外戚世家序》

《游侠列传序》；若是为他人作品写序，也会明白交代，例如欧阳修的《梅圣俞诗集序》，苏轼的《范文正公文集序》。

　　古人的赠序和一般序言虽然渐渐分成两体，但其间的关系仍然有迹可循。苏轼为前辈范仲淹的诗文集作序，整篇所述都在作者的功德人品，而对其作品几乎未加论析，只从根本着眼，引述孔子之语"有德者必有言"，并说"公之功德，盖不待文而显"。欧阳修为同辈梅尧臣的诗集作序，也差不多，只说作者"累举进士，辄抑于有司，困于州县，凡十余年。年今五十，犹从辟书，为人之佐。郁其所蓄，不得奋见于事业"；至于作者的文章，只说其"简古纯粹，不求苟说于世"，而作者的诗风，也不过一句"老不得志，而为穷者之诗，乃徒发于虫鱼物类，羁愁感叹之言"，便交代过去。这种风气一直传到桐城文章，例如刘大櫆写的《马湘灵诗集序》，就只述其人之慷慨，却一语不及其诗之得失。孟子对万章说："颂其诗，读其书，不知其人可乎？是以论其世也。"这种"知人论世"的文学观对后代影响至大，所以欲诵其诗，当知其人，也因此，古人为他人作品写序，必先述其人其事。在这方面，一般序言实在并未摆脱赠序的传统。

二

古人为人出书作序，既与为人远行赠序有此渊源，所以写起序来，着眼多在人本。序人出书，不免述其人之往昔；赠人远行，不免励其人于来兹。而无论是回顾或前瞻，言志或载道，其精神在人本则一。苏轼论苏辙，说"其文如其为人"，毕丰在接受法兰西学院荣衔时也说"风格即人格"。其理东西相通。不过中国的传统似乎认为，只要把其人交代清楚，其文就宛在其中了，结果对其文反而着墨不多，不但少见分析，而且罕见举例，当然文章简洁浑成。

近三十年来，半推半就，我为人写了不少序言，其势愈演愈盛，终于欲罢不能。今日回顾，发现自己笔下这"无心插柳"的文类，重点却从中国传统序跋的"人本"移到西方书评的"文本"。收入这本序言集里的文章，尤其是为个别作家所写的序，往往是从作者其人引到其文，从人格的背景引到风格的核心，务求探到作者萦心的主题、着力的文体或诗风。

我不认为"文如其人"的"人"仅指作者的体态谈吐予人的外在印象。若仅指此，则不少作者其实"文非其人"。所谓"人"，更应是作者内心深处的自我，此一"另己"甚或"真己"往往和外在的"貌己"大异其趣，甚或相反。其实以作家而言，其人的真己倒是他内心渴望扮演的角色：这种渴望在现实生活中每受压抑，但是在想象中，亦即作品中却得以体现，成为一位作家的"艺术人格"。

这艺术人格，才是"文如其人"的"人"，也才是"风格即人格"的"人格"。

这艺术人格既源自作者的深心，无从自外窥探，唯一的途径就是经由作品，经由风格去追寻。所谓郊寒岛瘦，所谓元轻白俗，所谓韩潮苏海，甚至诗圣、诗仙，都是经由作品风格得来的观感，不必与其人的体态谈吐等量齐观。

我为人写序，于人为略而于文为详，用意也无非要就文本去探人本，亦即其艺术人格；自问与中国传统的序跋并不相悖，但手段毕竟不同了，不但着力分析，篇幅加长，而且斟酌举例，得失并陈，把拈花微笑的传统序言扩充为狮子搏兔的现代书评，更有意力戒时下泛述草评的简介文风。

也有一些特殊情况，如果不把作者的生平或思想交代清楚，就无法确论其人作品。例如温健骝前后作品的差异，就必须从他意识形态之突变来诠释，而我和他师生之情的变质，也不能仅从个人的文学观来说明，而必须从整个政治气候来分析。同样的，梁实秋的尺牍，也应探讨他晚年的处境，才能了解。遇到这种情况，写序人当然不能不兼顾人本与文本。

三

为人写序，如果潦草成篇，既无卓见，又欠文采，那就只能视为应酬，对作者、读者、自己都没有益处，成了"三输"之局。反之，如果序言见解高超，文采出众，则不但有益于文学批评，更可当作好文章来欣赏，不但有助于该书的了解，更可促进对该文类或该主题的认识。一篇上乘的序言，因小见大，就近喻远，发人深省，举一反三，功用不必限于介绍一本书、一位作者。

我为人写序，前后往往历一周之久。先是将书细读一遍，眉批脚注，几乎每页都用红笔勾涂，也几乎每篇作品都品定等级。第二遍就只读重点，并把斑斑红批归纳成类，从中找出若干特色，例如萦心的主题、擅长的技巧、独树的风格，甚至常见的瑕疵等等。两遍既毕，当就可以动笔了。

至于举例印证论点，这时已经不成问题，只须循着红批去寻就可，何况许多篇目已品出等第，佳句或是败笔，一目了然。例证之为用，不可小觑，一则落实论点，避免空泛，二则可供读者先尝为快，以为诱引。举例是否妥帖，引证是否服人，是评家一大考验。常见写序人将庸句引作警语，不但令人失笑，甚至会将受荐之书一并抛开。

至于篇幅，正如其他文章一般，不必以多取胜。中国传统的序言大多短小精悍，本身就是一篇传世杰作。王羲之的《兰亭集序》原为东晋永和年间，一群文人在兰亭修禊咏诗而作。时隔千年，当时那些名士的诗篇多已湮没，这篇序言却一文独传。《兰亭集序》长约三百字；李白的《春夜宴桃李园序》也是为诗集作序，只有一百十七字，当日那些俊秀到底写了什么佳作，再也无人提起，只留下了这篇百字的神品，永远令人神驰。近人的序跋也有言简意长，好处收笔而余音难忘的：钱锺书的几篇自序，无论出以文言或白话，都精警可诵。当然，序言不必皆成小品，也有长篇大论，索性写成论文了的。萧伯纳正是近代的显例：他的不少剧本都有很长的自序，其篇幅甚至超过剧本自身，而且论题相当广泛。

序言长短，正如一切文章的篇幅，不能定其高下，关键仍在是否言之有物，持之有理，否则再短也是费词。当代学者写序，以长取胜者首推夏志清。夏先生渊博之中不失情趣，为人作序辄逾万言，而又人本文本并重，有约翰生博士之风。我这本序言集里的文章，长短颇为参差，逾万言者也有五篇，其尤长者为序《中华现代文学大系：台湾一九七〇～一九八九》与《莎士比亚十四行诗》的两篇，都几达一万四千字，可谓"力序"了。

为一群作家的综合选集写序，既要照顾全局，理清来龙去脉，又要知所轻重，标出要角、主流，所以顾此失彼、挂一漏万，当然难免。《文心雕龙》序志第五十就说："夫铨序一文为易，弥纶群言为难。"《三百作家二十年》与《当缪思清点她的孩子》两序，面对那么多作者，背景迥异，风格各殊，成就不一，实在难以下笔，更遑论轻重得体，评介周全。例如《三百作家二十年》一文，对于诗、散文、小说三者虽然勉力论析，但对于戏剧和评论却照顾不足，终是遗憾。

四

序言既然是一种文章，就应该写得像一篇文章，有其结构与主题，气势与韵味，尽管旨在说理，也不妨加入情趣，尽管时有引证，也不可过于饾饤，令人难以卒读。序言既为文章，就得满足一般散文起码的要求。若是把它写成一篇实际的书评，它仍应是一篇文章，而非面无表情的读书报告，更不是资料的堆砌，理论的演习。

对我而言，为人作序不但是写书评，更是一大艺术。序言是一种被动的文章，应邀而写。受序人不外是一位作家，往往也是文友，对你颇为尊重，深具信心，相信你的序言对他有益，说得轻些，可以供他参考，说得重些，甚至为他定位。理论上说来，这种关系之下，受序人有点像新郎，新书有点像新娘，写序人当然就是证婚人了。喜筵当前，证婚人哪能不带笑祝福呢？但是贺客满堂，又有几个人记得他的陈腔客套呢？

我把序言写成了书评，贺客的身份就变成了诤友：文章仍然为受序人而写，却不再是应酬的祝福了，更非免费的广告，而是真心诚意，在善颂善祷之余要说些实话，提些忠告。必须如此，这篇序言才真正对得起受序人，对得起读者，也才对得起写序人自己。为人写序，却无意把它纳入自己的书中，就是敷衍，也是浪费。

作序多年，经历的索序人真是形形色色，一言难尽，如果写成一篇散文，必有可观。我说"索序人"，因为索序人比受序人多。曾有不少已诺之序，当时或因太忙，或因他故，而终于未能兑现，迄今对那些索序人我一直感到歉疚。更有一次，索序人得到我的序言，认为对他不够肯定，出书之时竟不纳入。足见他对我的人品文品毫无认识，更不尊重，平白耗去我一周的宝贵光阴，难道只因为要利用我的名气吗？然而那篇被索又被弃之序，讲的都是真话，"拒序人"不听，读者未必不愿意听，后来我仍然当作书评，拿去单独发表了。

为人写序，不但耗神耗时，而且难免意外。但是倒过来呢，求人写序，似乎轻松许多，只需一封恳切的信，甚至一通电话，就算挂上了号了。从此索序人就成了债主，以逸待劳，无本生利，只消每隔一阵催债一次就行。另一方面，欠债人的罪恶感乃与日俱增。等到事急，催债人更是理直气壮，说是出版社已经不能再等，而印刷厂简直快要关门。这时，不要说什么文坛重镇了，就算你是魏晋名士，只怕也被逼得走投无路，唯有摒开杂务，沉下气来，好好为人写序还债了。

因此在离境的前夕，我往往放下行李不整，却在灯下大赶其序。有时实在来不及写，只好把待序之稿带出去，但又往往原封不动，带回台湾来，让那篇乌有之序徒然周游了列国。不过也有幸运的时候，例如为李永平所写的那篇《十二瓣的观音莲》，就是小驻香港，在胡玲达高楼小窗的书房里写成。而为潘铭燊作序的那篇《烹小鲜如治大国》，也是休假之年去联合书院客座，在大学宾馆寂寞的斗室里，三夕挥笔之功。至于序王一桃的《诗的纪念册》，则是在温哥华雅洁的敞轩里，坐对贝克雪峰而得。旅途而能偿债，可谓闲里偷忙，无中生有，回台湾的心情为之一宽。

　　此地所收的序言三十多篇，当日伏案耗时，短则三数日，长则逾旬。如果每篇平均以一周计数，则所耗光阴约为八月，至少也有半年。人生原就苦短，能有多少个半年呢？当日之苦，日后果真能回甘吗？如果受序人后来竟就搁笔，我的序言不幸就成了古人的赠别之序，送那位告别文坛的受序人从此远行。这，也算是"白发人送黑发人"吧，思之令人黯然。不过当日之苦，也尽多成为日后之甘的，那就是见到受序人层楼更上，自成一家，而我为其所写之序在众多评论之中，起了定位作用，甚至更进一步，成了文学史的一个注脚、一处坐标。

　　做了过河卒子，只有认命写序。想到抽屉里还有四篇序要写，不如就此打住。

余光中

一九九六年初夏于西子湾

目 录

诗集序

词典序

附录：受序著作出版概况

诗集序

楼高灯亦愁

——序方娥真的《娥眉赋》

　　正当乡土文学成为台湾文坛最热的论题，一群侠骨柔肠的少年却不远千里从海外来归，认同的不但是台北的长街短巷，屏东的瓜田果园，陌陌阡阡，更是黄帝嫘祖世世代代的龙族耕于其上眠于其下的那片大乡土。他们不去那大陆赤县，却来这海岛瀛洲，是因为台湾，不但是风雅的弦歌所寄，抑且是现代的诗坛所托。一句话，他们是来投台湾的现代诗坛，用现代诗来慷慨悲歌，呼喊失落的汉魂，表现浪子的孺慕的。回到台北，这一群马华少年半工半读，习文练武，过一种苦修而又浪漫的紧张生活。他们组成了神州诗社，出版了《高山流水·知音》和《风起长城远》两部诗文集，那种对诗对中国的狂热，就像苦于断奶的孩子终于又找到了母乳。年纪轻轻，他们显得又天真又早熟，常怀千岁忧，常为古人愁，常把台北啸吟成李白的长安。在他们那疑真疑幻的世界里，最生动的形象，该是狂吟的李白加怪啸的李小龙。

这一群五陵少年，也不仅仅是嚷嚷而已，他们的笔下是真有遍地江湖的。温瑞安的侠骨，方娥真的柔肠，相映成趣。两人的诗和散文都有胜境，有待发挥的潜力也颇可观。温瑞安于诗文之外，更写短篇小说。

方娥真，大概是敻虹之后最醒目的女诗人了。拿她和早期的敻虹相比，两人的主题都是爱情，风格都属于纯情，但敻虹落笔凝练矜持，门户紧守，方娥真运笔天真自然，门户洞开；敻虹"文"些，句法好曲折，故篇幅精简，方娥真"白"些，句法尚直截，故篇幅较长；敻虹多用比兴，以抒情为主，方娥真兼用赋体，于抒情之外，亦有叙事的倾向。方娥真的诗，如《掬血》《娥眉赋》等篇，每长逾百行，敻虹的少作《金蛹》集里，几乎尽是二十行以内的小品。方娥真更相当多产，短短几年内的产量约为敻虹十年诗集《金蛹》的两倍。敻虹的"后期"作品，无论在语言和句法上，都放松得多，主题也趋于写实，又是一番境界。方娥真进一步的发展，尚有待来日。

"缪思最钟爱的幼女"，此语我曾加于敻虹，现在，也许该移赠方娥真了。在《娥眉赋》里，方娥真自叹："所有的可怜都姓方。"十年前，我曾经举出诗坛有三方——方思、方莘，方旗。如今加上娥真，真是名副其实的四方了。有趣的是，方莘颇受方思影响，又转而感应了方旗；如今出现的"小方"又竟似受了方旗的一些影响。早期的郑愁予、林泠、叶珊、敻虹，曾有"婉约派"之美称。这一种寓浪漫于古典的中国风格，我认为可以叫作"现代词"，我自己的《莲的联想》也可以归于此系。十多年来，"现代词"的苗裔不但日见繁盛，形成现代诗中的新古典主义，更旁衍出悲壮激越的一支豪侠诗来。而一提起所谓豪侠诗，总不免要想到罗青和温瑞安，其实，从现代词到豪侠诗，叶珊是一个摆渡人，方旗也有承先启后之功。试看方旗《舞蹈的少女》末四行：

> 而如何你已然走出
> 如何不触及星座不惊动江湖走出
> 明亮的灯光下，清清楚楚的
> 人间的少女

便早已有了豪侠的情调。从海外的"左派"刊物到岛内的普罗牧师，动辄诬指台湾的现代诗"全盘西化"，其实现代诗中一股不能算小的支流，这许许多多的现代词和豪侠诗，说它是写意而不够写实，是可以的，说它全盘西化，却有违事实。温瑞安、黄昏星、周清啸、廖雁平、殷乘风等少年诗人，破釜沉舟，从侨居地的马来西亚毅然决然东渡来台，便是文化归宗的壮举。他们在作品中吐纳的那一股豪情侠气，正是寄居他乡的不平之鸣，也是对中国历史和江湖传说的向往。这样子的文化乡愁，浪子情结，无论如何都与西化无关，并值得我们深深同情。如果台湾的现代诗坛是全盘西化，又怎能远隔烟波召唤这一群怀乡的少年？

如果温瑞安在他的诗中扮演的是江湖上的豪侠，则方娥真在《娥眉赋》中扮演的是闺中的才女，常在楼上守着一盏灯，等她的侠士从江湖上闯荡归来。方娥真的诗，无论长短，往往在抒情之中寓有叙事的成分，而叙事的线索又往往贯串好几首诗。诗中的多情少女以她的侠士为梦幻世界的中心，所思所念，完全攀附在他的身上。为了要常葆婵娟的青春形象，她痴得希望自己早夭。她甚至在《聊斋志异》一般的气氛里，冥想身后，是怎样一个女鬼的世界。《存愁》的前四行可以说明本书的自传意味：

你知道吗
暗恋是一本颦眉的日记
待展而未开
待锁而未麾

　　像一般青年诗人，尤其是女诗人一样，方娥真的诗几乎是纯感性的。在她的一些佳作里，常有一股清雅秀逸的灵气，在字里行间萦回，令人感到她妙思天成，浑不着力，和六十年代刻意求工语必惊人的诗风不同。但是这并不表示，方娥真就没有令人难忘的隽语警句。试看下列的一些佳例：

六月的夏，星子满城
——《灯谜》

惊觉中我是没有梯级的楼头人
——《足印》

谁是阿房宫的火焰中走出来的
第一人
——《书》

你在琉璃的冰雪外
我在流离的冰雪中
——《眉峰雪花》

那时我将有最少女的乌发
为你化作万顷波光
是你一路迷恋的江湖
——《墓帏》

为什么不带我去流浪呢
我柔情的灯每一盏
都向你归来的梦照
——《墓帏》

常是第一个读你的稿
常断章你的诗句，成为我的小名
常牺牲你的大我，完成你的小娥
我是你掌纹中将来的妻子啊
——《掬血》

大致说来，方娥真的诗句不尚雕琢，不用艰涩的
辞藻或扭曲的句法，情溢于词，只见一片天机。不过

天机虽巧，有时也有破绽，需要补以人力，始竟全功。这就是反躬自省，批评能力的培养。且以《坐起》的末七行为例：

> 茶水嘶嘶地闹静
> 炉火欢呼地报讯
> 音讯？远方有客吗？
> 难道是你要来了
> 顾盼起一阵惊丽的泓
> 我喜极拥被坐起，梦去了
> 遗留枕头在发间

这一段有音响，有形象，蒙太奇一般快速进行，到第六行可谓戏剧性的高潮，却留下末行动人的余韵。"闹静"两字很有境界；"顾盼起了一阵惊丽的泓"形象也耐咀嚼，可惜"泓"以单字结句，太突兀了一些，压不住句脚，而"泓"的深渺形象用"一阵"做单位，也欠稳妥。段末"梦去了／遗留枕头在发间"原是很美的意象，颇饶方旗诗风，问题是梦中人既已坐起，散发必披在肩上，至长也不过披在背上，如何能垂落在枕上呢？苏东坡的"欹枕钗横鬓乱"，不会是坐起的样子。

但是上述的瑕疵毕竟不是大病，相信这位女诗人的艺术，会随时间而渐趋成熟。流畅的节奏、清晰的意象、纯净的文字，构成了方娥真柔媚之中带点爽直的风格。再举一段典型的佳例：

我笑着沾火

惹它红艳飞上白衣

又及时回避

短暂的惊

畅快的怕

我笑着沾雪

待看雪崩的奇丽

引它埋葬月亮

看它繁华的倾城

看它豪华的倾国

火灭了，雪塌了

而我还在

日子正当少女

这种单纯而生动的写意小品，置于前行代"现代词"的佳作里，也未必逊色，可是六十年代流行的艰涩与虚无，在方娥真的诗中毕竟罕见了。她的情诗一往情深，有时虽然失之于露，却得之于真。无论如何，她不是一位苦吟的诗人。再看《似曾》的末五行：

有四壁的地方总有一盏灯
有山的地方总有水
月光逢着山涧自会清谈
水流逢着山崖便成瀑布
我什么时候才逢着你？

这五行诗可以分成三组：中间的三行是一组，前后两行各成一组。三组在表面上各不相涉，然而却有一种超乎逻辑的意境上的关联，有一点像古典的"兴"，又有点像"比"。这种诗句，既无矛盾语法，又无惊人的意象、繁杂的意念，只是一清如水地娓娓道来，自有一种素净隽永的情韵，不是苦心经营所能力致的。我觉得在这方面，方娥真干净而空灵的象征笔法逼近三十年代的废名。只是废名不及方娥真多产，而所创的禅境又与爱情无关。兹录废名的一首《壁》以资比较：

病中我轻轻点了我的灯
仿佛轻轻我挂了我的镜

像挂画屏似的
我想我将画一枝一叶之荷花
静看壁上是我的影

方娥真的《画》一诗，用机巧的连锁体创出迷离美妙
的禅境，功力稍逊于废名，却有一种童真稚拙之气：

云是天上的床
床绣满了月光
月光远处是山峰
山峰上古松如画
画中有人题字

那人在山水中寻觅山水
在山水中题字
久居的山中无日夜，无年代
日夜年代已被遗忘
他遗忘了归路
遗忘了自己

废名作《壁》时已经三十岁，但方娥真今年只有二十三
岁，谁能预料再过七年《娥眉赋》的作者会有多少进

境？前文引用了方娥真零星的诗句，似乎她只是一位有句无篇的诗人；其实方娥真并不刻意炼句铸词，她的诗意和节奏在回行转句之际有时不够灵活，可是在结构上颇有控制，每能达到无句有篇或者泯句于篇的境地。《娥眉赋》中，像《画》《幕后》《上楼》《存愁》《灯谜》《歌词》《掬血》等篇，都能首尾相应，一气呵成。《歌扇》一诗，结构紧密，节拍自然，伸缩有度，韵脚也押得十分稳实，写意小品能这么中规中矩，恰到好处的，真是难得。下面录出《歌扇》全诗：

我要告诉你
告诉你一句话
那句话，在世界上
只许一盏烛火照亮
照在你的壁上
垂挂成歌扇
点点斑斑
一扇展颜
生和死是扇面的底子
情缘是浮雕
那句话，你在扇中
可以寻到

有异于一般女诗人的是：方娥真不但长于婉约的抒情小品，更能巧思独运，把她的同情与想象探入超自然的（supernatural）幽冥之境，去设想痴情女孩在夭亡之后一些匪夷所思的情况。在这类作品里，阴阳互阻幽明相隔的戏剧性场面处理得十分动人，抒情或叙事的观点往往是从凄怨的女鬼出发的。《倒影》设想作者的情人死后，化魂归来相探，不知作者早已化成了雪，覆在故居的屋檐上面。《侧影》则设想作者身后，腐草化萤，去情人的窗前殷勤探看，但作者已成异物，只显形于星下，不受照于灯光。情人孤独的侧影映在落地镜中，镜外人看不见这可怜的萤火，镜中影却窥见了。影与萤火同为虚幻，故能相感相通，只是阳世的情人却浑然不觉。作者悲哀之余，感念严冬之来，草枯萤灭，作者的一缕芳魂又将焉托，到那时，真是幽明永绝了。《聊斋》一诗里，溺水漂魂的女鬼在江边依恋徘徊，她说：

我的家在岸上
当你吹笛，我在管中等你
要你替我忏悔
替我吹一曲飘零

她回身上岸，去探视旧日的楼居，却已物是人非，只见水乡湮没，沼泽满地。

上述三诗都有点鬼气森森，别有一种凄艳之美，令人想到《聊斋志异》和《怪谈》。在这一类诗中，方娥真实在像一个"娥眉李贺"，长怀千岁之忧。集中还有一首奇诗，叫《青楼》，从一面妆镜中看到少女到老妪的一生，从前景到背景，阅历了三代匆匆的轮回。这首诗虽非鬼境，却在不经意的玄秘哲理中给人一种幻异之感。《娥眉赋》一首置于全集之末，却是压卷的主题诗，也是长篇的自传。赋云"娥眉"而不作"蛾眉"，显然是自称，但妙在音同而形似，一语双关。诗中的少女对爱情和人生又急切又神往，同时敏感而又焦虑，一片痴情绕着"你"旋转。这首《娥眉赋》也好，这整卷的《娥眉赋》也好，都可以说是第二人称的怨诉文学。诗中的句子，有些太过散文化，病于直陈，有些则又妙笔天成，传神十分：

如果你来，我恰好在等待
刚泡的菊花瓣在吹烟
轻烟袅袅渡水
淡淡的离逝了水面

《娥眉赋》这主题诗长达一百五十九行，集中在五十行以上的作品亦复不少，方娥真的才力是颇有持续性的，也堪称多产。她对于中国文字的修养，在散文集《重楼飞雪》里已见旁证。她的主题几乎纯属爱情，可谓"新闺怨"，而表达的方式几乎都是第二人称，可谓"情书体"。走到魔幻之境，更进入非非之想，在幽昧迷茫的地带探起险来。这条路未免狭窄了些，而女鬼的身世虽然凄丽动人，终非健美之道。不过少女诗人的世界，一时也难求其富于知性与广度了。方娥真是一位敏感多情妙笔轻运的才女，我只希望她能够爱护自己的天赋，发挥自己的潜力，走一条坦坦的征途，不必像李贺那样依恋于苏小小的冷翠烛。

　　　　　　　　　　　　一九七七年九月于香港

穿过一丛珊瑚礁

——序敻虹的《红珊瑚》

一

二十六年以前，我主编公论报每周一次的《蓝星》诗刊。投稿的新人里面，颇有几位还在东部的海边念中学，不但笔名动人遐思，而且作品清婉柔美，有晚唐南宋之风，简直可称现代词。其中的一位女孩，就是敻虹。后来才知道她的本名为何，而叶珊并非女性。当时我有事南下，黄用代编一期，迫不及待，把敻虹来稿置于刊首。之后凡我所编诗刊，包括《文学杂志》和《文星》的诗页，敻虹的新作无不采用。至于和她见面，却是两年以后的事了。

敻虹十七岁便开始刊诗，动笔可说很早。十年后，

她的第一部诗集《金蛹》出版，所收的六十一首作品
分为《珊瑚光束》《白鸟是初》《水纹》《草叶》四辑。
这些诗表现的大致是少女情愫，主题和风格的变化不
大。用作者自己的一句诗来说："曾经我是个痴傻的女
孩。"痴傻，因为她唯美唯情，执着于全心全意的爱情。
这在女诗人，原很自然，只要翻开《剪成碧玉叶层层》
那本诗选，便可得到印证。不过以诗人而言，《金蛹》
的作者并不痴傻，她的诗艺在某些佳作里已经颇为可
观。敻虹毕业于师范大学艺术系，可以想见她在诗中
必然敏于营造意象。请看几个例子：

　　暮色加浓，影子贴在水面
　　撕也撕不开……
　　——《写在黄昏》

　　忽然想起
　　但伤感是微微的了
　　如远去的船
　　船边的水纹……
　　——《水纹》

　　而灯晕不移，我走向你

我已经走向你了

乐弦俱寂

我是唯一的高音

——《我已经走向你了》

这三个意象都很高明。前两个是视觉意象：第一个用
触觉来衬托视觉，化静为动，十分巧妙；第二个以具
象喻抽象，而船与水纹的关系使比喻的意念更为丰富。
第三个是听觉意象，尤以武断的对照取胜；在声调上，
句末的"移""你""你""寂"四字押韵，但其声低
抑，到"高音"二字，全用响亮的阴平，对照果然鲜明。
值得注意的是，这三段都是诗的结尾，可见作者善于
收篇。再举《诗末》全首为例：

爱是血写的诗

喜悦的血和自虐的血都一样诚意

刀痕和吻痕一样

悲凛或快乐

宽容或恨

因为在爱中，你都得原谅

而且我已俯首

命运以顽冷的砖石

围成枯井，锢我

且逼我哭出一脉清泉

且永不释放

即使我的泪，因想你而

泛涌成河

因为必然

因为命运是绝对的跋扈

因为在爱中

刀痕和吻痕一样

你都得原谅

结尾的五行也因节奏明快、语气武断而动人、慑人，
但是因为首段已将此意"先泄"，不免有点冲淡。综
观全诗，我觉得首段第二行嫌长，第三段第三行节奏
迟疑不稳；除此之外，这首诗倒不失为真挚感人、一
往情深之作。第二段的意象，从顽石到枯井，从枯井
到一脉清泉，一层逼一层，自然而有力。诗集《金蛹》
里的爱情，历经憧憬、忧疑、惊怅、挫折、奉献，至
此而在血泪之余甘愿接受跋扈的命运。以前的诗中，

作者望断了多少的天涯路，至此而终于不悔，然而《金蛹》一书到此也就掩卷了。

《金蛹》里的抒情小品，有的纤柔，像《珊瑚光束》里大半的诗；有的华美，像《当你画我》；有的肃穆，像《不题》；有的含蓄，像《彼之额》；有的紧凑，像《怀人》第二首；有的清淡，像《草叶》。而不论怎么变化，其为句短笔轻、分段不大规则的抒情小品则一。大致上，书中的四辑诗，从早期的繁华缤纷到后期的沉着从容，显示作者诗艺的不断进展。我在《珊瑚光束》里，找不到一首诗能和后面三辑里的佳作比美。但在后三辑里，至少可以举出下列这样的佳作：《不题》《我已经走向你了》《瓶》《彼之额》《生之悲欢》《写在黄昏》《泛爱观》《怀人（二首）》《草叶》《水笺》《诗末》。不过整本《金蛹》的主题比较局限于爱情，手法又比较飘忽朦胧；这情形，要等四年后，在《白色的歌》一辑里，才有突破。

二

《白色的歌》收入一九七一年至一九七五四年间的作品十五首，里面颇有一些好诗。《闭关》的句法和节奏十分独特，耐人咀嚼。《生》《死》《泪》《梦》四首都是戛戛独造的小品，简直可以自成一组。其中《死》失之于直露，余下三首都是上品。《泪》像一幅清远空灵的简笔水墨。《梦》有迷幻之美，尤其在头两行：

　　不敢入诗的
　　来入梦

寥寥八字，暗示无穷，可与方旗的小品相比。但最精炼的还是《生》的七行：

　　黄黄的一畦菜花在
　　纱帘外面摇动
　　阳光
　　骑单车的小孩
　　一点也未觉生的可喜
　　除非重重的
　　病后

前面四行的景色，都是纱帘里病人所见，原也十分普通，但是重病初愈的人看来，这一切却异常可贵：一道纱帘隔开了动的户外和静的户内，对照鲜明动人。

这四首小品焦点集中，明确而凝练，比《金蛹》里的诗成熟许多。但是《白色的歌》里，真正令人耳目一新的，是主题和手法都有所突破的四首诗：《东部》《台东大桥》《白色的歌》《妈妈》。前两首抒的是乡思，后两首写的是亲情。乡思抒得有生命，有气势；亲情却写得自然而深厚。比起一般的乡土诗来，这四首诗不但为期更早，也写得更好。《金蛹》的世界主观而带浪漫，和外界总似乎隔着一层纱。在这四首诗里，那一层纱撤去了，让读者看到了作者，作者的家人和家乡。以前的诗里，自然的景色常在真幻之间，多半是烘托感情的造境，所以很少地理上的定点；现在，大自然成为硬朗真实的客观存在，亲切落实的地名标出了作者的"立脚点"。简而言之，这是从主观走向客观。王国维认为主观的诗人不可多阅世，客观的诗人不可不多阅世。此说未免太强调定型。其实优秀而清明的诗人常会转型：人入中年，忧患相迫，感慨渐深，写诗自然而然会渐趋客观。人到中年，要不多阅世也不可能，阅世既多，那"世"就会出现在诗里；至于怎么出现，则视诗人艺术之高下了。有些中年诗人不让那"世"出现在自己的新作里，往往给人不真、不变之感。王国维的"世"，说得窄些，便是"现实"，说得宽些，便是"人生"。

听说大吊桥已流走

如抱的钢丝曾奋力坚持

与万匹马力的山洪，决

臂力、张力

如蛟的钢魂终于不支

钢断

如英雄之崩倒

像这么朴实有力的语言，在她少女的时代不会出现，在一般女诗人的作品里也很少见。这几句诗无论在节奏或意象上都堪称一流，唯一的不足是"如抱的钢丝"，因为丝太柔了，不如说钢索或钢缆。此外，一连用三个"如"字，应稍予变化。"如蛟的钢魂"却是壮人心目的想象。《台东大桥》是夐虹难得一见的长篇力作，长度仅次于《绝然》，在分量、结构、语言各方面，都比主题相近的《东部》胜出一筹。《东部》的末段很好，《台东大桥》的末段更好：

苦苓子落地十遍

我已一树华荫

卑南溪雨来无兆大水滔滔

钢骨与河拔河

钢断

逝者如斯如斯

大吊桥大吊桥

今已杳杳

杳杳如我

迢递的童年

——焚香,一祭

两首写亲情的诗各有胜境,但感情深厚,语调天然,却是一致。《白色的歌》通篇白描,此地的白不再是白鸟之白,而是白发之白了。《金蛹》的手法多用比兴,此篇却直用赋体,确是一大变。赋体的陷阱是容易流于平淡无味,太散文化。《白色的歌》娓娓道来,却能维持语言的表面张力,所以淡而不散,平易之中另有一股内敛力。一般自命朴素的诗,往往不能维持这种起码的张力,便流于草率,散漫,就算是散文,也只是释稀冲淡了的散文。敻虹有过比兴的锻炼,回过头来用赋体写,较能免于此病。《白色的歌》不用比喻,不用象征,什么修辞格都不用,单凭清纯的白话来诉说真挚的孺慕之情,功力不露而功力自在,一结尤饱满天然,确是一首上选之作:

你就是对我说一百遍

人总要变老变丑

我的心底仍为他们唱

一首绵绵的悲歌

像古老的先民

从四野唱

慢慢唱出一首首民谣

那样

　　严羽认为古诗混沌，难以句摘。现代诗以前讲究局部突出，每在片语单行上争奇取胜，所以便于摘句；真能力贯全局而表面却无警句可摘的温婉淡永之作，乃不多见。《白色的歌》正是成功的一例，难怪读来有汉魏五言古诗的韵味。这首诗，我曾选为一年一度香港朗诵节的诵材，效果很好。另外一首《妈妈》首尾都有隐喻，用得很妥帖，不算纯粹的赋体，但语调的亲切自如，感情的静中见深，也不亚于《白色的歌》。

<h1 style="text-align:center">三</h1>

　　早在《金蛹》的年代，敻虹诗中曾有这样的预言：

下次再见，已经中年

我一定变得传统而平凡

可还有梦，张着小小的圆翼

七彩斑斓，纷纷飞落，和音乐一样

飞入一片无望，一片迷茫

　　——《彩色的圆梦》

在新集《红珊瑚》里，敻虹已经是中年诗人，变得传统，却还有梦，并不甘于平凡。其实早在六十年代，她也并未全盘现代化，本质上是浪漫为体象征为用的新古典中坚分子，毋宁倒是有点传统。"传统"一词在六十年代，一般诗人曾经避若有毒，如今流行寻根，却又趋之唯恐不及了。

　　十五年前，我曾说敻虹是"缪思最钟爱的女儿"。才一转眼，在女诗人选集《剪成碧玉叶层层》里，大致依诗龄和年纪排列的二十六位作者之中，她竟已列在第八位，真令人怆然暗惊。身为中年而近于前行代，十七岁便已动笔的敻虹，诗龄也颇长了。在她之前虽有七人，但诗笔未停的只有蓉子。胡品清当然诗笔未停，但是她在台湾现代诗坛的笔龄却较晚。在敻虹之后，有才气有潜力的女诗人越来越多，《剪成碧玉叶层层》里，其实还缺了一个因故未列的方娥真。敻虹面对这么多的挑战，何以为继呢？

　　她的答复是这本新集《红珊瑚》。新集有诗五十三首，分为《写给母亲》《童诗》《念亡诗》《又歌东部》《红珊瑚》《赞诗》六辑。就题材而言，《写给母亲》三首是前述《白色的歌》和《妈妈》的延伸。《童诗》六首里，也有一半是孺慕心情。《又歌东部》八首则上承《东部》和《台东大桥》，而且和孺慕心情相串。其中《宇宙思》性质全异，乃一例外，实在不应该放在辑中。《红珊瑚》十八首，所收最多，性质最杂，有的怀故人，有的赠丈夫，有的写家庭，有的咏人生，难以归类。全新的题材是《念亡诗》和《赞诗》两辑：前者悼念诗人迅夭的婴儿；后者该是丧妣之后低回于经文喃喃炉香袅袅的幻境，可以视为孺慕孝思的余波。

　　哀乐中年，往往哀多乐少。作者到此，上则丧母，下则亡儿，自己也因亡儿的惊悸哀恸，长病了一场：

　　在我的心里

　　只有有关你的生

　　没有有关你的死

　　其实，关于你的生死

　　病了我的身躯，两载

　　忧老我的青发，半白

生老病死，百感交侵，乃使作者兴起人生无常、归宿何处之感。无告无助的幻灭心情，很自然地向焚香礼佛的遁世之中去寻解脱，乃有《赞诗》那一辑诗。夐虹在屡丧多病之余，不但信奉释迦，更吃起素来，据说对健身定性颇见功效。这倾向倒也不是突发而来，早在少作《升》里，她就已对释迦明确赞礼。其实像《不题》一类的诗，都是庄严虔敬气象动人的作品，其中歌颂的神虽未指明是谁，但那种宗教的情操总是感人的。《金蛹》里所追求的，正是近乎宗教的爱，完美而赤忱。《泛爱观》里有"一枚小小的十字架"，但似乎信仰不坚。到《红珊瑚》出版，作者崇释的倾向乃告确定。

但在另一方面，作者自也有她入世的一面。前三辑的亲情、童心、乡思，固然都属于人间世，而《红珊瑚》一辑中，也有好几首用情真挚的佳作，尤其是诉说夫妻恩情的诗。《镜缘诗》表现的可说是现代的闺情，作者甚至提到"来世的婚约"，简直把佛家的轮回和古典的痴心合为一体，结尾的两句：

就一世的夫妻论
我说清照啊，我比你幸福

真给我们一个惊喜。作者在饱经世变之余，能把犹悸的心情依托在丈夫身上，而且自觉比《漱玉词》的作者毕竟幸运，总还是不失生之喜悦。这一比，中国女子的韵味真足。《如雨痕流下》里不但有夫妻之情，更有为人父母的情怀，带着浓浓的感伤。《四方城》所抒，是中年主妇的四个坐标，四度空间，构思很巧，可惜未能充分发挥。我认为这一辑里最圆融深婉的一首，是《记得》。此诗笔轻句短，意味深长，除第一段稍弱之外，通篇的语调沉静而自然。兹引其中段为例：

关切是问

而有时

关切

是

不问

倘或一无消息

如沉船后静静的

海面，其实也是

静静的记得

"沉船后静静的海面"，这比喻不但妥帖，而且充满暗示。情感发生重大事故，表面上却看不出来，真尽了含蓄的能事。同辑中另一好诗是《盐》，用晶体、汗水、眼泪、潮汐等的联想，贯串成诗。且看《盐》的末段：

海是永世的归属
一枚贝壳，在远远的沙滩
记忆着
你
怎样
液态时的柔情
固态时的等待
等待回来，入水融化

最后的一辑《赞诗》，皆缘释子课诵的炉香而来，妙用佛语，巧探禅境，短句起伏，如漾涟漪，可谓在周梦蝶之外另辟一胜境。当以《法界》《蒙熏》《诸佛》《悉遥闻》四首最美，且以《悉遥闻》为例：

拔尖而来的尖钹
或喃喃之念诵　隐约如雷
乃至香的讯息
　烟的词句

处处在在，化为微波
起程作永恒之旅
不问路遥
悉有所闻

　　但是《夐虹诗集》里《白色的歌》那一辑在孺慕
和乡思上开拓的新境，在这本《红珊瑚》里，虽然继
续开发，却未有突破，甚至未臻前例的成就。《写给母
亲》那一辑，没有一首可以比美从前的《白色的歌》
或《妈妈》。《又歌东部》那一辑也都不能与从前的《台
东大桥》争雄。同一主题要屡奏变调，同曲而要异工，
诚非易事。年轻诗人总有三两主题可写，却苦技巧不
济。等到技巧炼成，又恨主题已尽。探寻几年，新经
验新观点带来了新主题，又恼于旧技巧不够用，不合
用了。如此循环不已，唯勇而智者能屡困屡解，挫而
更前。到某一步解不了困的，从此便成了江郎。好在
《红珊瑚》和《赞诗》两辑中，仍能提出若干佳作，未
必输给《夐虹诗集》。不过那情形，容我戏改《台东大
桥》的一句："已经快到警戒线了。"我想夐虹体质虽
柔，她的心魄当比台东大桥更为顽强，不会向岁月的
洪暴折腰。《金蛹》之后停笔四年，而有《白色的歌》，
足证夐虹能自我解困。

夐虹的诗句以短取胜。如用电脑统计，她的句长定在一般的平均数下。她最出色的诗行诗节，可供摘句的那些，往往笔轻句短，在较小的空间里回旋。例如《彼之额》一首，换了李金发来写，一定不如她。夐虹戏称，这是因为她体弱气短，不胜长句。我也知道她曾有哮喘。反过来说，难道长句长诗，就一定是大块头的汉子写的吗？也许真可以研究一下。不过证之中国古典文学，四言古诗浑茫一气，后来的绝句反而显得纤巧了。以画而言，保罗·克利（paul klee）的作品篇幅都小，仍称大家。关键不在长短，编在高低。

只是她的近作在句法上有两个现象，要特别注意。其一是西化的直硬句法。这在她以前的诗里只偶见，现在却多起来。例如《写给母亲》有这么几行：

> 我贴着
> 冰凉凉的强韧的
> 透明的阻隔啊
> 听到传来
> 不断的海潮的声音

连用五"的"，形容词任其无限串叠，乃成堆砌。也许可以这样化解：

> 我贴着
> 透明的阻隔啊
> 冰凉凉而强韧
> 听到传来
> 海潮不断的声音

《海潮音》是现成的佛语，也许可另作安排：

> 海潮音
> 不断地传来

其二是回行太多，乃使句法繁琐，文气不贯。回行本为中国诗法所无，酌量使用，原可调节过分畅滑的句法段势，而收顿挫悬宕、能敛能放之功。但是用得太多，反有吞吞吐吐嗫嚅不快之弊。例如《又歌东部》的第三段：

> 水要冲走泥沙
> 水汹涌而来
> 我潜入，潜低，只要

我一触到那柔软温润

的泥沙，我便能把

竿插下，用猎熊

的臂力，追鹿的腿力

把二十根竹竿

围成一块土地——

九行诗里有五处回行，读起来觉得节奏不顺，相当拗口。要救这样的段落，必须重组句法，减少不必要不见效的回行。也许作者有意无意之间，要避免押韵和排比。换了有格律诗倾向的作者，很可能写成：

我潜入，潜低

一触到那柔软的泥沙

我便能把竿插下

用猎熊的臂力

追鹿的腿力

稍加格律约束之后，这几句也不见得怎么更出色，但至少有一个美德：脉络比较清楚。

格律诗写坏了，缺点是刻板单调，以形害意，但如运用得当，也可济自由诗散漫轻率之不足。许多年轻诗人一入手便写所谓自由诗，以后如果一路只会自由诗，则在需要严整凝练的时候，往往力不从心，只会放，不会收。夐虹已经不是年轻诗人，她写的也不全是自由诗，但如果她能对格律多下一点功夫，对她擅长的那种精练警策的短句小品，一定大有助益。在另一方面，《白色的歌》和《妈妈》的纯厚天然，《台东大桥》的健硕有力，仍可继续发挥。愿夐虹摆脱世变带来的迷幻和忧伤，开坦自己的心胸，广拓主题，精练语言，变化形式，则缪思对这位台东来的女儿，必然宠爱有加。

一九八三年七月一日于厦门街

拔河的绳索会呼痛吗？

——序林彧的《梦要去旅行》

　　近几年来，现代诗坛的新秀之中，有一对兄弟颇令人注目。哥哥为人稳健，言辞得体，编辑出色，有组织长才，几可遥追痖弦。弟弟比较内倾，除写诗外不求闻达，有点独行侠的作风。哥哥的诗路颇宽：短制的十行体，长篇的《在雨中航行》，以至于乡土味十足的方言诗，先后都有好评。弟弟的诗路也不窄，但成名较晚，成就也不同。哥哥，我早在三年前回师大客座时，已经认识。但见到弟弟，却是去年夏天的事。光看两人的笔名，很难联想他们是兄弟，因为哥哥叫向阳，弟弟叫林彧。

　　林彧今年二十七岁，这还是他的第一本诗集。以处女集而言，实在晚于他人，因为收在此地的七十首作品里，最早的一些写于八九年前。大致说来，林彧的诗在题材上可分三类：第一类写田园，第二类写都市，第三类较杂，无以名之，只好且称人物。

林彧的故乡是台湾唯一没有海岸的县份，南投。他最早的作品，可以想见，写的都是自然，最好的例子是《七行四首》和《草之四帖》。从这些少作里似乎看得见先驱诗人的一些影响《草之四帖》略近杨牧和郑愁予，《七行四首》则差可追拟杨唤。其中《啄木》和《蜘蛛》两首都颇可读，例如《啄木》的前四行：

　　不要问起松林里的暮色
　　暮色如何，无关我的工作

　　至于，我的寂寞
　　也徒增山中渺无的回音罢了

便很有味道，可惜末三行失之抽象，衬不起前文。再看《蜘蛛》：

　　在此周遭七步之内，无异雷达的范围
　　诸葛南阳也难织就的巧八卦
　　我本凭空设施，我亦静坐而待

给我时间，我向空里抓攫，那盲目了的

呵，光阴给予的岂仅是果腹的食物
黑暗的磨练也不只是银线丝丝的吐出
请向生死里看，我本凭空，我亦随风

写蜘蛛而能表现如此的想象力，现代感，和相当的哲理，咏物而能寄托，对一位十八岁的孩子，可谓难能可贵了。笔法当然尚欠简练。例如首行，大可删去"在此周遭"和"无异"六字，而第三行也不必标出两个"我"字；至于末三行，句子也嫌长些，显得有点黏滞。我感觉，这首诗如果全用短句，也许会活泼许多。《七行四首》里的这些短诗，包括《蜘蛛》在内，比起杨唤带童稚美的自然诗来，也许还略有不如。可是早年的林彧和杨唤至少有一大不同：他用中国的传统做背景。我们颇难想象，诸如庄周、梁祝、诸葛亮一类典故会出现在杨唤的诗里。

不过后来林彧并没有发展成怎么出色的田园诗人。迄今他仍断断续续在写田园的诗，可是除了《春天在我血管里歌唱》等少数作品，他在这方面成就不大。例如《辗转九章》，就有早期叶珊的风味，有一些感性逼人的佳句，可是整首诗不够集中，焦点未出，高潮不达。他如《我们将要有一个春天》《晚空是座瑰丽的斜梯》《印象七行》等诗，也未臻于醇境。把晚空说成一座瑰丽的斜梯，本来极美，可惜立刻提到抽象的生命，就"隔"了。作者常把抽象名词引进感性世界的自然诗中。令人分心，所以难和杨唤与郑愁予比美。《春天在我血管里歌唱》却是例外，因为从头到尾它维持饱满的感性，不节外生枝去招惹抽象观念。济慈的写景诗比雪莱的令人满足，正是这原因。林彧这首诗有一股流转生动的气势，真能不负诗题，后半段尤其好：

> 不递给我酒杯，却让我无辜地醉了
> 专断地要我起飞，却不为我准备
> 一双银色的翅膀；在乍明乍黯的天空
> 他且哭且笑，让我的心绪
> 犹如一把时张时阖的伞
> 他喜欢设宴，并且广发邀函
> 在人行道上，在公园，在广场
> 在一条逐渐苏醒的小溪两岸
> 在冷冷的月光下，他潜入我的血管
> 在我即将盈满的血液上，划着船
> 击着鼓，拨弄着我锈了的心弦

啊，一个闯入者，名叫春天

春天在我血管里歌唱

　　林彧的另一类诗是写人物，不是一般的人群，而是他所知悉的个别人物，包括父母、朋友、女友、军人等等，接触面不能算广，成绩也参差不齐。用诗来写人物，多少要有点小说家的本领。瘂弦在这方面颇有建树，可惜未加开拓。西洋诗在这方面比我们更下功夫；美国现代诗人马斯特斯的代表作《匙河集》（E.L.Masters：*Spoon River Anthology*）以墓中人自白的口吻写出中西部一个镇上的二百四十四个人物，各行各业，应有尽有，真是乡土诗的洋洋大观。他如英国现代诗人巴克尔的《呈给母亲的十四行诗》（George Barker：*Sonnet to My Mother*），写那种无所畏于天地之间的坚强女性和浑厚母性，要言不烦，简笔如刻，而形象尽出，真是孺慕的杰作。林彧写父母的三首诗都不算出色。其中较好的一首是《ㄇㄚ·ㄇㄚ》，但是句法太多排比，口吻也显得太世故，和诗题预期的稚拙感不能配合，令人觉得那是作者要孩子讲的口吻，不尽是孩子自发的语态。还是写女友的几首比较动人，可是那半打诗其实是写给女友而非刻画女友，本质上应是情诗，不是人物诗。其中当以《梦要去旅行》《帕》

《P.S.》三首最有特色。在这些诗里，传统的爱情都经某种程度的现代感所提升；《梦要去旅行》和《P.S.》的末四行都值得吟诵。《去病》和《七行两阕》里都写到妻子，这对于未婚的诗人说来，当然不具自传成分。这些作品和他的情诗完全不同；情诗充满少年的浪漫激情，而这些想当然耳的丈夫心情却满是苦涩的现实，令人称奇。《去病》其实是写给好友刘克襄的，劈头却来了这样的低调：

> 三十年后，我要语调沉缓地
> 告诉妻子，冬笋汤要煮淡些

这当然是佳句，是令人苦笑低回的老境；同样的心情纪弦的诗句里也咏过。其实林彧写此诗时，不过二十三岁，三十年后正当壮年，不要把前景绘得这么黯然吧。写人物的诗里，最出色的是《铅笔》和《ㄌㄞˋㄌㄧ—ˊㄅㄚˊ》。《铅笔》只有两段，前段说作者为弟弟削铅笔，不小心削起自己的手指，后段说作者的父亲不曾为他削铅笔，但为家庭辛苦了一生，"消瘦"以终。两段的结构为渐进式，从削笔到削人，由实入虚，意象叠合而紧凑，笔锋又狠又准，真是一首难得的佳作：

我为年幼的弟弟削着铅笔
听他谈起早上的功课
以及一首刚学来的童歌
小心翼翼的我，努力地
要将铅笔削得漂亮修得犀利
好让他在作文簿上，平平稳稳
写出他的志愿
但是，多脆弱的笔芯，多笨拙
啊，我竟削起我的手指

现在手执针笔，诚惶诚恐
绘着蓝图，我一再想起
去世多年浑身是病的父亲
他曾经揪着我，要我念书
他曾经攫着我，要我写字
他不曾教我功课，陪我唱歌
没有上过学校的父亲，他不曾
不曾为我削过铅笔，他只是
日日夜夜，一寸一寸，削着修着
他的身躯，他的一生

另一首绝妙好诗是《ㄞˋㄌㄧ一ˊㄅㄚˊ》：

儿子临睡前留了一张

纸条：请帮我买只ㄞˋㄉ—ˊㄉㄚˊ

不是爱抵达吗

没受过几年教育的我

不禁自问：我的爱是否抵达

然而，难道不是这双赤足

为他而跑，我的爱

竟未抵达？

父亲一双赤足终生奔波，儿子生在繁荣的社会，穿鞋子却要拣爱迪达 adidas 之类的名牌。林彧把名牌联想成"爱抵达"，利用谐音的暗示，层层逼进，巧妙地道出了父亲的惶惑和辛酸。他妙用注音符号，把"爱迪达"过渡到"爱抵达"，不但有童稚的味道，更抓住了台湾小学教育的现实感。这首诗的声调自然而生动，在目前的现代诗中十分罕见，朗诵起来一定很有效果，可是因为它特具台湾背景，关键又在注音符号，只怕外地读者难以欣赏。

在本诗集中，最有创意、最具代表性、最富当代感的作品，却是探索八十年代都市生活的一组诗。六十年代的台湾现代诗，在西方文艺的影响下，也曾慨叹现代人在大都市里的孤绝和失落。其实那些诗都嫌早熟,因为那时的台北尚未十分工业化,生活的节奏仍然悠闲,专业化的现象未见显著,机器对人性的压力也不沉重。进入八十年代后,台北的都市生活却加速地科技化,已可比拟西方的社会。今日看来,许多乡土文学的作品之中,除了反映并批评社会的成分之外,余下的多是怀旧怀古的情绪。如果说,六十年代的现代文学倾向揠苗助长的前瞻,则七十年代的乡土文学倾向莫可奈何的回顾。目前的台北、高雄等地有的是现代大都市的新现实,等待新的知性和感性去探讨,新的语言和技巧去表现。林彧,正是这样的一位新人。在纷纭复杂的都市生活里,他扮演的角色,是受薪阶级青年知识分子的代言人,用生动的形象演出他这一类青年的恐闭症和无奈感,以及在人群的压力下力图保持个性的欲望。林彧似乎并不乐于做这样的代言人,他曾经危乎其言断然宣称,要隐于南投乡下,侍母饮茶,不再涉足台北的红尘。可是,不管他的主观愿望如何,客观上他已在台北读完世新,在联合报做过校对,这国际化的大城已经把他内倾而多感的心灵压迫出不少难忘的诗来。无论他愿不愿意,这些诗,已经成为八十年代新感性的醒目站牌了。

六十年代的诗人不是来自军中,便是来自学府。也有一些例外,像覃子豪、罗门、蓉子、郑愁予等都

在机关任职，但是他们都有相当浪漫的倾向，无意把
上班的都市生活入诗。八十年代社会的结构已经转型。
这一代的青年诗人是在新传播媒介的电视机前长大的，
毕业以后也有许多人被吸进了企业界和传播事业。我
就知道，有好几位青年诗人曾经进出广告业。广告，
正是新兴方旺的大众传播；美国诗人萨比洛（Karl
Shapiro）就戏谓美国的诗都在广告。我们难以想象，
前一代的诗人会像林彧这样以《广告时间》入诗。其
实在当代青年诗人之中，像林彧这样大写其都市诗而
又写得这样好的，也不多见。早在一九七一年，我在
《收藏家》的末段有过这么六行：

四十岁以后他不再收集什么

除了每晚带一叠名片

一叠苍白难记的脸

回去喂一根愤怒的火柴

看余烬里窜走

一只螳螂

十一年后，林彧在《人间》副刊发表他的《名片》：

他们有些已经鼾声雷动

有些仍在酒肆，有些
在黯淡街灯下踢着空罐头

这些人那些人，在这里
在那里，这些人，或许
在一道陡斜的窄梯上努力攀爬

一个欢宴后的雨夜，我
整理着各式各样的名片
并且轻轻念出那短诗般的名字

突然，我忘了他们的
脸孔、声音、衣着以及
交出、取回名片的理由

他们知道我是谁吗
在这里，在那里，我听到
无数个我被撕裂的声音

这首诗写的也是社交的重复与空虚，里面也有"一叠
苍白难记的脸"，但是诗末我烧掉别人的名片，林彧却
想象别人在纷纷撕他的名片。烧名片虽是象征的动作，

却不大自然。撕名片却是常有的事，可是林彧不直言名片，只说"无数个我被撕裂"，由实入虚，这一意义就深得多了。从"他们知道我是谁吗？"到"无数个我被撕裂"，现代人在都市生活中那种随波逐流，身不由己而面目模糊的失落感，表现得十分生动。这首诗的语言，一句句分开来看，可谓平平无奇，但是到了末句，想象突然飞跃，竟形成高潮，乃感其力量弥漫全篇。七十年代的语言对六十年代是一反动。今日比较杰出的青年诗人，在作品中不像上一代那么注重惊人之句和强烈的感性，却能用知性来平衡感性，用完整的篇法来补偿平淡的句法，使现代诗能够"在安定中求进步"。例如痖弦诗中就绝对不会有"鼾声雷动"这种四字成语，也不会有"这些人那些人"之类的泛指词。比起早期的现代诗来，林彧的诗确然显得抽象。早期的诗重个性，较浪漫，今日的诗重通性，较古典。《名片》里的无数个我，可以指作者自己，也可以泛指一切有同感的都市人的"自我"。十年前我称罗青为新现代诗的起点，因为他用结构的张力来代替字句的张力，用意念之妙来代替语言之妙。这预言似乎不太落空：近年来表现出众的新人，或是呈现新貌的旧人，大致都有这倾向，林彧正是其一。

波德莱尔在一百多年前的巴黎就说过，对于一位敏感的诗人，人群和孤独（multitude, solitude）可谓之同义词。这句话，林彧的许多都市诗，像《椅子》《B大楼》《号码》《会》《猫》《铅字》等，都可印证。现代人在都市生活中的忙碌，往往不是积极地追求，而是消极地逃避，逃避寂寞。有什么句比林彧的小品《猫》更能在一瞥之中道破上班青年的寂寞呢？

> 不用打卡上班的日子
>
> 我匆匆走出公寓，却看见
>
> 你在垃圾桶中，翻捡着我的生活
>
> 嚼食着我遗弃的梦和诗

　　和上述各诗相近而在主题上侧重都市上班族的"恐闭症"或"负重感"的，是另一组诗，包括《衣架》《领带》《无味》和《积木游戏》。其中最好的一首是《衣架》。此诗颇有戏剧意味，共分三段：首段，作者要出门赴约，他的外衣却赖在衣架上，不肯合作；中段，作者好不容易扯它下来，穿着停当，却发现自己的灵魂上了衣架；末段，作者自己竟变成了衣架，不堪世上的毁誉交加，乃疾呼"你们"把他身上承受的人言重负一一取走。诗末的"你们"突如其来，当然是指社会。林彧的佳作里，意象往往由实转虚，高潮处人与物蒙太奇般叠在一起。这技巧，在《铅笔》和《衣架》里用过，在下面这首《订书机》里也很成功：

> 咬牙切齿，那把订书机
> 将腹中的细细铁钉
> 吐到雪白的文件上
> 两样无干的事
> 宿命地叠在一起
>
> 宿命的我，在文书桌上
> 细细抄誊着，等因奉此
> 却又无端想起，雪地里
> 那道绵长的铁轨
> 多像白纸上这行墨色字迹
>
> 多像啊，弓着背坐在桌前的
> 我，多像那把订书机
> 狠狠地，咬牙
> 切齿，狠狠地
> 将日子一叠一叠钉起堆起封起

林彧的这一组诗都是语言纯净，意象简单，然而运笔如刀，又狠又准，一举而中主题的要害。比起他别类作品如田园诗来，这类诗绝少节外生枝摇摆不定之病。这类诗的长处，在瘦而有力，没有冗肉，没有碍事的脂肪。这也是向明、非马一类诗人的特色。

另有一首好诗与现代生活的紧张矛盾有关，叫作《拔河》。在诗中发言的，是两边力拔的那根绳索。这象征选得极好，更好的是表现绳索任人摆布、左右为难的含蓄手法；在作者的所有诗篇里，这首《拔河》在语言上最具张力，正好暗示绳索被拔时的紧张程度。除了第六行"暗暗垂泪"用词嫌旧而且不合绳索的形象之外，这首诗简直完美无缺，象征性十分灵活，可做许多不同的体会，例如：野心家为达目的，却以"我"为其手段，充其筹码，并不顾我死活。下面是中间的几行：

母亲啊，我是一条绳索，
一条绳索不值得费心探索，
他们索讨的是胜利，并不担心
我在他们的手下无辜地
断了。

《梦见一群人》的主题接近《拔河》，写的是在现代生活中挣扎求存的几种人，以第四段描写得最为生动。综观全诗，虽颇有气势，却不够明晰，不像《拔河》那样焦点集中。《拔河》里的那条绳索，在这首诗里派了略为不同的用场，成为向上爬的名利之索：

> 梦见一群人，在荒野上
> 号啕，他们不知道
> 命运两字，怎么解释，上帝
> 啊，上帝连一本字典也舍不得
> 给他们，给他们的只是
> 一条悬挂高空的长绳
> 叫他们争相攀爬，次第抛落

《分贝》和《酒量》分别用现代科学的计量术语，来测量精神世界的价值，充分表现出作者关切社会的良心，悲天悯人的胸怀，是一对洋溢儒家情操的好诗。分贝是测量噪音的单位，酒量不是指一个人善饮的程度，而是指血液中酒精的比例；作者巧妙地运用这两个观念，把量的研究引渡到质的探讨上来，把物质的现象带进道德的层次，而对今日的社会提出批评。从经验中提炼观念，正是诗的艺术。目前以社会写实自命的某些诗篇，往往始于观念，终于态度，只能浮在抽象的层次，而无力深入经验去探索，乃缺乏感人的力量。艺术和宣传之分在此。这两首诗中，又以《分贝》为尤佳。这首诗分三段：首段从人的呼吸到割草机的操作，从赛车呼啸到飞机掠空，从静到动渐次加强；第二段由动转静，极富闲趣：

几分贝？一枚流星自夜空
滑落；几分贝？诗人下班
骑着他的单车；几分贝？
钥匙轻转锁孔；几分贝？

这么过了几十行，到了末段，又静极回动，而且是大动，剧动：

妈妈在苍茫街头喊着走失的
稚儿，孩子呼叫陷落矿坑的
爸爸，父亲咒骂卷款逃逸的
老板，还有选举暗地追行的
交易，还有飞机在蓝天上的
解体，还有坦克在遥远处的
驰骋，以及征战，以及掠地
这些声音加上我的血流心跳
几分贝？总共，几分贝？

全诗到此进入高潮，如果作者适时紧急刹车，戛然而止，可谓恰到好处。可惜他在后面还赘了两句，未免泄气。尽管如此，《分贝》这首诗对照鲜明，结构扎实，感性的经验支撑着知性的反省，仍然不失为美而有力的杰作。林彧的诗喜欢回行，有时回得不当，但在此诗末段，一口气六个回行，把关键字眼一律抬到句头上去，反而造成层出不穷的悬宕和气势。这些句子如果复原为散文，其实都平淡无奇，但是排比在一起，却因特殊的组织、坚实的阵势而发挥了强劲的力量。青年诗人关怀人类的胸襟，在咏叹中东的两首诗里，也有表现，但是《黎民》和《是谁最后离开的》远不如《分贝》这么硬朗而强烈。

在结束本文之前，我不得不再提两首风格独具的诗：《几只麻雀》和《黄昏荡秋千》。这两首诗相提并论，因为其妙处均在虚实之间。实起而虚接，却又虚中有实，虚实相生；也就是说，景延伸为情，事周转为意，正是这类诗的妙处。但这种艺术在林彧手里却运用得别具情韵，虚实之间接得不落痕迹。《几只麻雀》前段说几只麻雀停在电线上，然后从电线引到电话，少女接到电话就匆匆出门而去；后段转接得更妙想入神：

　　几只麻雀在苍茫暮色中

起落，我写着诗
想起一些国事家务
便停笔了，专注地看鸟
飞翔，寥寥几只麻雀
麻雀岂不是这一行
歪斜、语意未了而中断的
字句，有些已经明白了
不必写出；有些不能明讲
只好空下，一片茫茫
天地间，试问，几行麻雀
飞走？

　　《黄昏荡秋千》说秋千在黄昏中荡来荡去，荡成了千秋，而千秋人物谁能占住位子不摇不摆。实景的秋千荡入了千秋的浮沉，而以这样感性逼人的末段作结，真是不凡：

黄昏荡秋千
玉米黄琥珀橙胭脂红葡萄紫
千秋愈荡愈昏黄，我荡
回来，黄昏
一纵跃，却是丝绸黑了

林彧的诗当然不见得篇篇都这么好，例如《广告时间》那一篇，题材虽新，却语直意浅，没有前述各诗那种从观察跃入想象的胜境，诗末的结论尤欠含蓄。大致说来，他的诗中回行太多，常使句法显得支离，气势不畅。例如《咏物四帖》的第一帖，八行之中就回了六行，未免太扭曲了。其次，四字成语也用得太频，就算在散文里也嫌多了。这些成语有的太旧，例如"微启朱唇"，有的太抽象，例如"仿东徨西"。虽然林彧的诗艺多在结构之谨，设想之妙，而不很在意炼字铸词、一语惊人（在这方面他和罗青同型），可是多用成语和排比的四字句法，仍不免减却语言的新鲜感。此外，西化句法太直太紧，也有碍语气的不即不离、回旋有致。例如下列的句子：

没受过几年教育的我
不禁自问：我的爱是否抵达

没受过几年教育的父亲，会出口这么西化吗？也许可以放松一点，变成：

没受过几年教育
我不禁自问：我的爱是否抵达

尽管如此，林彧不满三十，诗艺已经多姿而可观。他的第一本诗集已经提得出这许多好诗，首季的收割可称丰盈。尤其是那一打表现当代都市生活的作品，触觉敏锐，风格朗爽，观点刷然一新，不但是他个人独造的成就，也为现代诗的长途另辟了一站。

　　　　　　　　　　一九八四年一月廿九日于沙田

从冰湖到暖海

——序钟玲的《芬芳的海》

一

在现代女诗人选集《剪成碧玉叶层层》的导言里，编者张默把台湾女诗人分成三代：张秀亚到彭捷为第一代，敻虹到席慕蓉为第二代，翔翎到梁翠梅为第三代。按年龄与诗龄，他把钟玲放在第二代。其实以产量而言，钟玲在那时候（一九八一年）的全部诗作，只是寥寥的十五首，而入选《剪成碧玉叶层层》的却有六首之多。

从那时候到现在，六年之间，钟玲的缪思忽然活跃起来，竟然写了三十首诗，产量等于前十三年的两倍。钟玲实在不算一位多产的诗人。她这本仅有的诗集《芬芳的海》只收入四十五首诗，拿来除十九年的诗龄，平均一年只得二点三首。我不知道这样的寡产算不算"纪录"，只怕离"底线"不会太远了。写得少的现代诗人当然也有，例如去世不久的英国诗人拉金（Philip Larkin, 1922—1985），平均每十年才出一本诗集，而晚年的产量也是每年两首，但是他在诗坛的地位却颇稳固。好在钟玲这有限产量的分布，是在逐渐增产之中：《美人图》十首与《燃烧的南方》十首，都是近三年来的收成。无论如何，这是好现象。

高雄原是钟玲的故居，漫长的小学时代和中学时代都在此度过，而她的父母迄今在左营定居。这里，也算得上是她的根了。这一年来，她从香港回到高雄，在中山大学外文研究所客座授课，南部的风土与景物提供了她不少创作的题材，可以入小说，更可以入诗。她不但成了我的同事，更把我当作诗友，每成一诗，都与我切磋。至于赏玩古玉，摩挲其光彩，谛视其沁痕，则有我存做她的玉伴，与她分享。我的写作朋友之中，颇有一些把自己手头的文稿当成军事机密，绝对不拿出来曝光；只有少数把它当作宠物，爱拿出来公诸同好。钟玲属于宠物一派，无论是刚完成的作品，或是刚买到的玉器，都会拿出来跟我们研讨。就这么，一年来她不但得诗十首，还写了《星光夜视望远镜》

等五个极短篇和研究台湾女诗人的长论，而临行前夕，更发表了那篇令人刮目相看的灵异小说《过山》。这一年对钟玲来说，可谓不虚此行了。

<h2 style="text-align:center">二</h2>

大致上说来，钟玲是一位气质浪漫的短篇抒情诗人，所抒的情具有浓烈的感性，且以两性之爱为主。《芬芳的海》里，不涉爱情的作品只有三分之一。我的统计不容易精确，因为在这三分之一的诗里主题尽管不是爱情，意象的手法却往往乞援于两性意识。例如《珊瑚礁的恋歌》，写的虽是猫鼻头的自然景色，但其叙述的过程，亦即对于自然现象的人格化诠释，却是情人的独白。又如刻画美国诗人王红公（Kenneth Rexroth）的那首《飞蓬的白发》，写诗人的生平，也强调恋人的红颜。

至于以爱情为主题的大宗作品，约略可分两类：前两辑里都是个人主观的体验，第三辑《美人图》里处理的虽是间接经验，却以第一人称的感性作艺术的代入、投入。这第二类的作品虽然是"替古人担忧"，有赖敏锐的同情与想象，但基本的功夫仍不脱个人对爱情的体验，"忧吾忧以及人之忧"，其实还是第一类的延伸。

　　第一类作品当然都是情诗，但与传统的浪漫柔情之作颇不相同，也许只有《念秋》与《透明和不定》算是例外。这些情诗大半暗示多于明言，却遮掩不住爱的惶恐、不安与矛盾，其情绪则迷离而祟人，给读者的印象，与其说是享受，不如说是难题。诗中人往往视之为困人甚至磨人的情境，欲摆脱之而不能，乃屡求对方放手，因此诗中的语气常介乎迎拒之间，却又迎之不甘，拒之不忍。所谓情诗，往往是一种矛盾的艺术。它是一种公开的秘密，那秘密，要保留多少，公开多少，真是一大艺术。情诗非日记，因为日记只给自己看；也非情书，因为情书只给对方看。情诗一方面写给特定的对方，一方面又故意让一般读者"偷看"，不但要使对方会心，还要让不相干的第三者"窥而有得"，多少能够分享。那秘密，若是只容对方会心，却不许旁人索解，就太隐私了。

　　以此印证《芬芳的海》第一、二辑，就觉得其中的若干情诗感性有余而事件的线索不够，有点隐晦。比较成功的，是手法干净感觉单纯的《念秋》，和始于矛盾而终于和谐的《七夕的风暴》。尤其是后面的一首，由自然的气候写到两性之间生理与心理的气候，而以台风的狂烈来影射爱情的波折，最后是两情归于和谐，并且超越人间的风雨，而上接天穹的神话。《七夕的风暴》结尾的七行，是非常高妙的突变与顿悟。如果加以分割，此诗的前两段实在不算很好，但有了末段的巧转与对照，整首诗一下子就活了起来。

《芬芳的海》里的情诗还有一个特点：不避讳性爱。传统的情诗大抵强调心灵而不及情欲。这原是自然的趋势，而出于女诗人的笔下，更无可厚非。不过，欲既然是情的另一面，至少也是人性之常，则以欲入诗也无非是正视人性，值不得大惊小怪，斥为不雅。雅不雅，要看艺术的成品，不能执着于艺术的素材。纯情的诗可以成为好的情诗，不纯情的诗也可以成为好的、甚至多元而繁复的情诗。

这本诗集里至少有半打作品在性爱上颇多暗示，甚至着力的描写，尤以《七夕的风暴》和《潋滟》为然。性的意象与联想，不但出现在《美人图》那一辑，就连《燃烧的南方》里写景之作也见得到。甚至在《长城谣》里，那古老的建筑也以"雄性"开始而以"去势"结束。钟玲小说的读者当会发现，在那种文体里，如有必要，她的人物刻画同样不避性爱的问题。我想文学作品处理性爱，不一定就沦于不洁或不雅，区分之道在于有无必要，而且能否化为艺术。以《七夕的风暴》为例，这首诗若无首段的性爱与中段的痛苦探索，则末段的超越与提升就失去基础，所以引进性爱有其必要，而且处理得颇有效果。再如《卓文君》的故事，既然是私奔，当然不是柏拉图式的纯情，所以把琴挑和性爱的挑逗叠合在一起，在全诗的意象结构上有其必要，也很生动有效。

三

主题最贯串、手法最曲折而风格最突出的一辑，当然是《美人图》那十首。除了《白玉舞姬》是作者对一尊白玉雕像的倾诉之外，其他九首都是古典女性以第一人称的口吻来吐露自己的心事，那场合，往往是那位女子面临一生的巨变，例如昭君出塞，绿珠跳楼，文君私奔。这九位女子，不论是出于历史或传说，都是久经诗人歌咏的对象。钟玲详考典籍，尽量掌握有限的资料，先做知性的整理，决定诠释的角度，然后在感性上伸出想象与同情的触须，深入人物的心灵去探讨她们的隐衷。其结果，有的以情境取胜，例如《苏小小》、《花蕊夫人》和《唐琬》，有的却以诠释的角度发人深省，例如《西施》、《王昭君》和《绿珠》。

尤其后面这三首颇能提出自己的创见，令人想起杜牧、王安石一类诗人咏史的所谓翻案文章。根据作者的诠释，西施对失败的英雄夫差兼有崇拜与怜惜；昭君对汉帝以退为进，自动求去，以常葆汉帝对她的歉疚与远慕；绿珠奋身一跃，非但不是浪漫的殉情，反而是被石崇所逼。这种种观点读者未必全盘接受，却不能不佩服作者穿针引线、烛隐显幽的苦心与妙想。

　　这几首诗令人想起白朗宁（Robert Browing）擅长的戏剧性独白（dramatic monologue）。也许钟玲确实有意引用白朗宁的技巧，不过白朗宁的杰作，例如《故公爵夫人》（*My Last Duchess*）和《安德瑞雅》（*Andreadelsarto*），诗中的独白是说给在场的一个人或一群人听的，而且说话的人往往无意之间泄漏了自己的真相。《美人图》里的独白没有这种正反相生、正话反读的曲趣，而诗中听话的人，那个"你"，也往往不在面前，有的已死，如李清照的丈夫，有的实际上听不见"我"在说话，如西施和王昭君的对象。其实《美人图》中的"我"往往不在说话，那独白只在内心。因此这一组诗只能说是半戏剧半抒情的独白。尽管如此，这些作品对女子恋情心理的探讨别具风格，仍不失其细致与生动，颇能拓展现代诗的视野。其中尤以《王昭君》一首以有限的时空来表现无穷，从头到尾一气呵成，最有说服力。《卓文君》里的琴不但有体，而且有心，简直人琴合一，最见巧思。《白玉舞姬》像一首回旋的歌曲，是格律而有弹性的佳作。

钟玲挟其小说创作与编剧的经验，使现代诗摆脱了纯抒情的局限。这一辑《美人图》的成就应予肯定。但其艺术手法尚有精进的余地，例如诗中的代名词"你""我"之类就用得太多，显得拥挤而露骨。《西施》的四十五行里，"你""我"就出现了三十八次。古典诗的所以含蓄，少用人称词是一个原因。"床前明月光"五绝四句，如果都标明人称主词，便意味减淡了。"采菊东篱下，悠然见南山"两句，若均加上主词，也就不妙。同理：

我清歌一啭
痴狂了多少吴楚名士
我的纤纤舞腰
风靡了钱塘嘉兴

两个"我"字不但落于言诠，而且显得有点自夸；要是都省去，不但句法会更松动，意味也觉更加深长。为了声调，钱塘和嘉兴也不妨对调。

四

钟玲笔下的诗体大致是自由诗，偶尔也企图经营格律，例如《织女》和《喜雨》。还是《织女》比较有效，节奏显得比较灵活，可是两诗都偶有诗句落入旧诗五言、七言的句法，难与上下文的节奏交融：五言的《密密交相会》和七言的《低声齐唱饮酒歌》都是例子。此外，《芬芳的海》里每有相连的两三行诗，以同一声调的字结尾，容易造成听觉的疲劳，陷于单调。《李清照》中从第六行到第十行的一段，正是如此：六、七两行的末字"逝""畔"，八、九、十行的末字"云""龙""尘"都犯了同声。

对比之下，作者的意象就强得多了。在这方面，作者每每善用生动的意象来表现她敏锐的感性。《念秋》是最好的例子：

由一个雪国飞渡

到另一个雪国来

那边白得冰封千里

这边白得直逼青天

总怀念孕雪的季节

我们穿过疏林踏过深秋

落叶柔软的床垫

平擎燃烧的红叶枝子

燃烧一如我们双眼

"冰封千里"指威士康辛（Wisconsin），"直逼青天"指科罗拉多。白的大平面对照白的大立体，再配上巨幅的青，然后一变而为燃烧的红，更由红叶枝柯浓成反光的双眼，空间与色彩的变化实在巧妙。末行不但绘出眼中枫叶艳红的反光，更有爱情热烈的联想，把意象派的诗域一下子提升到浪漫派的诗情，收得余味无尽。此诗的意象成双成对地渐次呈现，"穿过疏林踏过深秋"也是一个对仗，数一数，恰为四对，所以予人的感觉是一首颇具弹性的变体律诗。

《融冰湖上》的锡罐里有条冰舌头，那拟声的感性，你听听看，有多生动。此诗末段八行的意象也颇优美。最有趣的现象是，钟玲笔下最生动的意象，最难忘的语言，几乎都粲然展现在一首诗的结尾。落入黑暗的白瓷鸟（《嫦娥之堕》），踏梦归来的履声（《活结》），越过银河的危机（《七夕的风暴》），浮标上栖息的山鸡（《港湾外的浮标》），从眉上牵到天涯的灰云，我的轻

愁 (《黄昏的动静》)：凡此，都是她诗末美丽的余音，
袅袅不绝。

那些时刻

孤立

如中元节小纸船上

一盏一盏灯烛

给风吹熄

也许多少年后

会在另一片水域

幽幽亮起

这是《透明和不定》的篇末，清丽而哀愁的景象，那
么无奈，动人多少联想，简直有李贺的风味。怪不得
李贺的诗境会转化成她的《苏小小》，而终篇这七行更
令人怀疑是古锦囊里的新稿：

苔封的石门紧闭

驿道寂寂，不闻马嘶

只听见雨脚踏着轻尘

水波如风叩着堤岸

隔壁的蚯蚓翻土铺床

我剪下墙上新垂的树根

再编一个同心结给你

钟玲和当代女诗人的不同，在于她不但兼营小说
与散文，还编过剧本，更是一位教学与评论并擅的学
者，一支译笔双行于中文与英文之间，当真是来去自
由的缪思通才，令人羡慕。但是，飞行的领域这么宽
广，自然就难追诸天的风云，总有羽翼莫及的地方。
哲人曾言：欲有所成，必先设限。就诗的追求而言，
我希望她能更加全神投入。无论如何，在炼成百发百
中的神技之前，多发当会多中。四十五首，总是少了
一点。在自选集《美丽的错误》里，她的作品依小说、
散文、诗的次序排列。但愿这不是她偏心的次序。在
擅造意象甚至意境的功夫外，如果她能更注意声调与
句法的经营，超越散文的说明和逻辑的痕迹，当会终
登圆融之境。《美人图》若能再描绘下去，并将抒情
手法推向戏剧，当可为现代诗开辟一列"人像画廊"
（gallery of portraits）。

二十年前，钟玲坐在我英美现代诗的班上，曾经
为文评我的《火浴》，犀利的论点逼得我扩写那首旧
作。她的精神正是"吾爱吾师，吾尤爱真理"。二十年
后，轮到我来为她的诗集作序。人生的峰回路转，大

抵如此。承她还谦称向我切磋诗艺，所以这篇序的精神似反实正，却是"吾爱吾徒，吾尤爱缪思"。想钟玲隔海读此，当临风一笑。

一九八七年九月于西子湾

征途未半念骅骝

——序《温健骝卷》

一

一九八七年夏天，在青年诗人温健骝逝世后的十一年，香港三联书店出版了他的诗文与评论合集，编者为古苍梧与黄继持，书名为《温健骝卷》。今年三月，这本书中的诗创作部分要抽出来，在台湾另出单行本。郑臻要我为允晨的台湾版写一篇序，理由是"你不但是他的老师，更影响了他早期的创作，对他了解较深"。

要真是这么简单，就好了。可惜健骝后期的重大转变，简直"觉今是而昨非"，而不幸我这位老师也似乎在那"昨非"之列。更不幸的是，自健骝去世迄今，海峡两岸相对的情势已经大变，而各自的政治、社会，以至文坛也绝非十三年前所能想象。也就是说，健骝去世前夕的"今是"，以目前海峡两岸渐趋接近的观点看来，恐怕大半都要成为"昨非"了。每位作家都有其历史背景与时代限制，健骝当也不能例外。只是他的"时代限制"特别不巧，因为他后期思想的剧变发生在保钓运动之际，但是在中国大陆一连串剧变的前夕，他却因鼻咽癌而夭亡了。他对于那只"年轻的左手"一厢的情愿，他在《蓝色和灰色》诗中所谓的"火红的理想"，还未经"文革"之后大陆剧变的事实检验。

对于这么一位早折的英才，在最不该折的季节折了，偏偏早年又是我的高足，我实在临序踌躇，不知道从何下笔。

二

健骝初次在我面前出现，已经是二十六年前的事了。那时我在政大西语系兼课，他是外交系的香港侨生，却来选修我的"英诗选读"。他的中英文根底都好，对诗尤有颖悟，而一口纯正的普通话更令人不信他是侨生。不久我就欣然发现，有这么一位高才生在我班上。翌年初夏，耕莘文教院举办"水晶诗展"，健骝以一首短诗应征，获得冠军。我不但主催其事，也在评审之列，对于高足得奖，当然格外高兴。事隔二十多年，不能确定那首佳作的题名，但是觉得应该就是这本诗集卷首的《星河无渡》，因为诗中的语法和情境，都接近《莲的联想》。那正是文星时代，《莲的联想》余音不绝，和者颇众。记得领奖的场合，青年诗人还带了他的女友来，介绍给我。但是夏天过去，健骝行过毕业典礼，就回去香港，紧接着，我却朝反方向飞去美国教书。

过了七年，才和健骝重聚。这时我在美国的西部教书，他从爱荷华开一辆旅行车来丹佛看我，陪他来的是美国的女友玛莲。受了保钓运动的影响，他的思想变化很大，诗观也因而大有不同。他留了一卷手抄的诗稿给我，说是准备出书，要我帮他看看，最好能写一篇序。显然，这时的健骝早已不是耽于锦囊妙句的唯美诗人，却像一位忧国忧时的志士了。一九七一年的春天，他和玛莲在我家中住了两天之后，也就驾车别去。

又过了三年，我从台湾迁去香港，在中文大学的中文系任教。正巧那一年健骝也离美返港，我们又在香港见面。但是这一次的见面气氛更不同了。于私，他仍然称我为老师，曾去中文大学看我，维持了相当的礼貌和情谊。于公，则他的所交所接，所是所非，已经另有天地。这时他所是的，是鲁迅的杂文、严阵的诗、浩然的小说，而所非的，是李贺、徐志摩、康明斯。在思想上，他认同中国大陆而否定台湾，在社会主义的理想和民族主义的热情之中，他断定文学的正宗和前途全在中国大陆，所以在台湾和海外的中国作家无论怎么努力，都是徒然，不过孤芳自赏罢了。

他的这种看法，曾在信上向我提出，要我早自觉醒，我则认为大陆虽然广土众民，按理应为中国文学主流之所托所依，但是实际上其时正当"文革"末期，情形未必如此，海外的作家更不用妄自菲薄，而甘居末流。一九八五年四月二十一日，我在《联合报》的专栏发表了《边缘文学》一文，追述此事：

　　我不禁想起十年以前，正在"文革"末期，有一位颇具才华的青年诗人从美国写信来港，说像我这一辈的人，今日仍在海外写其孤芳自赏的个人作品，对于整个中国文学根本无关紧要，因为今日的文学史当然是由大陆来写，我们的努力不过徒劳。他信里的"今日"指的是一九七四年。当时他的意识形态仍以毛泽东思想为准，认定普罗文学才是真理，海外的作家只属于没落的阶级，早已游离于历史潮流之外。也就因此，他的博士论文写的是浩然。在台湾，他曾经是我英诗班上的高才生，后来写这封信给我，颇有"吾尤爱真理"的苦谏精神。我们在信上辩论了三两个回合，当然是没有结论。不久他以英年病逝于香港。

健骝去世不及一年，"文革"的真相大白。继而伤痕文学与朦胧诗兴起，遵命文学一蹶不振。等到日渐开放，不但资本主义国家的文学，包括现代主义的作品，广被译介与吸收，甚至成千上万的学生还涌往资本主义的大本营去留学，有的竟然不愿回国。白桦去了美国，对于那样民主而多元的社会十分欣赏。至于台港的文学，甚至被指为现代主义的作品，非但未如预料中那么迅趋没落，反而引起颇大的研究兴趣，而且赢得不少读者，华南各大学为此开课，甚至设立台港文学研究所。倒是浩然的小说，所谓 best novel in 4 or 5 decades，似乎少人提起了。

当然，中国大陆开放以来的文化发展，未必各方面都很健全，有些趋势甚至是矫枉过正。以诗为例，以往一般作品失之浅显，目前有些作品却失之晦涩，简直步上六十年代台湾之后尘。至于通俗的言情小说，既不"社会主义"，也不"写实主义"，更谈不上"唯美"，却继流行歌曲之后，席卷了广大的青年读者。今日大陆之所是，固然不足以尽非昨日之大陆，可是开放以来诗与小说的进步，文学批评的自由，都是显而易见的。健骝在死前所向往的"批判的写实主义"，要在白桦、刘宾雁、金兆、杨明显等作家出现之后，才算渐渐落实。而无论如何，《毛语录》、样板戏、雷锋、浩然的时代是完全过去了。

回顾健骝的一生，诗龄虽然如此短暂，内心却苦于矛盾与冲突，波动难平，到了后期，更为了诗应该服务革命或是艺术，应该表现我或是我们，而痛苦挣扎，终于选择了集体主义的"我们"。他的大转变发生在留美时期。一九六八年五月，他在离港赴美的前夕发表了《高尔基：神、鬼、人》一文（见《明报月刊》三卷五期），指出高尔基早年在创作上有成，晚年在政治上得势，获颁"普罗作家"的荣衔，形同桂冠诗人。他说：

> 高尔基在俄国的文艺政策上遵从马列主
> 义，俄国作家则遵从高尔基的政策；在中国
> 大陆的作家，一直都依附鲁迅的死灵魂，而

鲁迅却在一九二七年以后，表现了深受高尔基理论的影响。

他的结论是：

中国作家受了高尔基所宣扬的"社会主义的写实主义"政策影响之后，却食理论而不化，走到自我封闭的路上去了。

然而过了四年，在《还是批判的写实主义的大旗》一文里，健骝提出的观点几乎相反。这时他已经站在社会主义的立场，不但把几千年的汉文学都视为封建社会的产品，更对台湾与香港的资本主义文学彻底否定，并且呼吁作家要走批判的写实主义的道路，向鲁迅认真学习。文章一开头，健骝就毫不含糊地宣称："主义，是要谈的。而且还要实行。"

健骝的文学活动不过短短的十多年，但其文学观却剧变如此，虽然可惊，在思潮激荡的七十年代文坛上，却颇具代表性。问题是：文学一定要奉行某种主义吗？若是这种主义由政治力量来推行，岂不要沦为文艺政策吗？健骝在严厉批判台港现代文学的时候，其实也等于在批判自己，在否定自己早期的创作，因为他自己从一九六四年到一九六九年的作品，对于六十年代的现代主义也曾经推波助澜。

　　"觉今是而昨非"吗？然则今日之是难保不成明日之非。健骝的夭亡实在不得其时。他的英年遽萎真是双重的损失，为了他的现实生命，更为了他尚未充分完成的艺术生命。假使他能活到八十年代，很可能他会经历又一次的"觉今是而昨非"，而在"我"与"我们"，在"革命的理想"与"现实的认识"之间，调整自己的艺术。

三

　　温健骝现存的诗作共得一五七首，根据作者自己的系年，最早的一首成于一九六四年，最晚的成于一九七四年，前后只得十年。

　　早期的作品迄一九六九年底为止，得九十六首，分成六辑，称为《苦绿集》[1]。苦绿者，惨绿也，令人有惨绿少年之想。书名的意象，绿而云苦，通感的感性有李贺的味道。健骝早年最嗜昌谷，他的少作也往往在强烈而秾丽的感性中，表现出凄苦酸刻的心境。《苦绿集》里头颇有一些作品，或通篇，或散句，或隐约，或显明，看得出是与李贺的古锦囊相通。例如

《十四行》的前两段：

> 谁会苍老如我？
> 二十年的生长竟似万代。
> 墓中的纤指也该徒然，
> 谁能握得住春秋的无奈？
>
> 六月已飘霜，
> 寒秋时，冷岩应留雪千载；
> 一抹冻阳也难照亮
> 暗室里的盆栽。

这种凄怆苦涩的心境，加上对于时间压人而来的无助感，就一位二十四岁的青年说来，也未免太早熟太自伤了。《突然》的中段更显得哀沉：

> 残秋的街上，风尘如织
> 一面灰网，裹你，
> 裹我，裹更灰的死。

句法确实近于《莲的联想》，但其中的悲楚毋宁更源自古锦诗囊。三联版的《温健骝卷》在简述作者生平时，明确指出"早年诗风颇受余光中作品的影响"。如果这是褒语，则我不敢照单全收，一概"掠美"。如果是贬词呢，则不免有点"冤枉"。健骝留台期间，正当《莲》集的尾韵，受我影响是难免的，但即使在当时，他的中、英文造诣已自不弱，甚至诗学也已不浅：英诗之学虽云出我门下，对于中国古典诗的研读恐怕只有比我广泛。我必须指出，政大外交系的主修生温健骝，折冲樽俎未必有何心得，但是在文学上已经是一位不可轻估的小学者了。当时我刚在《文星》上发表了长文《象牙塔到白玉楼》，正津津乐道李贺，很自然地也感染了健骝。日后他熟读李贺，用功之深，更甚于我，追摹昌谷冷艳风格之勤，也比我持久。他这种昌谷风的基调，可说回旋于整部《苦绿集》里，一直持续到一九六九年底。我对于昌谷诗境的低回，只到六十年代的中期为止。一九六四年秋天我去美国教书，一时之间还摆不脱那位多病的中唐少年骑驴的背影。但是两年后的夏天，回台湾的前夕，在慷慨的情怀中完成的那首《敲打乐》，无疑已是我挥别李贺的手势。等到我再回台湾，《在冷战的年代》便开始了，中唐已远。

在《苦绿集》中，当然见得到我的影响，例如经营感性、使用典故、酌采文言辞藻、追求古典风格等等皆是，但是并没有采用我在《莲》集中惯用的格律段式，也罕见我惯用的古今对比。健骝常写的形式，大半仍是自由诗。不过像《夜已央》这一首，确实近于《莲的联想》体。美文《星焚夜半》也有《逍遥游》的味道。

但其他前辈诗人的影响也随处可见：痖弦的《鼠色》，叶珊的《水湄》屡次出现。《晚来》兼卞之琳、辛笛之胜。《在异域的杯上》一首有痖弦风味。《陨叶》与《如月之后》两首则兼有痖弦、叶珊、愁予的姿态。实际上那时对健骝影响更深也更着痕迹的，是周梦蝶。像《永恒》里的诗句，简直可入《孤独国》籍：

我的芒鞋踩盲了
每一颗凝露的啼眼
但步声怯怯，怕
惊你亘古的酣眠

大致说来，《苦绿集》中的作品态度失之悲观，情绪失之低沉，色调则常感灰暗，令人觉得天地茫茫而岁月无情。《零篇》《泣柳》《问》《突然》那几首都是如此。至于《夜宴》《晨之泡沫》《那眼神》《梦佛》等诗，则又十分晦涩，不下于作者日后否定的一般现代诗。另有一点像李贺的，便是诗中常见坟墓与眼泪：

从《星河无渡》《七月》到《秋别》《悼》，写到流泪的诗至少有十五首（其中多首是作者自己流泪），比例极高，也未免太柔弱了。还有一个特点，就是好用量词，有的颇巧，但有的并不自然。诸如"一浑灰茫""一卷苍茫""一井的六月"，都显得刻意求工。再如《愁乐》中这两句：

> 我匆匆走过一程困厄
> 没有谁为我捎来一坛夏日

前句的"一程困厄"简练而含蓄，但是后句的"一坛夏日"就不很可解。是把夏日喻成酒吗？平常只说"捎信"，若是捎来一坛什么，却嫌重了。

健骝的长处在意象而不在声调。由于句法不很流畅，回行又太多，他的声调较欠独创。但是他的意象每每鲜活动人，例如《台风日》的末段：

> 盲目的鞋子问路十字
> 风用粗大的手指——
> 向南，向北，向左，向右

《缺题》之四与之六，语言清纯，主题明确，较能

摆脱六十年代烦琐而隐晦的风气。例如《缺题之四》
末三行：

> 但四野幽微的虫响
> 都来证实
> 我们美丽的沉默。

又如《缺题之六》的末段：

> 嗯，就坐下来吧，
> 任谁也不要说一句话，
> 看着那剪纸的远山
> 在手里盈握；让我
> 为你拨开脸上的树影
> 用微烫的唇……

"剪纸的远山"确能妙传轻淡朦胧之感，但是"手里盈
握"却嫌费词，而第二行的"也"本应作"都"。水晶
在《还有那许多不曾完结的》一文里，指出健骝的诗
"节奏太促，真是急管繁弦"，也就是说，过分注重密
度，有碍流畅。因此，前引三段的白描语言，摆脱了
修辞与典故，反而干净可读。《乌溪沙组曲》里也有这

种纯净而生动的语言：

> 鸟鸣，在水晶蓝的早晨
> 啄碎了过于阔大的风声

　　健骝深受李贺的濡染，又注重密度与张力，往往缺乏一气呵成的气势。但是在感情真正的压力下，他也会情溢乎辞，写出一气贯串的力作，例如表现赴美时远航心情的这首《鹏背上》：

> 翅剪三万里的晴
> 潇洒的云
> 到处染在，涌在
> 回忆渐多的眼中
> 如果撇得下离人的苦楚
> 就只剩
> 太阳的灯
> 枯悬在不知哪里的
> 蓝

　　健骝在李贺的迷离诗境里俯仰经年，受到钓鱼台事件的冲击，在民族主义的强烈号召下，蘧蘧梦醒，落回此时此地的现实中来。海外游子的落寞心情转为民族主义的澎湃热血；另一方面，在资本主义社会里托钵的挫败感，也容易转为对社会主义社会的憧憬。像当年海外的不少留学生一样，在双重的压力下，健骝的思想起了剧变。从后期的诗集《帝乡》里，看得出来，他认同了大陆的现状，把"文革"时期的中国大陆理想化了，而另一方面，对台湾的现状却加倍地失望并否定；在国际上，他认同了第三世界而对殖民地的香港表示不满，更进而反对一切帝国主义。政治认同的剧变决定了诗观和文风的改向。从第一辑《镜花》与第二辑《红堤》中那些"稍有政治色彩的寓言"，到《最后的作品》里那些战歌、宣言和讽刺的漫画，健骝果真实践起他所鼓吹的"批判的写实主义"来了。[2]

《帝乡》中那四十五则政治寓言，用笔虽然颇为细致，用意却每感隐晦，彼此之间呼应不足，尚难形成有机的整体。所谓寓言，往往能在深浅不同的层次供人赏读；如果只能经营背后的影射而不能同时维持自然而生动的表面事件，就难以雅俗共赏，普及读者。

余下来的《最后的作品》十五首，大半近于三十年代的左翼诗歌，但是所用的自由诗体每每失之散漫，在声调和意象上都不够动人，无论鼓吹的是什么意识

形态，其效果都似乎不彰。满纸的口号，例如"团结
起来""斗争起来"，真能促进"进步事业"吗，实在
令人怀疑。比较凝练耐读的一首，是《蓝色和灰色》，
颇有艾青风格。最好的一首应该是《我爱》，柔美的
情境，流利的句法，一路读来，简直有新月派的甜味。
正讶其何以如此天真烂漫地歌颂人生，临到结尾，那
两行条件子句忽然逆转过来，像猝不及防的一巴掌，
向笑容未收的脸上直掴过来：真的是收笔有千钧之势。
若是《帝乡》以后的作品都能如此经营，艺术价值当
会更高。

> 只要我不必住在安置区
> ——一边劳动一边咳嗽

这两句颇能道出香港贫富不均之状，但是当日的大陆
生活真比香港好吗？"文革"时期逃港的大陆人民，多
的是普罗大众。《帝乡》里的一首《交通指示》，是这
样呈现的：

> 而在（另外）一块满布炮弹和子弹的创
> 伤的大地上，正追行着洗濯和建设：指挥的
> 汉子，带着略嫌肥胖和有痛风症的身躯，在
> 微咳中，和年轻的工人、农民、和士兵一起，

> 拆掉古旧的坟茔，移开陈年的死者，相信着：
> 为一个国家，一种信仰而死，是勇敢的死。
> 在劳动者的力量中，他把古老的大地托付给
> 他们了。

这样的画面，跟"文革"以后出现在大陆的伤痕文学，太不相同了。健骝的爱国热情用错了时间，也找错了对象。这在保钓以后浪漫的民族主义浪潮之中，已是常见的现象，又何忍独究健骝？以健骝的才情与学养，若非死得那么早，又那么不巧，他所坚持的"批判的写实主义"，当会另有一种写法，另有一番胜境。

　　不过健骝后期的转变，并非局限于诗作。早在一九六八年，他的论文《高尔基：神、鬼、人》已展示不凡的学识。到了七十年代中期，他析论美国诗人杰佛斯（John Robinson Jeffers）的短文《以为人不如鸟的杰佛斯》，和抨击康明斯（E.E.Cummings）的两篇长文《语言以外》及《头上加头，雪上加霜》，都是学识超卓胆气过人的批评文章，文字也犀利缜密，动人心目。这三篇文章虽未明说，多半却是冲着我这位老师来的。足见我英诗班上的高足已经青出于蓝，能够以我之道来还治我了。这三篇文章下笔颇重，论美国诗人虽然略嫌苛刻，也许还带点东风压西风的意气，然而方向正确，论证严谨，不失为评论力作。健骝若

能延年，我不敢说他一定做得成前几名的诗人，却相信他必能以评论成家。

一九八九年二月十一日于厦门街

附　注

1. 《苦绿集》中作品其实只有九十四首。第二辑中的《庙》和第四辑中的《神社所见》，不但同样写于一九六八年九月十五日，而且除了两处微末细节外，文字完全相同。又第二辑中的《那日》和第六辑中的《那日》，除了五个字意思略有出入之外，也是整篇一样。一卷诗内竟会多出两首雷同的作品，罕见如此失察。

2. 早在一九六七年的《凤之声——to the Hong Kong poets》与一九六八年的《失题——to S.L.》（俱见《苦绿集》）等诗中，健骝即已强调诗应关怀现实，并表示不满某些现代诗的遁世。可是感性的调整毕竟赶不上知性的自觉，一直到一九六九年，在诸如《那眼神》与《枕中记》里，他仍然未跳出迷惘之境。

从嫘祖到妈祖

—— 序陈义芝的《新婚别》

一

陈义芝诗艺的两大支柱，是乡土与古典。论者一提到乡土诗，自然而然就想起吴晟、向阳等的作品。但是中国地域之广，民俗之异，何往而莫非乡土。祖籍在中国大陆，成长在台湾，陈义芝跟许多第二代的外省作家一样，具有双重的乡土意识——一种大陆与海岛的交缠情结。一方面，他认同成长于海岛的生活经验，另一方面，对于大陆的父母之乡，先人之土，他又有一种地理的、历史的、文化的乡愁。这种乡愁，跟我这一代的作家所怀抱的当然不同，因为它没有切身的记忆，只有史地的知识，父母的熏陶，所以浪漫而带想象。

自从开放大陆探亲以来，传说中的、新闻中的中国大陆变成了伸手可触、举步可踏的现实。对于陈义芝，根深蒂固的另一端乡土既亲切又陌生，既吸引又排拒，既令人兴奋又令人失望，令他的情怀矛盾而难遣。对于陈义芝，台湾的乡土就是他的童年、少年，因为他就是那么活过来的，自然认同，容易接受。而大陆的乡土呢，是突然的现实闯进了悠久的传说，一时令人难以消化。

在陈义芝的诗里，《出川前纪》和《川行即事》是两辑力作，十分重要。他是四川忠州人，明末巾帼英雄秦良玉的同乡。两辑诗中的世界，正是巴山蜀水和川人的生活。两辑都是第一人称自传体的叙事组诗，篇幅均在二百行以上。抗战的岁月我全在嘉陵江边度过，所以对四川的风物恒感亲切，甚至以"川娃儿"自命。陈义芝这两辑组诗可谓川味十足，尤其当他列举川芎、防风、赤芍、车前、辣蓼、野南瓜根之类的药名，我几乎已经置身中药铺里，触鼻尽是土香绕根的药味，真的是动人乡愁。

不过两诗却有显著的不同，因为《出川前纪》所写的风土人情是一九四九年以前的"旧大陆"，其事乃间接的揣摩，而《川行即事》的所见所闻却是八〇年代的"新大陆",其事乃直接的经验。《出川前纪》写一位四川的青年,从家世和父丧一直写到从军和出川,故事并不连贯,但是气氛弥漫,感性饱满,语言上有一种纯朴的土气。且看其中《家门》的一段:

松木打桩

柏树插柱

家门,据说青瓦为寻常百姓

红瓦一一浸染过前朝功名

凡厅堂都安置天地君亲

厢屋接待诗书易礼

至于路边,喏,闲闲地

开着茶馆和烟馆

《出川前纪》的副题是"——秋天听一位四川老人谈蜀中旧事"。这老人就是诗中的"我",也许就是作者的父执乡长,甚至可能就是作者的父亲,因为据作者在散文里自述,他父亲就是来台的军人。

《出川前纪》洋溢着离愁与乡情,带有追忆的温馨。对比之下,《川行即事》写作者回蜀探亲之行,由寻根的情切到近乡的情怯,由回乡的百感交集到辞乡的矛盾心情,在感性之中寓有知性,感动之中带着批评,是一首硬朗可贵的写实力作。十段之中，以《麻辣小面》《长江之痛》《待决的课题》等几段最为突出，在浪漫的乡愁之上更提出现实的国恨，甘中有苦，甜里带酸，耐人嚼味。《麻辣小面》的后两段是：

天刚亮就在炉子上烫面
土陶碗实实的土
而花椒确是正宗的麻
胡椒，正宗的辣
卖五角钱一碗
我唏哩呼噜趁热吞下

像长江一样久长的麻辣面哟
吞下历史的龙蛇，文化的水怪
将我心扯紧
不教痛，但教堵住胸口
说不出一句话

麻辣面在生理上激起的反应转化为游子在心理上的波动，由实入虚，在主观感觉上却又不悖于实，正是诗艺所在。《川行即事》的心情就是这样，既非英雄式的悲壮，也非浪子式的低徊，而是从历史堕入现状，从浪漫跌进现实的无助与无奈。陈义芝能把这种无奈的心情以欲语还休的苦笑托出，有赖非凡的艺术真诚，确为探亲文学跨出踏实的一步。在《长江之痛》里，诗人又说：

> 长江，是母亲剖腹生我的脐带
> 还是一条时常作痛的刀疤？
>
> 褐黄重浊的水
> 挟无情岁月
> 与泥沙俱东下
> 猿声啼不住
> 舟，轻轻过了
> 老病的三峡
> 如一条哑嗓
> 一根发炎的肠子

三峡原是唐诗神秘而美丽的风景线，自从宋玉以来，无论是杜甫出峡或是陆游入川，都歌咏之不足，可是造化和神话毕竟抵抗不了无情的污染，真是可悲。这种无奈的失落与失望，到了末段《待决的课题》，表现得最为透彻：

故乡的人事因注入了异乡的心情

乃像癣疥一样令人痛痒

不敢深抓

又不得不抓……

半月来逆顺长江

很难说依依

偏像咬牙吞下一个无汁的柑橘

那不易剥净的黄皮

叫人鲠喉的筋络

带一点药味的苦

一点午夜磨牙的酸

填到嘴里

都咽进肚里

有趣的是：陈义芝在写其他作品时，常爱运用古典文
学的辞藻或句法，但是面对《川行即事》的直接经验，
在处理最富古典联想的巴蜀时，他却赤手空拳，只用
朴素而苦涩的语言，甚至令人不悦的意象。也许正是
因为言之有物，就不遑巧其唇齿吧。

　　先人的乡土纠根缠藤于意识深处，任取一截，都
可以成为写作的丰富资源，由此可见。但是另一方面，

作者生于花莲，长于彰化、台中、台东，更久寓台北
迄今，所以台湾当然也就是他的乡土。对于第二代的
外省作家说来，中国大陆虽是生父，孺慕之中却有点
陌生，台湾才是朝夕相处的养父，恩情更浓。相对于
中国大陆的迷惘乡情，台湾的乡情有童年和少年的切
身记忆来支撑，显得落实可靠。像《雨水台湾》这样
泥味土气的诗，必须有陈义芝这样的成长背景才写得
出来。第三段里的句子：

犁耙牵引
一亩亩一顷顷的田土踢腿翻身
睁开童蒙的睡眼了

真能道出泥土的感觉。辑中另一首好诗《瓮之梦》写
的是二十多年前偏远如瓦瓮的村落，应该是彰化县泉
州村或溪底村一类的僻壤。整首诗在静静的回忆中运
行，落实而具体，犹如电影镜头之次第展开。如果把
首段移到诗末，并删去原来的末段，则作者的按语可
减到极少，当能保持"无我"之境。同样地，《生活的
岸边》也善于表现乡居的平淡与寂寥：

信云只能居住穷乡

因为经济关系。四周房舍拥挤
夜里听得见隔邻咳嗽
港中泊一群小船
舷栏晒网，桅杆晾一些衣物

坡顶有座小庙，门口常趴伏一头黄狗
巷口菜摊子苍蝇打旋
偶尔落脚在修女浆平的白衣上
她们也要过日子，买菜，细声细气地与人
讨斤两。小教堂静立晚风中
空气里仿佛有点咸湿。

二

陈义芝诗艺的另一支柱，是古典。单看他三本诗
集的名字：《落日长烟》《青衫》《新婚别》，也泄漏其
中的情景了。他毕业于师大国文系，像他那一代崛起
于中文系的青年诗人一样，就地取材，自然而然把古
典文学的教育转化为新诗创作的养分。稍早于他的有
萧萧，与他同时的则有渡也、苦苓、赵卫民。

古典文学的修养对新诗人应该是一笔丰盛的遗产，

但是这遗产是否有效，就要看诗人如何运用了，否则锈了的五铢钱恐难通行于当代。中文系出身的作家，长处往往在于辞藻丰富，语气简练，句法浑成，但是相对地，往往也容易落入前人的格局，安于四平八稳的成语，而不能创出自己的腔调。有时候的问题是笔下太文，不合诗中人的口吻，不配诗中特殊的场合，或是不协上下文白话的节奏，而演成文白夹杂。杨牧在《青衫》的序言里，曾经指出作者的用语有时失之于文而病于隔，有时在上下文之间时而险巇，时而平坦，有欠畅顺。这问题到了《新婚别》里，仍然没能充分解决，例如主题诗第七段的这一句："惊见虫蚁攀爬于上攒聚成行"，不但语气太像文言，词组有偶无奇也颇似散文。这样的词性与句法离白话太远了，真有点隔。他如"流水多变亦有其不变"，"戚戚焉久久"等句也嫌太文了。又如"叫人忍不住大喊：为什么不跑，有何不舍？"就有点文白不调。杨牧说作者的"语法介乎生熟之间"，大概就是这个意思。

散文化是作者必须面对的另一个问题。诗的句法在于奇偶相间，跳荡生姿，圆熟溜转，不黏不滞，若要把前因后果交代得一五一十，就落入散文的格局了。《出川前纪》里有这么两句：

成群的饥民便作四处流窜的风
我的私塾生活恰与此同时追行

后面的一句显然就是散文，读到这里，未免顿失诗意。
《天体行》里的三行：

在不同季候不同场所
对不同人放射出
强弱不一的磁力

也有点像散文的说明。再如我前引《川行即事》里的
两句：

故乡的人事因注入了异乡的心情
乃像癣疥一样令人痛痒

前面的"因"和后面的"乃"原是散文逻辑的呼应，
到了诗里反成了窒碍，应该删去，让句子有自由回旋
的空间。此外，在遣词用字上有些地方似乎尚可再加
锻炼，例如《你眺望江上独明的江船》，两个"江"字
未免重复。又如《慢性像想家的病》一句里，"像""想"
的声音纠缠难念，为什么不用"如"而要用"像"呢？

再如《一千年前的云千年后还停在谷里吗》本是佳句，可惜"千年后"实在多余，正是散文化的思路。再举一例以明句法之活络：

午后在和风连连的亭台小憩

这一句并无问题，其实还相当干净、自然。若与下句并观，就会发现一个现象：

武昌在蛇山下
棋布着一如从前的童话般的红屋瓦

那就是，如果句法多半如此，就欠缺变化而稍嫌平直。这种句法只顾往前走，不知回头，所以要用不少以"的"殿后的片语。其实我们可以将它化解，松绑如下：

午后在亭台小憩，和风连连

武昌在蛇山下
棋布着红屋瓦，一如从前的童话

这么一来，不但"的"字少了，而且句法以尾应首，较有变化，也就是"不黏"。陈义芝的诗每有创意，如果语言上再加锤炼精进，力量当能十足发挥。

古典诗词是中国文学的上层精华，其下尚有旧小说、民间艺术、江湖传说、乡土习俗。善用古典传统的作家若能兼顾这下层的种种，其风格当会更加深厚沉潜，也更富民族趣味。我说古典与乡土是陈义芝诗艺的双脚，其实这两者并非截然可分。古典在上，乡土在下；古典是时间的累积，乡土则兼有空间的凝聚和时间的连绵。陈义芝经营古典的诗，如《子夜辞》及《山水写意》两卷中所收纳的作品，虽亦不乏佳作，但是比起前两卷里歌咏中国大陆与台湾乡土的作品来，味道就没有那么浓烈感人。这本诗集的主力，应当是在《出川前纪》与《川行即事》两篇。我认为四卷之中，《子夜辞》较弱。《山水写意》卷中，《读书札记》颇有奇气，《山水写意》主题诗七首均在水准以上，而以《瀑布》《树》《青苔》为尤佳。陈义芝自己颇看重《瀑布》，我也认为《瀑布》亦儒亦侠，气势不凡，但是觉得《青苔》一气呵成，高朗古朴，也是珍品：

一山独高是从前部落的神话

如今山山峥嵘被翻滚的云簇拥

溪水打听雪融的消息

古松忍受风的袭击

太阳照着的地方，草根不断宣誓

照不到之处贴满了青苔布告

至于《灯下削笔》一首，不但段式整齐，语言流畅，
而且介入当代生活，颇有林彧的味道，在本诗集是一
异数。这个方向可以探索下去。希望陈义芝今后诗艺
的鼎立，能在古典、乡土之外，更添当代生活的一足，
俾能赢得更广的共鸣。

一九八九年八月于西子湾

一块彩石就能补天吗?

——周梦蝶诗境初窥

四十年来在台湾的新诗坛上,周梦蝶先生独来独往的清癯身影,不但空前,抑且恐将绝后。

在我们的诗人里,他是最近于宗教境界的一位,开始低首于基督,终而皈依于释迦。在一切居士之中,他趺坐的地方最接近出家的边缘,常常予人诗僧的幻觉。他的笔名起于庄子的午梦,对自由表示无限的向往。不求名利,不理资讯时代的方便与纷扰,无论在武昌街头与否,他都是不闻市声的大隐。对现实生活的要求,在芸芸作家里数他最低了,所以在诗中他曾以荻奥琴尼斯和许由自喻。可是另一方面他又一诺千金,不辞辛苦为朋友奔走的精神,却又不愧于儒家。都到了一九九〇年了,台北之大,似乎只有他一人还在手持莲花，抵抗着现代或是后现代的红尘。今之古人，应该是周梦蝶了。

不过他又是这娑婆世界最不自由的人。因为生活不难解决，生命却难安排。大患之身，正是寸心所寄。时至今日，要糊口并不难，难在喂饱这寸心。无论把《孤独国》或《还魂草》翻到第几页，读到的永远是寂寞。戴望舒的诗说，蝴蝶的翅膀像书页，翻开，是寂寞，合上，也是寂寞。他说的正是一个叫梦蝶的人。在生活上一无羁绊的梦蝶，在感情上却超脱不了，而经常受困于一种无始无终无边无际的压力，正是他心灵的孤寂。至其绝处，甚至有"天堂寂寞，人世桎梏，地狱愁惨"这样的诗句，有时更说："逃遁是不容许的／珂兰经在你手里／剑，在你手里。"

周梦蝶是新诗人里长怀千岁之忧的大伤心人，几乎带有自虐而宿命的悲观情结。在这方面他毋宁更近于纳兰性德、黄景仁、龚自珍、苏曼殊、王国维、李叔同一脉近世诗人的传统，而于当代诗家之中，自然而然最崇拜周弃子。前述的纳兰六人莫不深于情而又苦于情，一腔悲怆无法自遣。周弃子更其如此，自谓对于爱情是一团漆黑的绝望。台湾新旧诗坛之有二周，颇能互相印证。

叶嘉莹为《还魂草》作序，依处理感情的态度，把陶潜、李白、杜甫、苏轼归入善于处理悲苦的一类；至于屈原和李商隐，则遣愁无力，只能沉溺苦海之中。她把周梦蝶和谢灵运相比，认为大谢的山水与名理排遣了政治的苦闷，但是周梦蝶并无现实利害之纠缠，其悲苦来自纯情，所以能从纯情的悲苦里提炼出禅理哲思，而把感情提升到抽象与明净的境地。翁文娴也赞誉他为淡泊而坚卓的狷者。

周梦蝶写《孤独国》和《还魂草》的岁月，正当现代主义流行于台湾文坛，但是除了一种孤绝的情怀和矛盾语法、张力一类的技巧，他的诗和当时的现代诗风有颇大的差异，成为制衡西化的一个反动。那时的现代诗力反浪漫，嘲弄爱情而耽于写性，且把性欲写成无可奈何的虚无姿态。梦蝶诗中追求的却是古典之情、圣洁之爱，正是反潮流的纯情。翻遍他的"少作"，满纸的寂寞和悲苦全由于这一个情字。他的悲情世界接通了基督、释迦和中国的古典，个人的一端直接于另一个时空，中间却跳过了社会。

最近在何凡八十华诞的寿宴上，痖弦对我说起，周梦蝶是最浪漫的诗人。事后寻思，觉得此言甚确。从早年的《孤独国》到八十年代的近作，他的诗纯然是抒情，所抒的大半是难能而难遣之情，而且总是那么全力以赴，生死以之。我与梦蝶相交多年，见面往往止于论道而不互通隐衷，近乎畏友。所以他在感情上的心路历程，我也不很了了，只知他曾结婚，和周弃子一样。梦蝶是一位极其主观而唯心的诗人，诗中绝少现实时空的蛛丝马迹，更有宗教与神话的烟幕相隔，很难窥探其中的"本事"。像《失题》中的那粒红纽扣，已经是不可多得的"物证"了，也不足作为郑笺。

然则梦谍诗中那一片弥天漫地而令人心折骨惊的悲情，究竟为何而起？从大多数作品看来，其主题不外是生命的观照、爱情的得失、刹那的相知、遥远的思慕、灵肉之矛盾、圣凡之难兼。叙事诗多用第三人称，抒情诗多用第一人称，但是情诗、抒情诗中最隐私的一种，却多用第二人称。《还魂草》四十八首诗中，对"你"窃窃私语的占了二十七首。《孤独国》里这样的比例小些，但也占了三分之一上下。这些诗中的"你"所称的，不会是同一个人。许多诗里有"你"也有"我"，足证"你"是诗人倾诉的对象：《失题》、前后《一瞥》、《空白》、《虚空的拥抱》、《绝响》、《囚》、《天问》、《行到水穷处》等等正是如此。此外，《还魂草》里的"你"应该指那仙草，《关着的夜》里的"你"应该指女鬼，《燃灯人》里的"你"应该指佛，都有脉络可寻。可是另有一种情况，是诗人身外分身，对自己说话，称自己为"你"，造成一种对镜顾影的幻觉。《菩

提树下》《托钵者》《寻》《孤峰顶上》等首都有这样的
倒影作用。在梦蝶的诗中，人称是解题的一大关键。

　　用情深厚而生死赖之，固然是梦蝶之所苦，恐怕
也是梦蝶之所甘。除了血与泪，他似乎不知道写诗还
可以蘸别的墨水。像《行到水穷处》这样得意而笑的
作品，在他诗中应是例外。近作《于桂林街购得大衣
一领重五公斤——之二》富于人间世温情，而附注所
言"诗云：'岂曰无衣，与子同泽！'思之，不觉莞尔。"
也流露静观自得的谐趣，颇出人意料。他的多数情诗，
不论所抒是狭义的爱情或广义的同情，都是将热血孤
注一掷而义无反顾。他伤完自己的身世，余悲可贾，
还要为《聊斋》里的女鬼和《圣经》里的妓女放声一哭。
近几年来，得他赠诗的也都是人间的五六位兰蕙才女，
甚至手持红梅的车上老妪也能够入他的近作《老妇人
与早梅》。就我记忆所及，梦蝶似乎从未赠诗给同性文
友，这在师承中国古典诗传统的梦蝶说来，倒是反传
统的。我曾先后赠他二诗，他照例没有答我。人各有情，
这当然不足为怪。可是他这么专心一致地欣赏女性，
不禁令我要说一句：周梦蝶也许不是庄周再生，而是
《石头记》的石头转世，因为他如此痴情，还不到鼓盆
之境。

　　《还魂草》的作者在某些方面实在近于李贺，因为

两人都清瘦自苦，与功名无缘，都上下古今欲摆脱现实的时空，都深情入于万物而悲己悲天。泪的意象在两位河南诗人（淅川距昌谷不过二百公里）的作品里都很普遍:《还魂草》中有一半以上的诗出现泪与哭泣。《囚》的第二段完全是昌谷诗境。和长吉一样，梦蝶也是一位主观的诗人，但是梦蝶比古锦囊客还更主观，而且唯心。长吉诗中的感性还时有写实之处，梦蝶的诗几乎没有写景，全是造境。近年梦蝶渐有咏物之作，他的造境有时也能接通现实，不再是无中生有了，例如《疤——咏竹》一首，便是物我交融、虚实相生的咏物上品，可谓一次突破。早年他的诗质因用典频繁而虚实互证、今古相成，但用得太多时也会嫌杂与隔，尤以中西古今混用为然。另一特色是好用矛盾语法，来加强诗意的曲折、语言的张力，并追求主题的矛盾统一：警句往往因此产生。但如果用得太多，也会失效。在近作里，由于诗人的激情趋于恬淡，典故与矛盾语法也相对减少，得之于自然者，又恐失之于散文化。尚望诗人能妥加安排，更登胜境。

一九九〇年元月

被牵于一条艳丽的领带

——序焦桐的《失眠曲》

　　一九五〇年以后降世的诗人，譬如说，从冯青到林彧，搁笔或少产的愈来愈多，造成了诗坛遗憾的一个异象：头尾活动而腰部不灵。论者乃有所谓"断层"之叹。十一年来的年度诗选，自始至终，年年入选的诗人只有四位，竟然现龄都是六十五岁以上。功亏一篑，十一年中缺了一年的，是四十二岁的白灵，正属断层之代，可谓例外。另一例外是陈黎，在拦笔多年后忽又重出，且后劲不弱，令人惊喜。

　　陈黎早年的力作，首推《最后的王木七》，主题是十三年前瑞芳永安煤矿涌水的灾变，罹难矿工二十四人。陈黎的诗写于灾变后的两个多月，但在悲剧后的三个多月，又有人就同一主题另写了一篇叙事长诗，分量之重，笔力之强，仍然可观，便是焦桐的《怀孕的阿顺仔嫂》。陈黎的力作是由坑中的矿工发言，焦桐的力作则反过来，由坑外守候的妻子来叙述，另辟蹊径而别有收获。长诗需要开阖吞吐的深呼吸，语言的密度当然难比短诗，不过《怀孕的阿顺仔嫂》仍然有这样的佳句：

> 走出地平线下的黑暗，走出
> 蜿蜒分歧的黄泉路，千万不要
> 不要再走下矿坑
> 向煤索粮

后来焦桐在主题上的发展，仍沿着同情小人物这一条社会关怀的线索，但与时并进，将关怀提升为批判，而注目的对象，也从地下炼狱的矿坑转到地上炼狱的妓院，最新的诗集《失眠曲》中，就有好几首佳作属此主题。

《失眠曲》收集了焦桐的五十首诗，由于都是短篇，分量不算很重，写作时间却先后达十三年之长（一九八〇年至一九九三年），而且不是平均分配，因为其间有四年无诗，而一九八八年（十九首）与一九九三年（十三首）特别多产。这现象确是一般诗集罕见。不过，此集中比较出色的作品确也多半出现在这两个"旺年"，可见作家之笔仍应常葆"动者恒动"，才会流水不腐。

作者自编这本诗集，不依写作时序，而以主题区分，共为四辑。这种编法当然便于展示主题的诸般面貌，我自编《与永恒拔河》也采此途，其缺点却在归类有时难免勉强。例如第四辑的《办公室》（甚至《公车记事》《小毛驴》），主题既是上班族的苦闷、个人在社会上的疏离感，为何不像《明天要穿的皮鞋》和《擦肩而过》那样，归入第一辑里？

第一辑的十首诗，写的正是个人在现代社会、都市文明里的疏离感，感到喧嚣中的寂寞，忙碌中的空虚，感到此身茫茫，不着边际，毫无价值。这种人海飘零的孤绝感，以上班族为尤然。这种心情，六十年代台湾现代诗中颇多写照，可是在当年台湾准现代的社会中，有点揠苗助长，失之早熟。到了八十年代，台北进入了半吊子的后现代社会，这种心情却成了普遍的感觉，以之入诗，就自然而且真实得多了。林彧有一些好诗应运而生，最能表现大都市上班知识青年的这种心情。焦桐在《失眠曲》的第一辑里，也有好几首诗专攻这领域，规模较小，但也自有佳作，例如下面的这首《擦肩而过》：

关掉这两扇沉重的门
我哄抱一群喧哗的心事
依恋地回到混凝土的身躯

今天又有二十万人和我擦肩而过

插满碎玻璃的围墙太高
一个人在思维里散步
不得其门而入

这首诗始于关门，而终于无门可入：人们处处是防范与封锁，虽有千万人与我摩肩接踵，仍是无情的世界。"插满碎玻璃的围墙"恐怕是台湾特有的丑陋都市景观，正好象征一个个惊惶自卫而拒人不纳的小我，加起来难成其为泱泱融融的大我。《双人床》在我和方旗的题意之外，另辟天地：

梦那么短
夜那么长
我拥抱自己
练习亲热
好为漫漫长夜培养足够勇气

睡这张双人床

　　总觉得好挤

　　寂寞占用了太大的面积

这首诗语浅意深，纯用白描，却绘出了孤苦的至境。
末三行把空旷之床反说成太挤，以进为退，竟得奇效，
确为上乘小品。唯一的瑕疵是中间那一行太长，也太
直露；如能分成两行，而且稍加含蓄，此诗就完美了。
本辑其他各首中，《露珠》是一个完整的短剧。《我假
装睡醒了》也颇动人，可惜首段末二行的"远离遗忘
／远离泪"，失之抽象，也嫌伤感。但是领带的意象
却十分生动："被一条艳丽的领带牵走／远离夜的腹
地……一条艳丽的领带拉着我赶路"：真道尽了身不
由己的浮华社会。《往事影子般潜伏过来了》一首，意
象瘦硬而落实，饶有超现实的感性，像下面这几行，
俨然艾略特早期风味，非常崇人：

　　群鼠在脑部的天花板顶撞

　　隐晦地探出

　　退入冥想的洞穴

　　谁在门外轻咳

　　谁

是谁在耳朵的锁孔里转动钥匙

第二辑十三首用戏剧的角色，尤其是京戏中的，来咏叹人如戏，有时且影射政治，或者同情伶人。《场面》一首写台上众乐交响，繁华之中难掩苍凉，是错落有致的抒情妙品：

一支笛在天涯
从悲欢的转折处响起
等待中的管弦陆续介入
那排低音的箫固执地吹
宿命的笙也暗中戏弄
美丽与哀愁的基调
还有胡琴激动的颤音
和铙钹渐渐升高的咏叹

《跳加官》显然是影射台北官场："每一具假面都忍不住发笑——你天官赐福，他一品当朝"，真是皆大欢喜；但是"盗贼披上衣冠来扮演官兵，／神仙卸下面具就是阎罗"。另一佳作是《悬丝傀儡》，前九行仍似暗喻当前的政局：

暗地里总是有几条线

取代神经、骨骼和血管……

灯光下的声音和举动

完全由阴影中的老人来操纵

只可惜后五行却转了向，扔下政治的双关，去写"命运的离合悲欢"，削弱了首尾相应之势，乃使此诗的运行，强起而弱收，结尾两行"将现实／纠结成梦幻"尤失之抽象。

一般诗作常见之病，是语言的散文化与主题的抽象化。其实抽象化就是概念化，本质上仍然是一种散文化。写诗，其实就是抵抗并且征服散文化的过程；对诗人而言，这件事往往需要终身的修炼。据说叶慈（Yeats）写诗，往往先将主题用散文写出，然后将散文草稿提炼成诗。此法未必人人合用，但如大诗人也不能不努力克服散文化，足见散文化之为惰性有多顽固。叶慈的做法是一种"反释义"（anti-paraphrase）的过程，把抽象的、露骨的、随便的说明，提炼成具体的、含蓄的、紧凑的表现。超凡入圣，羽化成仙，诗人要炼正果，舍此莫由。其间甘苦，起初总是挑水劈柴，后来便是一苇渡江了。且容我以实例来印证此说：

君非海明威此一起码认识之必要

这是三十年前痖弦《如歌的行板》中匪夷所思的妙句，妙在文白之搭配与句法之灵活，在此且不赘析。若在语言上把这句诗散文化，便成了"你并非海明威，这一点你起码该有认识"。若在主题上要把它散文化，便成了"你不是大作家，这一点你至少该有自知之明"。再引痖弦《巴黎》末三行，以明抽象或概念之病：

　　塞纳河与推理之间
　　在绝望与巴黎之间
　　唯铁塔支持天堂

六个名词之中，二虚三实，"天堂"只能算半虚半实；其组合则为每行虚实相配，也就是说，虚的抽象名词必须用实的具体名词来克制，以防其散文化。痖弦这三行的组合，可以化为如下的公式：

　　在"实"与"虚"之间
　　在"虚"与"实"之间
　　唯"实"支持"虚·实"

如果防范松弛，变成了虚盛实衰，例如：

在绝望与推理之间
唯铁塔支持信仰

就相当散文化了，已经不美。幸有铁塔之实撑在其间，
勉可称诗。若是把铁塔也抽掉，变成真正的"抽象"，
就完全不成其为诗了：

在绝望与推理之间
唯意志支持信仰

这样的诗最好写，因为只需动员观念，不劳想象力来
贯串主题，其境仍只是"凡"。铁塔独撑的那两行，"正
要一超凡"而"犹未一入圣"，痖弦的三行原文才算一
入圣"，成了诗的正果。

无论诗人强调什么主题，坚持什么信念，这种克
服散文化的自律，这种反释义的修炼，是他必须接受
的考验。否则他的信念无论有多神圣，他只能算是宣
传家，还不是诗人。一般诗的作者，大半仍徘徊在圣
凡之间，欲超乏力，欲入无门，其故正在散文化之病，
未能祛袚。《失眠曲》中某些诗未能超凡入圣，也是因

为受累于抽象概念。第二辑里有些诗正是如此，例如《黑幕》末段：

> 隔了这道黑幕，总难明白
> 尚未曝光的是非——
> 人物性格常复杂深邃
> 而情节，比想象更曲折幽黑

其中抽象概念颇多，单靠"黑幕"一实，和若干戏剧性不够鲜明的形容词，仍难驱除散文化之魔，乃陷入笼统之境。

　　这种散文化的笼统之病，到了第三辑里，却一扫而尽，令人惊喜。这一辑的十三篇散文诗，除了后三篇是写第三世界被战争扭曲变形的童年之外，其他各篇的主题都是娼妓，尤其是雏妓的悲惨生命。《魔鬼分队长》虽不属此，但广义而言，也是性之罪恶。《圣战进行曲》等三篇咏叹变态的童年，与雏妓生涯同属可悲。这十三篇几乎都不弱，而写雏妓的几篇更是出色，所以这一辑在全集里成就最高。《她的故事》《茶花女》《小菊》《小媚》《她的母亲》《她的一生》这六篇全部言之有物，不但叙事生动，意象鲜明，结构紧凑，而且笔法精简，语言硬朗，节奏伸缩自如，收步既快又稳。这些小品兼有散文的自然、诗的锻炼,不愧散文诗之名;同时在悲惨遭遇的个案中,还有魔幻写实的艺术加工,亦兼有报告文学与极短篇小说之功。这些踏实而惨烈的叙事短诗,字字见血,在社会批评的张力之下,根本没有空隙可容抽象名词,所以弹无虚发,自然免于散文化的含糊笼统。以下且引《小菊》的片段为例:

> 小菊她,楚楚发育,是我们山地早熟的
> 小雏菊,每天接客四十次……
> 其实小菊还是一个爱做梦的女孩。她的
> 白日梦常出现阳光森林、操场和教室,以及
> 快乐已经失耕的山地乡;睡眠时辄梦见一根
> 春米的木杵,激动地捅着下腹部,那根气喘
> 不休的木杵一直捣进灵魂疼痛的深处。
> 小菊今年十三岁,腹膜发炎,子宫溃烂,
> 是我们山地早萎的小雏菊。

第四辑十四首的主题仍是社会批评,焦点则集中在政局与官场。"解严"以来,言路大开,但是乐观人士等待的政治诗杰作迄未出现。写诗毕竟不像杂文,痛快淋漓,骂完作数。政治诗仍然是诗,必须维持

虚实相生、语带双关的艺术水准，才能把抽象的概念"演"成生动的经验。言论自由之后，性急的人干脆去写杂文，直接论政，甚至去组党、竞选了，谁还耐烦那么缓不济急，去琢磨什么诗艺呢？真正的后果是：文学非但不见蓬勃，反而萎缩了；大众非但没有文学化，反而政治化、商业化、媒体化、世俗化了。自由，并不能保证产生好诗，包括政治诗。

在如此低迷的气氛中，第四辑的几首政治讽刺诗，仍是值得一读的。《大风吹》用古老的抢座游戏影射官场搬位，颇见巧思，可惜末段改了向，未能深入探讨主题。《小蜜蜂》里竟有"游行法西斯城镇"之句，恐怕是言重了。《太极拳》《老屋》《关节炎》三首，讽刺官场敷衍与体制僵化之病，均有可观。《太极拳》语语双关，虚实相应，把吏风僚气的旧喻翻新，令人莞尔。《老屋》把不健全的旧制喻为"历史悠久的违章建筑"，令人联想到闻一多的《死水》，可惜抽象名词仍用得不少，虚实之间呼应未尽紧密。但同一主题在《关节炎》里就写得更妥帖，不但双关的呼应自然，语言也比较有力，末段急转直下，收得痛快淋漓：

我决心为健康冒一点点风险
选择锋利明快的手术刀

只要能舒筋活脉、畅通气血
　　就勇敢地打通关节

我不敢说他所选的快刀是否真能奏效，只希望他手术
成功，健康得救，终能奔赴春天的约会，不再失眠。

　　　　　　　　　　　　　　一九九三年十一月

不信九阍叫不应

——序斯人的《蔷薇花事》

一

在《剪成碧玉叶层层》¹的序言里，主编张默把入选的二十六位女诗人分为三代：从张秀亚到彭捷为第一代，从夐虹到席慕蓉为第二代，从翔翎到梁翠梅为第三代。这本现代女诗人选集初版于一九八一年。十四年后回顾此书，觉得仍是一本精当的选集，不过在第三代的女诗人里，可惜至少漏了苏白宇和斯人²。

早在七〇年代中期，斯人已经开始创作，而且相当多产：在一九七五和一九七六两年之间，她至少写了三十多首，可是并未全部发表，而且只在联副刊出。她在《剪成碧玉叶层层》里虽成遗珠，幸喜在翌年出版的《联副三十年文学大系：抒情传统》里却崭露头角。最奇怪的，是其后的十二年间（一九八二年至一九九三年），没有一本尔雅的年度诗选收她的诗[3]。幸好在一九九〇年，以前把她漏掉的张默，终于把她的七首诗选进了《中华现代文学大系》[4]的诗卷。

　　但是真正肯定斯人的，则是痖弦与钟玲。最早鼓励斯人并屡刊其诗的，是痖弦。我开始注意斯人，也是经由痖弦提醒。不过，认真评析斯人的诗艺，却是钟玲。在《现代中国缪司》[5]一书里，钟玲不但用了七页的篇幅，详论斯人作品的四个特色：人道主义的情怀、智性的深度、澎湃的激情、神秘主义的色彩；更在全书的结论中，将她与林泠、敻虹、罗英、蓝菱、夏宇相提并论，而且概括其风格为"表现澎湃激情及思想层次"。

　　能同时表现激情与思想，这样的诗艺自然不囿于"纯情"，而能兼融感性与知性，成就"软硬兼施"的综合诗艺。如此的境界当然不是一蹴可及。综览本集所收的七十六首作品，当可发现，斯人的半生诗艺正是由早年的轻愁发为中年的沉郁，并由纤巧的小品演成淋漓的长篇，二十年来的收获大有可观。

二

　　从最早的《但丁》到最近的《康桥百行》，斯人的总产量二十一年间只得七十六首，平均每年只写了三首半诗。但其实际情况并非平均分配，而是高度集中。第一个高潮在一九七五、一九七六两年，得三十四首，第二个高潮在一九八四到一九八六的三年，得二十一首；其余的十六年只剩下二十一首，可见心情的波动有多不规则。

　　辑一的二十首诗几乎完全是第一波高潮所产，多为轻忧闲愁、伤春悲秋的小品，风格仍在探索试误之中，语言尚欠圆熟，回行时见失控，音调也未尽妥帖。例如开卷第一首《忍冬》，虽然句法流畅，一气呵成，以初试之笔而言，已经堪称佳作，但是音调仍欠锻炼。例如开头九行，行末的"冬、踪、秋、香、思、需"和行中的"山""箱"二字都是阴平，用白话读来，就嫌单调而欠起伏。此外，代名词用得太多，也嫌西化，例如《秋樱》的前四行：

　　　下了一夜的雨
　　　我心里实在担心那些花苗
　　　它们有些才发了芽，有些

刚定植好——我真害怕

"它们"两字就失之西化，纯然多余。中文里多用了代名词，就会觉其散文化，同时也是西化。古典诗所以空灵不拘，一大原因正在于少用代名词、连接词、介系词之类；同理，新诗的语言要求灵活流畅，也应避免这些文法上的纠缠。又如《雪柳》一诗，感觉非常细腻，语言也颇精确，结尾的四行尤其高明；美中不足的正在于连用了六个"它"字，而第二、第三两个"它"和被动语气尤觉不妥：

> 在它小小的心灵，有个梦想：
> 它将如何战抖地完成自己，于柔条与嫩叶间
> 当它被编织进精梳细构的软篮

又如《夏季》的句子：

> 延龄草穿过我的肚腹
> 如杏色之腊，空气透明得像
> 蝉的遗蜕附在虫蚀的叶脉
> 当它偶尔被吹落到一夕变浊的河面

激起了野生姜花最后的香气

后四行的末字连用四个第四声，太急峭了。第二行末
以单字"像"垫底回行，也太突兀。最冗赘的，还是
第四行的文法，不但被动，而且太长。如果斯人今日
来写，也许可以"松绑"如下：

　　如杏色之腊，空气透明如蝉
　　遗蜕黏附在虫蚀的叶脉
　　偶尔吹落一夕变浊的河面

若嫌"蝉"字不妥，不妨变成"蝉壳"。整辑看来，气
定神足、语言剔透、最接近圆满的一首该是《秋来》，
即使和辛笛的妙品相比，也不逊色。若能将首四行末
的四个阳平字错开，再把拗口的"这心"改成"此心"，
就完美了。《秋来》不但是首佳作，而且也不避讳"中
年的萧散"，足见作者勇于面对岁月，并不耽溺于唯
美的青春，所以到了第二辑，她便跳出了少女的痴迷，
进入哲学和宗教的形上之境。对于耽读《神曲》且以
但丁名其第一首诗的作者说来，这样的蝉蜕并非意外。

三

　　辑二的十三首诗，除了《卫子夫》一首本事比较隐晦、语言太过古雅，因而发挥不出现代口语的功用之外，可说无一不佳。到此，斯人的艺术已经进入醇美高妙之境，语言清纯而透明，节奏圆熟而通畅，意象在感性之中含有深思，仙凡无阻，今古相通，在爱情的相得之中颇有游仙诗的快意。《私语》《信誓》《重阳》《堤防》《故事》五首互相呼应，主词多为第二人称或自满自足的第一人称多数，语气则多为耳语之亲的对话，至于事件，则已经超越现实，升入宗教或神话。《私语》以这样几行开始：

　　　　我们相与私语，你听见吗
　　　　　　历历若空山之落松子
　　　　我们所思何事，是否幽人都知
　　　　　　长庚星徒然高高升起

更以这样两行作结：

　　　　我们不复沉吟，只是微笑
　　　　　　幽幽似芙蓉之开木末

前后用的当然是韦应物、王维的名句，但是不即不离，无缚无脱，是活用而非死参，即使不明出处，也无碍读者心领神会。再看《故事》的前六行：

他们为你和我编了一个故事
既然你不辩解我又何庸多事
凡事不蒙神恩最宜沉默不提
何况一说便俗再美的罗曼史
开不好的残花不如趁早踏碎
遗忘是宽恕所有最佳的表示

无论就题意、语气、节奏等来看，都一气呵成，甘美醺畅，有如莎士比亚的十四行诗。而最高超神奇的，应推下列这首《堤防》：

堤防之上有些什么滚过
海水千尺，世界静止
你的声音模模糊糊，隔着
海鸥嘹亮而生颤抖的水气
好像是说：月出
我坚持那是日落
你顺着我的目光，遥指双星

　　　　最先出现的美光

　　　雾起了，荡胸生出层云

　　　你携起我的手下降

　　在那水激成蛟，鱼化为龙

　　　一切上升的源头

　　　　　你知道吗

　　美的源头，我们也要上升

　　　　　但在我的手中

　　　你的柔荑竟是烟雾

　　秋水精神顿成泥土

　　谁知心中至善之境

　　　　　即是孤独

我们各自努力，于此堤防之下

　　　　　　你以潮汐

　　　　我以岩石

诗中主题不尽可解。"一切上升的源头"是指海吗？
然则你我下降又上升，究为何事？双星又指什么呢？
显然，所谓上升，并未升成，因为"你"化成了烟雾，
甚至泥土。同升共降只是奢望，竟以各自孤独努力收
场。诗的"本事"不过如此，整篇的感性出入于仙凡
之界、人鬼之间，加以"你的柔荑"暗示"你"是女性，

而"我"相对地当为男性，益增扑朔迷离。奇怪的是，主题虽然不尽可解，感性却逼人而来，令人感觉其美，且迷于其中的神秘气氛。梁启超说，他不能尽解李商隐某些神秘的诗篇，例如《碧城十二曲阑干》，但凭直觉能深感其美。[6] 心灵原是一小宇宙，在潜意识的深处，梦的转角，晦涩的边疆，美，还有不少的空间可以开发。李商隐、李贺、布雷克、霍普金斯之美，便往往游走于这些边区，成为神奇世界的走私客。斯人出身于台大中文系，对基督教的文学，尤其是但丁的《神曲》，也亲炙颇久，她的作品兼融中西古典的美感，当可理解。但是这首《堤防》和辑二的某些佳作，无论在古典的壮丽或凄婉；句法的简洁与对称、语言的文白相济、意境的今古相通，甚至诗行的齐脚不齐头各方面，都令我想到方旗的《哀歌二三》[7]。且看斯人《重阳》的后半段：

我们低首且下心
恍惚若有神，举头在三尺
我们膜拜又膜拜
且止于传说，因发乎思古
遥想起你遍插茱萸
不由得我独酌菊花

天人相通、今古同在的意趣岂不直追方旗？"举头三尺有神明"的宗教情怀，更令人想起方旗的杰作《守护神》[8]：

城有城的桥有桥的各人有各人的
　　守护神，悬离在头顶三尺之处
　　昏灯下，我们围着圆桌坐下来
守护着我们的诸神也环坐倾谈吧

《击筑》写高渐离在易水上为荆轲击筑送行，荆轲歌而和之，壮怀激烈，十分动人。其实高渐离击筑有前后两次，易水之上是前一次，后一次则是燕亡之后被召，在秦始皇面前再奏，刺始皇不中，被杀。如果能从后一次写起，再追忆易水之别，当更有力，感慨也更深。这首《击筑》未能使筑声与波声交响互激，有点可惜，否则必成杰作。不过在斯人笔下，此诗刚劲激楚，仍大有可观，非一般女诗人所能为力。斯人竟能如此，也不愧中文系出身了。

辑二后面的《晚课》《早春》《题达摩面壁》《有人要我写》四首，都很出色。诗体都排成整齐的方块，每行中间也都不加点断，更使方阵看来森然严整。尽管如此，比起闻一多的格律诗来，这四首的节奏早已打破什么二字尺、三字尺的格局，变化微妙多了。《晚课》末二行：

> 诸行无常人生七转八起
> 静静听鹧鸪啼在深花里

一笔支开，以不答为答，颇得一君问穷通理，"渔歌入浦深"之旨。《早春》十四行圆熟流转，一气呵成，称得上是无懈可击的珍品；末二行引叶慈句作结：

> 静静看伟大自然的时序
> 凋谢的花朵萎缩成真理

也有"纵浪大化中，不喜亦不惧"的豁达。"用锂盐对抗着忧郁主义"一句，用术语反衬诗情，也有对位法的功能。《有人要我写》的诗题截取叶慈的《有人要我写战争的诗》（*On Being Asked for a War Poem*），乃戏答痖弦之作，写得佻达俏傥，顽皮可哂，诗末更用英文与中文押韵，妙得匪夷所思。句法整齐之中有变化，固然不同于夏宇的自由体，但其谐谑调却不让后现代的刁妮子专美。此诗十分有趣，容我全引如下：

有人要我写清水白石供养出的诗
我很抱歉，深深有感于莲花出青泥
哪个少年家没有多情过害过病相思
爱情这东西纵然好滋味老来无法矣
有些不朽的诗人天生的多才又美丽
要我东施效颦做伊的眼耳舌身意
恕我无礼，套艾略特的一行诗自惕[9]
No, I am not Emily Dickinson,
　　nor was meant to be.

四

　　辑三收诗二十四首，为各辑之冠，但是好诗之多，却不如前后的辑二、辑四。辑三之诗大半都在水准之上，可惜有的诗失之直露，有的诗失之散漫，与《掩卷》《秋》《七月半》《冬之夜》等上品相去较远。《猎鹰》当然也是一首好诗，先后得到渡也和钟玲的好评。两人都指出此诗视野开阔，主题多元，从人鹰的层次提升到人神之间，命意不凡。我完全同意他们的诠释，但就诗论诗，仍觉此诗首尾有力，可惜腰劲稍感不足，不但失之抽象，成语也用得轻易，读来节奏嫌平。幸好末段又活了起来，最后两行：

就这样我们瞄准了夜鸟

（但是啊，神也瞄准了我们）

使全诗在惊人的异象上戛然停格，气派之至，且将环保的主题一举提高到宗教。可惜末段的音调未竟全功。从第二到第六行，行末的五个字一律是阳平，太欠起落，经不起朗诵。两个短句也因此未尽全力。如能改成"在劫难逃／神仙不免"，当较铿锵。

《西施》一首钟玲也很赞赏，认为能够调和抽象与具象，而使"虚实相辅，丰腴了诗的密度。又能用绵密的长句句法，引出复杂的思绪"。我却认为此诗的句法不但任意长短，而且穿插太繁，致令脉络不清，沦于散漫。命意值得保留，但全诗应该重写，才能显出精神。

辑三不少诗有一个有趣的现象，那便是，结尾会出"状况"。据说飞机失事，每在起飞与降落。诗亦如此。辑三开头的两首诗，《看星》与《沧桑》，不但起飞得好，降落得也好，也就是说，不但开头的几行起得好，结尾的几行也收得好。如是，只要健美的腰身能够承先转后，全诗就活络了。但是《A Decade》

133

及《河童》两首，开篇的句子都出色而自然，可惜《A Decade》结尾太露，点题无隐，而《河童》到了中段，句法松散了下来，乃感芜杂，致终篇虽又转佳，却因腰弱而不救了。这种情形或可谓之"开高走低"。不过斯人也有一些诗倒过来，是"开低走高"。这样的诗有时是渐入佳境，有时却是忽入佳境，令人惊喜。辑四的《试探》正是如此：

今夜的雨下得真早
使我自梦中转醒
这才知道，它已闯入
我灵魂的深闺
大胆地把我的枕头湿透
然而我已无力
悲伤使我举不起双臂

挥走伊，或邀伊小坐
只流着泪
深怕它又是一场孤独的开端
以美为始而以颤怖终
每思及此
不由得我终夜战栗，像在忍受
某种试探

前面十行有点松散,"它"和"伊"又有点混淆不清,眼看着就要陷入伤感的老套。但是第十一行才一转腰,竟然顿入佳境,最后两行半忽又翻出一个明喻,一下子就把此诗推上了宗教的情操。这样的警句就置于狄金孙(Emily Dickinson)的诗里,也还是令人眼亮的。尽管斯人有一些诗开高走低,但更多的佳作却是开高而收得更妙。《秋》最后的四行半正是如此:《掩卷》的末四行也是这样,一唱三叹,遣词调音,精确得一字不易。

《七月半》与《冬之夜》都入选《中华现代文学大系》,足证编辑眼光不差。《七月半》的气氛逼真而神秘,后六行收得余韵不绝,末二行尤为神来之笔,非学问所能为力。只是有些细节尚可改进,例如第六行的"当",第十一行的"向前",第十九行的"夜间"都不妨删去,倒数第四行的"暗礁""激流",为了音调不妨对调。

五

辑四收诗十九首,除了前面的五首写于二十年前,其余都成于八十年代中期以后，比起辑三更属近作。
此辑作品正如辑二，每一首均有可观，上选之作亦复
不少，可谓丰收。辑二的风格兼有中国的古典芬芳，
和佛教的神秘意味。辑三的宗教情操更加浓烈，且从
释迦转向了基督，这当然是因为作者熟谙圣经与但丁，
也与作者的旅英有关。辑四的短诗里佳作之多，已经
略胜辑二，再加上后面的三篇长诗，分量自然更重。

　　短诗之中，《试探》十分出色，前文已经述及。他
如《祈祷》《无题》《病中》《而我却不在了》几首也都
非常杰出。《祈祷》以童话的口吻开始，可爱一如杨唤
的诗，但是到了诗末笔锋一转：

　　和我一样，你也是个傻子

　　永远背向着璀璨的阳光

　　我们一定做错了什么

　　放逐出了人间的乐土

诗意突然深了一层，人与物合为一体，童话乃变成悲
剧。斯人有不少佳作，常在诗末急转直下，豁然开朗，
万象廓清，赫赫露出了天启。《无题》也是通篇剔透，
末段既惊且狂的祷告，简直逼向霍普金斯与梵谷的境
地。中段的句法原为"有谁像我独自担负起……"斯

人把"像我"移到句末，久悬始决的呼应就有力多了：

> 有谁，独自担负起悲伤的重荷
> 战栗着全身，把呜咽化作歌声
> 幸福地穿过不朽的空间，像我
> 徒然地，感觉到内在的敌人
> 一城复一城进逼至灵魂
> 忽而富于创造，忽而充满毁灭
> 伟大地同时又是恐怖地
> 这一阵疯狂将伊于胡底
> 神哟

《病中》祝福作者邻近的鸽群"在开满了九重葛的屋棚间／生儿育女，终成眷属"，把作者无缘无分的幸福好好享受。此诗在表现作者博爱众生的心胸之余，也道尽了她病中孤寂的情怀；整篇语气温柔而平静，诗艺也不再乞援于象征与超现实，只用素净写实的白描手法，简直可当童诗来读。若以味觉来形容，诗境在清甘之中可尝出淡淡的苦涩。《病中》如果是一幅干净悦目的素描，《而我却不在了》就是一首爽脆悦耳的变奏曲，把"我不在了"的主题从流水带到行云，带到地狱、火焰、灰烟，甚至梦里，却无处寻得到我，因为我已不在人间，甚至不在你的梦里。此诗写来行云流水，看似超脱，其实十分沉痛。诗中所言种种，都是作者设想身后的情况，后死的情人上穷碧落下黄泉，苦苦寻她，有如但丁追寻贝阿翠采（Beatrice），奥菲厄司（Orpheus）追寻尤丽迪西（Euridice），简直是一部具体而微的追魂记小史诗。无论就结构、语言、意象，尤其是音调看来，此诗都十分美满，不愧是一首杰作。[10]

《星夜》也是一首上品，但是诗中的异象与激情，与《而我却不在了》的痛定后的宁静，形成对照。钟玲也激赏此诗，认为诗中的"我们"是上通众神的灵巫，而找星是理想主义的象征。此诗的画面颇具启示录的异象，从云卷旋涡的意象看来，又显然引进了梵谷《星夜》（*The Starry Night*）的奇景，其实中国的心灵也大可把它想成女娲补天。斯人的诗万变不离其宗，大半以爱情为其主题，而变奏为爱之喜悦、幻灭、超越。此诗既有"生命之梦只能持续一个晚上"之句，而"我们"又携手跣坐天人的界石，我想"我们"指的仍应是一对情人，在天人的边界彷徨徘徊，欲参透生死而待窥永恒。诗末的一段奇思迸发，不可不引：

　　我们携手跣坐，于人天的界石
　　天空中出现了一片残酷的美丽

许多声音呼喊一个未知的名字[11]

　　辑四的后面还镇着三首巍巍的长诗，或者该说，高诗，值得我们注目。这些长诗之所以为长，不但在行数之多，也在每行字数之多，往往超过二十，约为一般新诗的两倍，若与七言古诗相比，更达三倍。加以行中没有或者少用标点，读者还得自行断句，当然更觉其长。《寒夜吟》《啊　马丁》《康桥百行》乃斯人最近的作品，依次写于一九九〇、一九九一、一九九四，不但都是体裁相近的长诗，连主题、心境、背景、风格等等也尽多相通之处，可以视为斯人"后期"狮子搏兔式雄图壮心的力作，阶段性的意义很强。论主题，三首诗探索的都是生死的终极意义，与对于灵魂、永恒等等的质疑，但《啊　马丁》一首更加上爱的苦楚。论心境，则迟暮的惊怅加上早年的旧愁，寻寻觅觅，无可安托。论背景，则都是异国客居，他乡行吟，可以指认出威尼斯与康桥，因此孤凄感更加强烈。而最独特的该是风格：语言十分奔放，兼融文白甚至俚语；用事并采中西，出入今古，繁富之极，可称"重典"（heavily allusive）[12]，却与写景叙事穿插并行；语调则变化颇大，偶尔悠缓，但往往急切而激楚：近于《离骚》的狂吟，有时升高为悲歌痛呼，一时之间哲学的苦思喷发而成宗教的告白、祈祷。

读者要进入这三首繁重的长诗，有两个条件。首先，三诗的典故与集句（截句）颇多，如果涉猎不广，书卷不够，就少了山阴道上之趣。有些用典截句与本文承接无缝，一般读者根本难察其别有来头。例如"不管这世界将毁于火或毁于冰"（句出佛洛斯特 [Robert·Forest]）；"至于谁的嘴唇又吻过我的嘴唇我早已忘却"（句出米蕾 [Edna st.vincent Millay]）；"曳尾涂中"（语出庄子）；"环绕着梦境的灵风永夜摇震我的心旌"（意师义山：一春梦雨常飘瓦，尽日灵风不满旗），只是三诗中数十典故的散例而已。第二个条件便是用心细读，才能读出句读，理清长句的句法，领略长诗的深意。

　　也就是因此，一般读者缺乏解读长诗，尤其是这种悲辛沉重的长诗的修炼，初读之下，恐怕大半只觉其晦涩芜乱。这样的长诗是注定不易大众化的，可是如能耐心细读，当能读出浓烈的滋味，体会其冥思苦想与敏感激情，终于触及一颗长怀千岁之忧的灵魂如何在生死之间、天众之际瞻前顾后，抚昔伤今，而无所依托。然后才发现这三首长诗的分量有多重，其心力、笔力诚非一般长诗所能及。

六

但丁《神曲》开篇，年方三十五，已自谓"方吾生之中途，入歧道而惊窜"。斯人显然是基督徒，耽读基督教最伟大的诗人，乃理所当然。然而她出自己第一本诗集，却比但丁之中途更晚了将近十年，以致出现在一般诗选的频率很低，加以单篇零星发表，作品原就不多，所以除了三五慧眼，迄未普受注目。相信钟玲当初写《现代中国缪司》，也未能尽窥全豹。

忽然面对这诗坛隐士二十年来全部的佳作、力作、杰作，乃惊觉现代诗顿添了一笔不小的财富，竟有横财暴发之喜。可以想见，评论家又要忙于清算这一笔进账，而且考虑该把她记在什么账目之下。

应该是在情诗项下吧。不过这些所谓情诗，无论是悲是喜，却与一般温柔或哀怨之作不同，因为出于她的笔下，可轻可重，轻中有重，而当其重时，简直上下求索，生死以之。王国维所谓三境，斯人出入"昨夜西风"与"衣带渐宽"屡矣，第三境中却始终"众里寻他千百度"而那人不在。结果她只是没有贝阿翠采的但丁；不得入天国之门。

所以她要擂打帝国，问九天之茫茫，把这件事无限上纲，追究到神的面前。斯人对耶、释二教均有濡染，尤其是前者，因此以经典印证心境，往往贴切而具感性，能把爱情之苦提高到宗教的境界。阿当斯（Robert Adams）论邓约翰（John Donne）时指出，传教士有两种，其一向凡人传神之言，其二向神明诉人之苦，邓约翰的宗教诗正属后者。[13] 米尔顿（John Milton）自称所写《失乐园》，旨在为神辩护，说明"天道何以如此待世人"（to justify the ways of God to men）斯人的宗教诗情近乎邓约翰，在于向神明诉人之苦，质问"天道何以如此待世人"（to question the ways of God to men）。在此方面，她的语气往往比周梦蝶与夐虹更加迫切，而激情更加壮烈。

斯人的主题当然也不限于爱情，例如《击筑》写江湖侠气，《题达摩面壁》写高僧禅境，《阮籍》写名士风标，《掩卷》写狷者的孤寂，《猎鹰》写人禽、人神之际，《榕》写乡土情怀，不一而足，且都言之有物。而不论主题是否爱情，她的笔下能温柔也能刚健，每每能屈能伸，能闺秀也能须眉。所以如此，一大原因是她敢流露真我，不讳言老之将至。李清照早年的旖旎固然动人，但晚年"春归秣陵树，人老建康城"[14]的沧桑，更令人震撼。少女有少女之娇，老妇有老妇之美。如果只能欣赏一种美，就不足以言全面的人生，只能守住少作，安于次要诗人之列。斯人屡在诗中坦陈中年情怀，确言"年过了不惑"，甚至在《老境》一诗里说自己徜徉夜中，不知老之将至。就凭了这一份真我的英勇自在，相信她从中年再出征，只要能节省长句[15]、重典，善守清真，常葆天然，在迄今已经开发的多元诗体之外，再创新的格局，则终能合李清照、狄金森于一体，亦并非奢望。《啊 马丁》的诗末，作者自谓："在望不见天国的金门而俯瞰着老样子的人间／想起自己的一生甚至不会留下半行诗。"这当然是她独客异域的自伤身世。

我敢断言：就凭她半生的磨难所得，留下的何止半行只句，已经是警句琳琅，佳作成卷，而且亦甘亦酸，蚀刻在缪思迟暮的额角上了。

一九九五年二月于西子湾

附　注

1. 张默编：《剪成碧玉叶层层——现代女诗人选集》，台北：尔雅出版社，一九八一年初版。

2. 苏白宇（一九四九～），台湾大学大气科学系毕业，诗人张健之妻，自费出版之诗集《待宵草》颇多佳作。斯人，原名谢淑德（一九五一～），台湾台南人，台湾大学中文系毕业。

3. 其间只有沈花末主编之《一九八五台湾诗选》（台北：前卫出版社，一九八六年）选了她两首诗。

4. 余光中主编：《中华现代文学大系·台湾一九七〇～一九八九》，台北：九歌出版社，一九八九年初版。其中《诗卷》由张默、白灵、向阳编辑。

5. 钟玲：《现代中国缪司——台湾女诗人作品析论》，台北：联经出版公司，一九八九年初版。论斯人的部分见该书第八章第二节。

6. 梁启超：《中国韵文里头所表现的情感》，台北：中华书局，一九五八年台一版，页49—50。任公说：义山"这派固然不能算诗的正宗，但就'唯美的'眼光看来，自有他的价值。如义山集中近体的锦瑟、碧城、圣女祠等篇；古体的燕台、河内等篇，我敢说他能和中国文字同其运命。就中如碧城三首的第一首：'碧城十二曲阑干，犀辟尘埃玉辟寒。／阆苑有书多附鹤，女床无树不栖鸾。／星沉海底当窗见，雨过河源隔座看。／若使晓珠明又定，一生长对水晶盘。'这些诗，它讲的什么事，我理会不着。拆开一句一句的叫我解释，我连文义也解不出来。但我觉得它美，读起来令我精神上得一种新鲜的愉快。须知，美是多方面的，美是含有神秘性的。我们若还承认美的价值，对于这种文学，是不容轻轻抹杀啊"。一任公通人，真是可爱。

7. 方旗:《哀歌二三》，台北出版，现已绝版。此书前无序，后无跋，并未注明何时出版（约在一九六五至一九六七间出版），集中六十首诗亦未先在他处单刊。方旗本名黄哲彦，一九三七年生，台湾大学物理系毕业，马利兰大学（University of Malyland）物理学博士，曾在马大执教。《哀歌二三》之后，又有《端午》问世。拙文《玻璃迷宫——论方旗诗集〈哀歌二三〉》（见《望乡的牧神》，台北：纯文学出版社，一九八六年第十二版）以参考。

8.《守护神》，见《哀歌二三》。

9. 艾略特的原诗见 *The Love Song of J. Alfred Prufrock*："No！I am not Prince Hamlet，nor was meant to be ."

10.《而我却不在了》全诗如下：而我却不在了 / 你殷勤的要寻找我 / 山百合与野蔷薇于是乎带着路 / 小溪的流水将你的脚步 / 领进了一个美丽新世界 / 蒲草有泥，芦荻有水 / 快活的鲦鱼呢美丽的激湍 / 溯洄而从之 / 现在，路消失了 / 一半的地方有水声潺潺 / 一半有河床暴露了出来 / 歇歇脚吧，在长满了苔藓的石头坐落 / 你沉默着：近乎 / 无声的树木的某种神秘 / 内心充满了荨麻的宁静 / 出了树林，便是天空 / 你将在

阳光下行路／而我却不在了／不在行云不在流水，不
在／光辉与秩序，自然与美里／你头上的天空开始暗
了下来／趁着暮色，那么，冥索我吧／循着芸香与延
胡索／馨香脆薄一如空气／大地沉，星辰落／浮在水
面上／月亮在沐浴／你要追问风吗，而我却不在了／
不在空气与空气的交替里／向地狱呼喊吧／堕落的天
使哟／美丽的火焰，像死亡，垄断了一切／你殷勤的
要寻找我，而我／遗落的心却不在了／不在火焰，不
在灰烟／黑暗从烟囱进去穿过阁楼／流入每一个房间
于记忆内／不要问占梦者，傻子／你殷勤的要寻找
我／而我却不在了，不在你的梦里

11. 末句出于麦克里希《墓中的遗书》(Archibald MacLeish,
    Epistle to Be Left in the Earth) 末行 "Voices are crying
    an unknown name in the sky"。

12. 斯人中文系毕业，又是天主教徒，中西典故奔赴笔下，
    理所当然；后期之作用典颇频，长篇尤然，乃成"重典"
    风格。用典的功效，是以民族的大记忆（历史）或集
    体想象（神话、传说、名著）来印证小我的经验，俾
    引发同情、共鸣。用得好时，不但可以融贯古今，以
    古鉴今，以今证古，还可以用现代眼光重诠古典。用
    得不好，则格格不入，造成排斥，就是"隔"了。典
    有轻重、明暗之分：典故用得轻而明，常与上下文意
    篇势承接，而有助于叙事、写景；若是用得重而暗，
    则意晦文艰，造成淤塞，乃沦为"欣赏障"。例如刘长

卿《长沙过贾谊宅》七律颔联："秋草独寻人去后，寒林空见日斜时"，其实是截取了贾谊《鹏鸟赋》之句："庚子日斜兮，鹏集予舍""野鸟入室兮，主人将去。"刘长卿的典用得轻而明，融入叙事与写景，十分自然，读者甚至不必知其为典，也能就字面欣赏而无碍诗境。又如苏轼《章质夫送酒六壶，书至而酒不达，戏作小诗问之》七律颔联"岂意青州六从事，化为乌有一先生"，纪昀批点《苏文忠公诗集》，不以为然。以典而言，乌有先生之典不必知其出处，但见"化为乌有"已明其意；至于青州从事，既云六位，自然猜到当是题目所言送酒六壶。如此用典，有惊无险，也还是半透明的。前引斯人的《而我却不在了》一诗，题目在诗中出现五次，有如乐曲中重现的主旋律。作者告诉我说，此句典出、《圣经·约伯记》第七章第二十一节："……for now shall I sleep in the dust；and thou shalt seek me in the morning，but I shall not be."其实此句用在斯人的诗中，也是既轻且明，浑若无典。用典亦如用钱，善用者无须时时语人，此乃贷款，债主是谁；只要经营有方，自可将本求利，甚至小本大利，小借大还。不过典用多了，难免会隔，而一诗之中用得太频太密，也有以学为诗之虞。李白句"清水出芙蓉，天然去雕饰"，仍应悬为诗家至境。

13. "It has been said that there are two sorts of preachers-those who stand before us as representatives

of God and explain His Word to us, and those who stand before God and explain our problems to Him. Certainly, John Donne belonged with the second group." (*The Norton Anthology of English Literature* , 4th ed., vol.1A [1985], p.1061.)

14. 李清照《临江仙》:"庭院深深深几许? 云窗雾阁常扃。柳梢梅萼渐分明。春归秣陵树,人老建康城。感月吟风多少事,如今老去无成。谁怜憔悴更凋零? 试灯无意思,踏雪没心情。"一般均以此词为己酉正月所作,时赵明诚尚知建康,但词中语气不像还有丈夫,至少不像有丈夫在身边。

15. 现代诗一行超过十四五字,即感其长,阅时一目难断,诵时一气难贯,其实往往是两个短句拼成。如果竟然长逾二十字,更可能由三个短句拼成,颇难控制,更难"一气呵成"。如此长行,若再回行,就更"尾大不掉"。苏轼古风《欧阳少师令赋所蓄石屏》之句:"独画峨眉山西雪岭上万岁不老之孤松"长十六字,算得古风中超长之句了,却与前后之七言格格不入,不算成功。英诗之中,惠特曼允为长句大家,桑德堡、金斯堡等亦好此道,谐诗怪杰纳许(Ogden Nash, 1902—1971)之诗句更伸缩自如,奇不可测。不过诗行一长,读者就有提气加速而读的倾向,于是节奏浩荡,乃成狂吟体(rhapsody),韵有险韵,行也有险行,写长行者不可不慎。

一桃成春

二桃可杀三士，则一桃可杀几士？曰：一桃可济多士。

王一桃这本《诗的纪念册》，从前贤到时彦，一共咏述了"五四"以来闻名中国文坛的作家一百六十二人。济济多士，自"五四之父"蔡元培以迄"五四之子"黄维梁，各有独特之成就，不凡之风格，而无论其为神交私淑、旧游新知，王一桃莫不本其对斯文之大爱招魂于腕底、摹状于笔下，其已作古者，则祭而吊之，其有冤屈者，则申而诉之，其自强不息者，则歌而颂之：合而观之，几乎成了半部新文学史的小小合赞。王一桃曾为当代文坛万马齐喑的悲剧写过一本《五十个文艺家之死》，如今这本《诗的纪念册》继其博爱文坛之胸怀，可谓《百六文艺家之生》。足见一桃不比二桃，可以广飨斯文。

这一百六十首小诗，每首二段八行，其工整源出闻一多的格律，读来有如白话的七言律诗。这些像赞论文兼论其人，又像我国传统的论诗绝句，不过所论当然不限于诗，而及于小说、散文、戏剧、评论，甚至音乐。这些小诗在有限的篇幅里往往像一幅快笔的速写，勾勒出一位作家的神情和王一桃对他的评价。例如写朱光潜的末四行：

> 犹记你二十封信叠为千级阶梯
>
> 引我拾级而登美的崇高与壮丽
>
> 如今我又登临你香港大学堂奥
>
> 寻美的黑格尔，找你的克罗齐

就颇能表现一般读者对这位美学前辈孺慕的心情。看此书目录，当可发现前四十位作家，已有大半作古，余下的八十多位，亦多老去，抚今追昔，令人不胜感慨。这一本《诗的纪念册》在向我们证明：文人不用相轻，前贤不容否定，政治虽然多变，艺术自有公评。

一九九五年八月于温哥华

文集序

小梁挑大梁
——序梁锡华的《挥袖话爱情》

梁锡华先生的散文，初读，偶读，觉得滑稽佻达，多读之后，回味之余，乃感其世界之寂寞苍凉，字里行间，依稀可闻他轻喟的回声。

初识锡华，不觉已是五年前的事了。那时我在中文大学，刚满两年，系里来了两位新同事，一位是久有文缘的维梁，另一位，就是锡华。锡华原名崔萝，那时大家只朦胧知道他是粤人，伦敦大学博士，久在加拿大任教，此外也就不甚了了。后来才知道徐志摩是他的研究专题，他在台湾文坛初次露面的文章，写的正是徐志摩，而最初的几篇文章是我代投给台湾的副刊的。那时我只道锡华是个文未必佳的科班学者，却未料到后来他竟大写散文，而且文笔诙谐，自成一格。中文大学同事之中，散文的健笔颇有几支，台湾读者最熟悉的当推之藩与思果。这两年来，锡华的一支笔能挥洒于数大家之间，虽云沙田地灵有关，亦为本身才情所致。

锡华为状，文雅清瘦，额发斜覆，常带微笑。锡华为人，谦逊揖让，随和克己，广座之间，因缘乘势，更少独据筵首，争揽话题。五年下来，我们的交往不疏不密，真正是其淡如水。他不是一个自我中心的水仙花人物，谈笑之间很少"自传性"，所以相识多年，纯以神遇，对于他的"身世"所知不多。中大群彦之中，真假"太空人"之多，难以分辨。我只朦胧直觉，锡华不是单身汉，但也从未见他双身过，急得我这位好奇的太太不断向我打听，但我又怎么知道呢？偶尔锡华席间乘兴，也会自述身世一二，却又语焉不详，令人禅机莫测。后来思果写沙田人物及于锡华，就因资料不足，下笔欠准，而引起小小的"茶杯风波"。说真的，我对锡华身世的了解，得之于他笔下的这本《挥袖话爱情》的，竟多于得之锡华之口。

《挥袖话爱情》是锡华继《徐志摩诗文补遗》《徐志摩英文书信集》及《徐志摩新传》之后，在台湾出版的第四本书，共收散文一十三篇。其中八篇纳入第一辑《百态人生的篇章》，另五篇纳入第二辑《东西屐痕的纪实》。除了《留学点滴》和《我看香港》之外，其他的十一篇多少都有一些自传性。本来蔼理斯（Henry Havelock Ellis）就认为："一切艺术家所写者莫非自传。"只是锡华的自传既不连贯，也不详尽，每到紧要关头，却又左右而顾，吞吐而言，或者索性戛然而止。《挥袖话爱情》一篇之四《婚姻之"爱"》，所言种种，只在往事的边缘徘徊，益发显得作者的前尘似谜。作者自己说，这一段本来"可以一挥手成两万字"，却为了种种隐衷，只愿一挥袖付之山岚海涛。又说："在力有未逮之处，不能爱，在德有未足之处，不能恕。这几句话，本来也想冷藏，但为了一班关心我的朋友，乃让大冰山稍露尖巅……"这一段话，前一句简直像格言，又像什么小说的主题；后一句呢，只有更加令人"探透耐性"（tantalizing），可堪一叹！

大致说来，第一辑中的几篇，所述或为作者的学业、工作、爱情，或为山居闲逸之情，夜游之趣，较重内心世界，我戏称之为内篇。第二辑的几篇，则多为游记，足迹远及印度、尼泊尔、菲律宾、巴黎、香港，偏于外在的描写，我戏称之为外篇。内篇深入心灵，自传性自然颇浓，外篇虽然琐述旅途种种，但因小见大，也可以见出作者的个性。然则从这些散文里，我们能看到怎样的一个人呢？

我们看到一个克己待人、能屈能忍、雅俗相忘的谦谦君子，偃蹇而不愤世嫉俗，狼狈而能豁达自宽，所以人生的失意，行旅的差错，到了他温柔敦厚的笔下，刺人者少，自嘲者多，反而味之津津，几成赏心乐事了。几篇游记里面，旅途的不便不快、进退两难，似乎特别和他有缘，他却都能逆来顺受，窄里求宽，优游自得。其实旅途即世途，能安旅途即能安世途，这么说来，作者竟也有点哲人气度了。但在另一方面，作者诙谐恣肆的笔调背后，有时也自有严肃的命意，或是悲寂的胸怀。内篇的后三篇，最能窥识作者的真情：《怀念与感谢》的温厚，《博士"真腻拖"》的放达，读来最为感人。尤其是《博士"真腻拖"》一篇，一气呵成，动人如小说，逼真似电影，读到"坟地班"那一段，令人真要徒唤奈何，这时重门危厦，阴影深长，真有黑白电影的压迫感了。

本书十三篇之中，论章法之完整，文笔之酣肆，情思之浓厚，首推《博士"真腻拖"》。内篇其他各篇，均有胜境，却不能比肩此篇。《留学点滴》一篇是例外之作，这种过来人语的老调，总给人"文被催成墨未浓"之感，恐是编辑先生鞭长所及的产品。近年我们大有为的编辑先生们，一鞭在握，总爱出些作文题目来考作家。而能够强项不屈的作家实在不多，也难怪有些文章温驯服帖一如作文了。但愿锡华有以抗之。

外篇之中，最好的应推《印度尼泊尔之旅》。本质上，这当然仍是一篇游记，桥段接榫之处，自也难免琐语插话，但其中也有不少段落，无论在写景、抒情或叙事上，都能超越一般游记那种流水账的俗调，而升入美文的胜境，成就是可观的。《俯仰升沉》一篇，写作者俯仰云际出入海关的几个意外插曲，场景生动，精警可诵。《游梦自清狂》写巴黎风物，亦有可观。《汗漫团游》是菲律宾记游之作，却不及前三篇精彩，篇末的附录乃应用文，似可割爱。《我看香港》文长三万余字，是十三篇中最长的力作，也是书中佳作之一。说得浅些，此文可谓香港的风情漫画；说得深些，也是香港俗文化（所谓 Sub-Culture）一个不大不小的横剖图。

大凡一位全才的散文家，不但风格独具，还要兼擅写景，叙事，抒情，议论各种文体。当然，在许多散文杰作之中，各体往往交会而成，难以条分缕析，也不必去分析。《挥袖话爱情》不是一本论文集，在《我看香港》一类文章里，也很少大发议论，遇到小发议论，也多是所谓夹叙夹议，而所谓议，也每每诉之形象，所以知性不强。这在小品文或抒情文里，原为常态。

抒情美文的看家本领，往往不在直接抒情（因为感情的直陈最易流于伤感，真所谓"直道相思了无益"），而在写景与叙事，正因情由景生，复随事转，情是虚的，景与事是实的，把握住景与事，情就在其中了。《挥袖话爱情》里最好的片段，说明作者在写景和叙事两方面都非弱手。例如《印度尼泊尔之旅》写沙·贾汗为宠后消殒所建的壮丽而多情的泰姬陵：

> 泰姬陵之美，跟石头有直接关系。由于白云石略带透明，所以空中光线的任何变幻，都受到整座建筑物的反射。举例说，沐在旭日中的陵墓是嫩黄色；中午时分，火伞高张，则鲜洁晶莹，光耀夺目；等到暮色初合，晚霞满天，它以夕阳的万斛金红，烘托出自己的华艳；当下雨时，它有蒙然之姿；在浓云愠怒之日，全陵一片哀白，隐含肃穆的凄切；而月色下的泰姬陵，清辉银照，在黝黝的寂静中，神秘万状，尤为观赏者所交口称誉。

近赏之后，继以远眺：

> 站在阿格拉堡高处回望在蓝天绿树掩映

中的泰姬陵，见它像一颗硕大无比的明珠在远处闪耀；宽阔浩瀚的亚穆纳河在旁边日夜奔流，平原广远，碧野无边，远近景色壮美非凡，任何人睹此，心境都会澄然一爽。天际飘飘的是三五白鹤，看它们泠然御风，随意低昂，使人不禁有奋袂附羽，翩翩入云之想。

这样子的写景文笔，置之当代最佳散文之中，固然未必睥睨群伦，却也不致黯然失色。其实锡华笔下胜境，不在诗，而在戏剧；也就是说，他的叙事胜过写景，对于人物的动作和谈吐，观察敏捷，描述生动。《印度尼泊尔之旅》一文中记水上买卖宝石地毯的一段，活泼有趣（页一〇四至一〇五）。写印度之热一段，十分传神（页八十八）。《俯仰升沉》一文中，"伟大的保姆"和"免费的游览"两大段，也极为生动，加以文气贯彻，文笔灵便，确是叙事妙文。"免费的游览"一段，记一群旅客（其中当然包括作者）被航空公司戏弄，滞于机场，久而不得升天：

　　我们这群可怜的羔羊，经过了几个钟头的折腾，已接近精神崩溃境界，兼且肠胃已开始叫苦，强弩之末，不登车进城，最多只能吐口沫外加三字经国骂；除此之外，难道有本事放火扔炸弹么？环视左右五六十张难民模样的脸，已缓缓地向机场出口大门浮动，像送殡。哀默间，忽然有人像火灾后记起失落的珍宝，大声惊问道："我们的代表呢？"那时也不知从什么地方冒出个大韩公司职员；他温雅地回答："他们已上机走了。"

不读上下文，恐怕难赏此段妙趣，不过火灾之后忽忆失宝之喻，匪夷所思，却真有点钱锺书的笔法。全书最好的叙事文章，应推《我看香港》之中"平民'夜总会'"那一整段。这种市井文学在锡华的梁氏笔法下，可谓大放异彩，真想不到半生远托异国的洋博士胸中，竟有这许多章回小说的江湖杂学。像下面这一段，只怕不但之藩与思果难以插手，就连高阳也要点头吧：

我印象最深刻的是一位法号"定前知"的"夜总会"居士。他头戴瓜皮小帽，御玳瑁眼镜，黑袍玄履，标准的先知气派。他发预言时，把衣袖捋起，长长的瘦指在看相者的脸上东窜西舞，他那些带油烟味的伟论我印象最深的是"嘿！嘿！嘿！你四十岁交霉

运，苦境已过，艰难全消；到那时，哎咄，
狮子滚球嫌地窄，大鹏展翅恨天低，内有妻
妾儿女，外有生意行庄。一帆风顺日，实至
名归时，我定前知如不应验，你尽管破招牌，
踢档口，报差馆；但老哥你发达之后，勿忘
登报送匾，多积阴功，至理名言，就此为止。"
这些雅驯的文辞，一下子就抹上我的小心头，
比之由父亲勠力恶补的《论语》《孝经》的
教训还铭心刻骨，至今半字不漏，真是奇迹。
某夜有好事者对先知说："你看这小家伙怎
样？他常来这里的。"定先生向我笑了一下，
提起食指，悠然侧首道："小儿无定相。"我
虽然觉得万分遗憾，但以后想起那五字名句，
也感到是已获异人一言之赠了。

这一段文字真个是笔酣墨饱，色舞眉飞，风味十足。
当然《挥袖话爱情》不能篇篇如此精妙。我要指出，
书中最佳的篇章和较次的篇章之间，仍有一段距离。
大体上，锡华运笔行文，流露的多是谐趣，其中境界，
从显露的滑稽到藏锋的讽喻，不一而足。这一点，倒
和他专门研究的徐志摩路数不同。我只觉得，谐趣之
于文章，宜似风行水上，自然成文，却不宜处心积虑，
刻意追求，否则予人纹多于水之感。幽默文章之中，

挖苦的对象若是作者本身，则不但可免伤人，更有去伪存真，为幽默而自贬的慷慨气度，最能赢人同情。真正的幽默必能反躬自嘲，所以像鲁迅那样刺人而不刺己，也未免太紧张了一点。锡华的幽默笔锋，刺入少而自嘲多，固然由于谦逊的天性，但也望他适可而止。盖幽默文章，虚实交错，常用反语来衬托正言，以达形影相证之功。但天下三分，反语最多一分，如果反语太多，则正亦似反，到了正反难分之际，就难反正了。过分自嘲，为幽默所做牺牲也未免太大，所以也希望锡华手下留情。

次及成语。我觉得成语是文笔的润滑剂，敷用适量，可使行文利畅，而免生涩自造之感，但如用得逾量，则笔势太滑，节奏能快而不能慢，终与顿挫盘郁无缘，更失语言之鲜活清新。有些作家的克服之道，是控制成语而不为成语所制，或依其句式语法而略作器官移植，令其"自新"。锡华笔下成语颇丰，比我在这方面的存量要大得多，只望他用得省些，而且变化多些。

再及分段。集句成段，集段成篇，段在句与篇之间，原是文章结构上一个举足轻重的单位。如果分段太多，就令人感觉文思频频改向，好处是节奏轻快，不黏不滞，坏处是聚散匆匆，难成气候，有如一出戏剧，频频换景，使人感到纷繁。比起一般散文家来，我的部署偏于长段大阵，因为我喜欢散文有重量感和累积感，正如我的诗好分长段或通篇不分段落。分段太频，似乎是小品文的章法，我不很喜欢把散文限于传统小品的格局。这当然只是我自己的癖好，不可一概而论。只是我发现锡华文中的段落，短者为多，但是他最好的文字，却大半在长段里面，所以特别把这问题提了出来。

末及标点。《挥袖话爱情》里，颇有长句文思几经转折，而句中不见标点，有劳读者的目光来回逡巡，自行分段。我素有一个看法，即英文用标点，是为了文法，中文用标点，是为了文气。在白话文里，连绵长句而中无标点，将使视觉不清，节奏难明。标点似乎是文章的小道，却也不可小觑，所以也提了出来，与锡华商量。

去年锡华在巴黎开会，为梁实秋仗义执言，作历史之证人，发一士之谔谔。夏志清戏称他为"小梁挑大梁"。志清语妙天下，却也不尽是戏言。当今之世，谁为跳梁，谁为挑梁，固若莫衷一是，但未来史家当有公论。锡华的第一部散文集，已令读者眼明神畅，愿他奋自淬砺，则挑梁扛鼎之功，来日可期。

一九八一年六月于厦门街

龙在北欧
——序保真的《孤独的旅人》

　　客居他乡的我国作家之中，活动的天地兼容科学
与文学，而其成就又令人钦佩的，上一代有陈之藩，
下一代有张系国。若问更下一代是谁，目前似乎还没
有现成的答案。不过在候选人之中，似乎少不了姜保
真。当然，保真与张系国的年龄差距，比起张、陈之
间的差距来，只得其半，所以要把保真归入"第三代"，
恐怕不那么方便。还有一点，保真接近张系国的地方
要比张系国近于陈之藩者为多。因为这后两代——就
算是两代吧——都兼擅小说与散文，而陈之藩不写小
说。后两代作家都在台湾长大而且认同台湾，他们虽
然也都心存中国，却称得上是"台湾之子"。陈之藩对
台湾也富有感情，但毕竟更是"中国之子"。也许比起

张系国来，年轻的保真更是"台湾之子"。陈与张久已定居国外，保真则先后在美国与瑞典深造，而取得博士学位后，他究竟要在国外还是岛内安身，还是个未知数：这是他和前辈的又一不同。

在《邢家大少》那本书里，保真自称那几个短篇是"炎黄子孙的流浪组曲"，所以在感时忧国的精神上，他的"断蓬"意象与陈之藩的"失根的兰花"仍可相通。他和陈之藩的不同，在于陈之藩的中国有少年时代的生活可以怀念，而他的中国却是血缘与文化。我想在国外定居的知识分子，心里面常有三样东西不容易摆平。首先，他想做一个"世界公民"，至少在理性上有此企图：一个人决定在国外读书甚至工作，实际上已经有"世界公民"的意味了。《邢家大少》里的季浩年要去亚马孙河研究而不愿以中国自苦，就是一例。但是在感情上，海外的中国人又难以忘情于做一个"中国之子"，也就是近年所谓的"龙的传人"。然而要做"中国之子"，在文化上和政治上的意义颇不一致。遇到这样的矛盾时，像保真这样的作家，自然而然，就会执着于"台湾之子"的感情与信念。

科学家要做"世界公民"，应该比文学家容易些。但是科学家兼文学家呢，情形就不同了。"世界公民""中国之子""台湾之子"正是陈之藩、张系国、姜保真这一类作家心灵深处一直争辩不休的三个声音；其间的比重或有不同，但其为争辩则一。在保真的近作散文集《孤独的旅人》里，这三股声音仍起伏可闻。

《孤独的旅人》里的十九篇文章都是保真近两年来从瑞典寄回台湾发表的作品，共分两辑：第一辑叫作《孤独的旅人》，以报道诺贝尔奖及其文学奖的近年得主为重心，第二辑叫作《冰岛行》，全是作者去年夏天去冰岛开会所写的游记。两辑的分量不等，第二辑的篇幅只有第一辑的一半，但由于题材统一，感觉上比第一辑要动人一些。保真在斯德哥尔摩北方的乌普萨拉读农业大学的博士学位，专攻森林遗传（forest genetics）。他身为作家，又住在瑞典京城的附近，免不了对诺贝尔奖倍感兴趣。他不但博采资料，研究诺贝尔其人的生平与隐衷，更直接访问诺贝尔基金会的负责人，参加诺贝尔奖揭晓的记者会与颁奖典礼，还参观诺贝尔图书馆的收藏。

诺贝尔生前的事业遍及全欧，身后的贡献遍及全球。他遗嘱设置的奖金里，特别鼓吹世界和平。他要求文学奖的得主在作品里表现理想的倾向，又规定颁奖时不考虑候选人的国籍。凡此种种，都说明诺贝尔不愧是一个世界公民。保真对他的钦佩之中，处处也流露出自己的大同思想。保真追求的对象兼有农业与文学，颇像我的诗人朋友夏菁；他对于自己侨居的国家为文介绍之勤，其至超过了夏菁。他先后求学于美国加州柏克莱的名校与瑞典的农业大学，对西方的认识也不像一般留学生那样限于美国。像诺贝尔一样，保真也向往世界公民之境。

但是在另一方面，保真又是强烈的"中国之子"，客观的理性里仍然跳动着民族的感性。他研究族群遗传学，遇到了所谓"遗传重担"，心情不禁有点激动，不能像《邢家大少》里的季浩年那样保持生物学家的纯粹客观。在《北极圈下的大学城》一文中，保真为家人导游乌普萨拉，有这么一段话："大嫂突然说：'看你讲得那么高兴，好像很以乌普萨拉为荣嘛！'我答说：'是的。'但仔细想想，我的心态就好像单相思一样。乌普萨拉又何尝视我为她的孩子呢？"

为了深入了解诺贝尔文学奖的作业，保真特地参观了诺贝尔图书馆。他发现馆中收藏的中国作品不过是一百七十多册译本，很是失望，尤其因为其中大半属于三十年代的作家。他说得相当激动：

……旁边是老舍的《骆驼祥子》译本，黄书皮上三个红色中文字"洋车夫"。我抽出那本书，双手及全身止不住的微微颤抖。照瑞伯格先生所说，诺贝尔图书馆也曾有过华裔作家访客，但我可能是第一位站在这里的台湾作家。此时此地，难道"洋车夫"就是我们这个民族、这个历史文明的代表吗？难道这就是西方所了解的中国人、中国文学？想到莎士比亚一个作家的评论作品，竟占得比我们整个民族的代表作品还多，这岂是公允？岂是合理？……我拿出相机拍照，在寂静的书架前，我仿佛承担了所有中文作家的悲哀。

谁不想大大方方，漂漂亮亮，做一个有头有脸的世界公民呢？但是一个受尽委屈的中国之子，又怎能坦然做世界公民呢？同理，一个不平的台湾之子，又怎能坦然做中国之子呢？

第一辑的末篇《灯火阑珊照瑞典》是简洁淡永的抒情小品，温馨之中流转着一股莫名的哀愁。披览之余，不禁想起我自己当年，客居美国，是怎样独自越过陌生的冰天雪地。其实保真笔下的北欧，对我并不是全然陌生。我游瑞典，是在一九七八年，比保真还早五年。那时正是五月，我把回程的机票换了火车票，从斯德哥尔摩一路向南，经过诺雀坪、林雀坪、容雀坪，然后从赫尔辛伯瑞渡海去丹麦。沿途所历各省，湖山之美，林木之盛，至今印象犹深，所以保真所写的情景，颇能勾起我的回忆。

第二辑《冰岛行》一共七篇，从初到的《强风欢迎礼》到临别的《雕塑在时间之流外》，合成一组交相承续彼此印证的游记小品。第二辑的抒情意味比第一辑浓厚，风格也比较统一。我曾写过几篇长文析论游记的艺术，认为够格的游记起码应该具备感性，也就是说，其作者应该敏于表达感官经验。譬如说天气冷吧，究竟怎么一个冷法，得有具体而生动的交代，不能光嚷嚷说冷。

三尺木皮断文理，百石强车上河水。

霜花草上大如钱，挥刀不入迷蒙天。

李贺说："就有这么冷！"证据确凿，我们也只好信了。可是单有感性，还不足以构成一篇发人深思的多元游记。理想的游记作者不但要敏于感官经验，令读者幻觉身临其境，最好还要富于知识，深于思考，对读者另有启发。用这么苛严的标准来要求《冰岛行》里的七篇小品，也许还未臻于至善，可是却也情景交融，在感性之中颇具知性。这些小品在感性方面着力描写冰岛的荒凉与寒冷，但是在知性方面也不忘记交代冰岛的地理与历史，甚至"撒戞"（又名撒加，Saga）的传说，他更为我们娓娓叙述那岛国的风土民情与贸易现况。《极光思潮》一气呵成，笔触轻灵而自然，结尾的幻象与启示淡淡着墨而余音袅袅，是难得的妙品。《羊毛与鱼的世界》把近景与遐思、同情与幽默，个人经验与国际关系融于一炉，道来引人入胜。笔力最旺的要推《雕塑在时间之流外》：此文介绍冰岛的雕刻家艾纳·勇森，叙述作者如何瞻仰并诠释那位大师的阳刚杰作，见解出众，感慨很深。保真行文，无论是描写或叙事，都是快攻手法，往往寥寥数笔就勾出一个活泼的轮廓。这点近于张系国。但是《雕塑在时间之流外》却是例外，不但段落较长，而且文气不断，颇有厚重的分量：对于《时代之浪》那一组作品的描写，尤其逼真而强烈，堪称高潮。

两辑对比，《孤独的旅人》一辑较重知识与报道，有点介于文学与新闻之间；《冰岛行》没有陷入一般游记的平庸，是因为兼具抒情韵味和思考精神。大凡出色的游记里，总有作者的我在；这个"我"不但有感性，还要有知性，不但好奇，还要深思，而无论如何，总得是个性情中人。游记里要是没有这个"我"，就会沦为导游手册或地方志。《冰岛行》所以吸引人，全因里面有个保真。

作者的文笔大致干净而灵动，并不刻意求工，也不作态弄巧，其效果有时新鲜如明澈的译文。但是本书第一辑里有好几篇，或因多引外人资料，文句显得有点西化而失之生硬，不像《邢家大少》那么自然流利。例如这样的句子："两年以后，勇森推拒了挽留他留在美国的诱惑。"就未免有点西而不化，应该加以化解。又例如"另一位我留下深刻印象的，是何夫曼教授"含意也欠明确。如果说"另一位给我深刻印象的，是何夫曼教授"就妥当了。再如这一句："迎接我们的是一位西装革履，留着两撇小胡子，很有派头的牧师。"说不上有毛病，但是句法稍硬，读来有点紧张。要是打散了，说成："迎接我们的是一位牧师，西装革履，留着两撇小胡子，很有派头。"语气就显得松动些了。

还有一点，书里的分段有些地方太快太频。当作新闻报道，或许可收灵动便捷之效，但是当作文学作品，就失之杂碎了。其实一连几个小段，讲的若是相同或相近的东西，还不如并成一段，让文气贯通无阻。

书以《孤独的旅人》为名，指的当然是诺贝尔，但也可以当作保真的自喻。瑞典和台湾不但地理远隔，气候迥异，社会形态更判然有别，作者人在天涯，可以说是一个长期的远客。不过心情的安排因人而异。世界公民要做到充分的豁达，恐怕不太容易，也许常是寂寞的。史怀哲（Albert Schweitzer）那样的人物，毕竟太少了。至于中国之子，只要心存中国，心情也就不致全然空洞。源源不断，从瑞典寄回国来发表的文章，正是中国之子不忘家国的印证。只要保真不断写下去，他就成了中国伸向北欧的触须，一切感觉都会传回心脏来的。

一九八六年八月于西子湾

银匙勺海的世间女子

——序陈幸蕙的《黎明心情》

一

六年前我为张晓风的散文集《你还没有爱过》写序，把散文作家分为四代，并在最晚的一代里举出十个名字，最后的一个是——陈幸蕙。她前面的两个名字，孙玮芒和李捷金，后来渐趋沉寂，令人怀念；幸好陈幸蕙这名字还一直在闪耀，不曾令我的期待落空。六年来她不但出版了三本散文集，三度获得散文奖，更主编了九歌版的《七十二年散文选》与《七十五年散文选》，对散文，可谓用情颇专了。可是陈幸蕙的文学生命并不限于散文。早在六年前，她已经出版过短篇小说集《昨夜星辰》。在文学批评方面，她也出过两本专著，而从一九八四年起，更一连为尔雅版主编年度文学批评选，以迄于今。前年十一月，我在联合报大楼演讲"文学批评的挑战"，曾说女作家近年对文学的贡献，不仅在散文和小说，更及于批评，已经从感性的创作扩充到知性的分析：龙应台的书评、郑明娳的专论、陈幸蕙主编的年度文学批评选，在在都显示女作家的天地正在拓宽。

可是陈幸蕙与龙、郑二位有一点不同，她的经验毕竟以散文的创作为主。看她转眸启齿的粲粲笑容，你相信她是一位感性灵动的散文家，却难以联想，文学批评选那样浩繁的工作，她能独力完成。其实，陈幸蕙是一位很有毅力的作家，每天都全心全意地投入工作。从她的文章里我们得知，她一直在自我锻炼，务以最愉快至少也是最宁静的心情来面对写作。为了伏案劳心有所调剂，她更经常劳动体力，以消疲解忧。例如，她规定自己每个礼拜要慢跑九十分钟，"在运动场上跑成一片风景"。

每次见到陈幸蕙，她总是笑得那么自在，说起话来也总是那么从容，对人间万事，好的，她充分欣赏，坏的，她也尽量宽容。我几乎没有听她诉苦过什么，抱怨过谁。日子，由她过来，真像是一片好风景了。福由心生，她的快乐显然来自安详的心境和健康的身体。

她以慢跑来锻炼体能，以体能来提高心境，更以心境来经营文章。她在书房里挂着一块竹简，上刻"无忧"。在她送我的书上，扉页也盖了一方小印，红泥醒目，正是"无忧"二字。自律，在她的生活里显然很重要。这一点大概跟她的环境有关。幸蕙出生在空军宿舍，她的母亲曾经任教于陆军官校，她自己也在国防管理学院教过两年半书，而且还写了一本《军校教师手记》。形于外者是温婉可亲的性情，蕴于内者却是自勉自律的意志，璧合在一起，对她的作品影响很大。

二

《黎明心情》是陈幸蕙的第四本散文集，共收作品三十三篇，分为四卷。这些作品有的很短，像《聆水》《织碧》等篇，只在千字以下；而长的一些，像《在岁月的金色大道上》和《人间咫尺千山路》，也不过五千字。大部分的作品都在一千字到四千字之间，所以《黎明心情》可以说是一本小品文集。

本集处理的题材大约可分六类。第一类是自然，包括《聆水》《夏日风情》《冬日随笔》《神仙故事》《收获一座美丽的平原》。第二类是乡土，包括《清香油纸伞》《悲欢夜戏》《乡居记乐》《因为这座岛的缘故》《一街灯光的河流》。第三类是绘画,只有《何处觅》《瑞莲》两篇。第四类是社会,包括《遥寄汤英伸》《欢喜领受》。第五类是生活,包括火车之旅的《成人游戏》,慢跑心情的《在岁月的金色大道上》,怀念远人的《丈夫离家时》,和卷首的《黎明心情》。最后一类则是写作的自述,例如《书房里的灯光》《退稿·柠檬·冰果汁》《灯火阑珊处》《向丰盈一径行去》。

这么看来,作者自分的四卷分得并不很清楚。不过我为她细分的六类也不够周详,例如写圆山动物园大搬家的那一篇,有点儿童文学的谐趣,就无从归类。同时,乡土的题材往往一端通于自然,而另一端则通于社会,更常是作者生活的背景,因此,也不易将这种作品妥当分类。

无论陈幸蕙写的是那一类小品,她的心情总是满溢着喜悦与感激。她俯仰天地,亲近乡土,流连市井,投入生活,对一切都坦坦荡荡,呼吸着一个全无敌意不须戒心的世界。从早餐桌上的黎明心情到书房灯下的深夜工作,她似乎永远在享受生活。苏辙所说:"士生于世,使其中不自得,将何往而非病?使其中坦然,不以物伤性,将何适而非快?"正好拿来说明幸蕙,因为坦然于中,遂得欣然于外,而引众人为友,万物为邻。今年八月复兴文艺营设在西子湾,有缘与黄美序、白灵、张大春、陈幸蕙七数晨昏,发现她性情温

176

柔敦厚，态度婉转从容，笑谈之间未曾道人之短，诉人之非，纯真之中几乎带一点孩子气，倒跟她作品里的"艺术人格"相当接近。像她这样没有武装的心灵，在目前的社会上可惜愈来愈少了。里尔克说："归根结蒂，唯一的防御就是不设防。"幸蕙的为人正是如此。

从《黎明心情》的小品文里，看得出幸蕙向往的境界，是单纯与专注。所以她说："简单就是美。"所以她为了专心写作，而辞去一份颇为喜欢的教职。她心仪的，是老师傅一天只做一把伞的专注，芭蕉上人潜修而兼劳动的自持，爱看的是村脚的夜戏，爱逛的是街坊的夜市，即使面对古画，欣赏的也是水墨清苦的拾得画像，和着墨淡雅的瑞莲图。幸蕙出身于中文系，但是缅怀古代之际，她萦心系念的往往却是乡野车民与市井众生，富于旧小说与民俗的情怀。在《悲欢夜戏》里，她为俚俗的野台戏解嘲，说中国老百姓的现实已经够苦了，正需要团圆的喜剧来补偿，何忍再看什么深刻的悲剧？在《瑞莲》里，她又探讨何以中国画追求吉兆的主题甚于创造唯美：结论是我们的民族承当了太多的灾难，自然而然要趋吉避凶。在本书的自序里，作者表示她神往于"光明开阔的市井气象"。一位青春正好的女作家有这样的心念，令人惊奇。怪不得她屡屡自称"世间女子"，原来她就是这么爱世间的一切，这么人间世的。所以她笔下的夜市，如《一街灯光的河流》中所描绘的，才会洋溢着这么动人的市井风情。那些卖筒仔米糕的妇人，卖猪血糕的小贩，做润饼的师傅，摆地摊的老者，恍惚读来，仍有"清明上河图"的街坊情调：

　　……就算是在地上售旧货的老人，那摆满一地的各色古董，安静地展示着岁月的沧桑，也不免吸引你蹲下身来，抚摩把玩一番，去揣想这些古董背后，是各自牵连着怎样有情有义的故事？有血有泪的人生？——那晦旧如掘自古墓的玉蝉，那长出绿色铜锈的小小香炉，那柄缀绛红流苏的辟邪宝剑，那一枚枚镌有八卦和太极图案的古钱，那一长串可以垂挂胸前的棕色念珠，还有，那染着汗渍的绣花肚兜……这些曾在不同时空，随着不同的世间男女，经历过不同故事的无言见证啊，如今都带着它们神秘古远的身世，流落在此夜市一角，一方陈黯的红布上，诉说天涯归来的寂寞。

"有情有义的故事"，不正是旧小说与民间艺术的世界吗？地摊上这一堆五花八门的斑斓古物，激发起她的怀古之思，不胜神往于另一时空的江湖恩怨、人间悲喜。困居在现代都市里的知识分子，都不免产生惘惘无依的乡土情结和寻根欲；出身于中文系与中文研究所的幸蕙更其如此，可以想见。甚至在《金门印象小记》里，作者身临前线，对今日之金门着墨无多，却游目于山海，低回于海珠堂的四合院落，神往于书画酒茶的悠悠往古。作者自称多情的世间女子。她确是多情，也够世间，只是她的世间，虽然也有汤英伸与孤儿院，大半的景色却是回顾所得，风情仍然多于风尘。

三

在本书的自序里，作者表示，她不能接受沙特所说："真正的文学是叫人不舒服的。"她说："我曾玩味良久，但不太能服气于真正的文学范围是如此狭窄，只能叫人不舒服，而不能使人欢愉舒适？难道人生就真的如此荒芜？"因此她宁可学莫扎特，将一生的坎坷化为喜悦的音符，而且追随马蒂斯（Henri Matisse），要创造一种平衡、宁静而又纯粹的艺术，有如安慰倦者的安乐椅。也因此，《黎明心情》里的散文大多洋溢着温情与乐观。

乐观的奋发，悲观的壮烈，都能够产生伟大的文学。同样是西谚，有人感叹"一片云就足以遮暗太阳"，有人却庆幸"每一朵乌云都镶了银边"。问题恐怕不在作家对生命的态度是悲是喜，而在那态度是否诚心。诚则灵，才能感人。有李后主，才会"人生长恨水长东"。另一方面，有了辛弃疾，才能"一笑人间万事"。如果说，真正的文学必令人不快，未免范围狭窄。那么倒过来，坚持文学必令人称快，恐怕也是一种自限。

在《年轻》一文里，作者歌颂青春的珍贵，并自许要好好把握。她引了杨唤的《二十四岁》来印证青春的美丽：

> 白色小马般的年龄。
> 绿发的树般的年龄。
> 微笑的果实般的年龄。
> 海燕的翅膀般的年龄。

问题是：杨唤这首诗始于青春之歌颂，却终于青春之悲哀，并不是一首安乐椅式令人舒服的诗。《二十四岁》的第二段竟是：

> 可是啊，
> 小马被饲以有毒的荆棘，
> 树被施以无情的斧斤，

果实被害于昆虫的口器，

海燕被射落在泥沼里。

相比之下，前一段轻快如童歌，后一段却惨重如悲剧，合而为一，才见出此诗的立体实感。不幸杨唤一语成谶，诗成不久，就魂断火车轮下，果为青春的哀歌。若是只引前段而隐去后文，就未免刻意把人生留在童歌里，可爱是可爱极了，可惜未必耐久。在《莞尔小记》文末作者如此自祝：

> ……但愿年深日久，这一名深情的世间女子，仍然重视自己对自己的看法，远胜过别人对自己的看法；仍然相信人生如意事，十有八九；仍然喜欢甜蜜的巧克力；喜欢小喇叭醇美的音色；喜欢散步、慢跑、骑自行车；喜欢在柠檬的灯光下读书；喜欢微风中沉思写作；喜欢热情地活着；喜欢不断成长……

多么可爱而又纯情的生命，不但作者要如此自许，就连历经沧桑的写序人也如此衷心祝福。问题就出在最后一句："喜欢不断成长。"不断成长，就是入世渐深，到那时，"叫人不舒服"的事情就逼人而来了。在《年轻》里作者如此强调:"我也不会在乎皱纹、白发、衰老等自然现象,在未来应来的时刻到来。"这句话十分勇敢,可是我不相信。在同一篇小品里,作者又说她曾经"锥心刺骨的历练",而她历练的乃是"三十二个有血有泪、有苦有乐的年岁"。如果真是这样,至少在《黎明心情》这本书里她没有让读者看到,那些血、泪、苦,究在何处。在《简单就是美》文末她也说:"我希望我的笔能记录人在血泪交织、爱恨冲突、是非善恶的矛盾间不断挣扎的故事。"但是这愿望,与她前述的安乐椅创作观似乎矛盾。在《黎明心情》里,幸蕙给读者的仍是一张安乐椅,而非挣扎的故事。

幸好,在自序里她只说"目前不会"去投沙特的那面大旗,并未说她永远不会。而我这写序人,在"黄昏心情"之下,一方面想警告她黎明不久,莫长耽于金童玉女之境,另一方面,却又深怕她入世尽俗,泯了天真。当然,最理想的成长,该是阅世而不溺世。

安乐椅的主张,导使作者谨守乐观奋发的态度,凡事总强调美好的一面。偶尔,作者也暗示自己曾受挫折,却能咬紧牙关,报世界以达者的微笑。可惜这些暗示都一笔带过,像是远地的战争,传闻而已。缺少了足够的挫折背景,作者转败为胜、转忧为笑的毅力与胸襟,乃显得有点片面,似乎那和谐未经矛盾,而那安详未经挣扎,结论仅是主观的自励自许,而未经生活的印证。《黎明心情》里有许多小品一再如此自励自许，坚贞的情操固然十分感人，可是如果说得多了，就容易落入励志文章的说教口吻，不可不察。

散文的功用素有抒情、描写、叙事、议论之分。在实例的作品里，其实这些功用往往相辅相成，难以截分。例如《前赤壁赋》是由叙事而抒情，转而带出议论，《后赤壁赋》则全篇以叙事取胜，而兼带抒情。大致说来，一篇散文若是纯然议论，就会变成大则论文小则杂文；若是纯然抒情，而又无景可依，无事可托，就会失之空泛，不如干脆写诗。纯理，失之抽象，纯情，失之缥缈。最好的办法是依托在景物和事件上，求其具体而生动。所以一篇抒情文，在空间上宜乎有景，在时间上宜乎有事，才有一个落实的架子可以依托。

《黎明心情》里大半的作品，本质上都是抒情文，而作者也有一支婉转而敏感的彩笔来抒发她的情思。她细于观察，深于同情，也善于想象：这些，在《清香油纸伞》和《快乐的大搬家》里都显然可见。但是她念念不忘自励自许，所以议论不绝，而另一方面，又往往没有搭足叙事的架子来落实情理。例如《在岁月的金色大道上》，慢步的实景尚未逼真，就感慨了起来。如此，议论多而事件少，抒情的潜力就未能尽情发挥，颇为可惜。《人间咫尺千山路》同有此失，《欢喜领受》也是如此，因为搭景、叙事尚未充分，就被感慨接过手去了。《乡居记乐》《悲欢夜戏》《一街灯光的河流》三篇的抒情，所以给人踏实而自然的感觉，就是因为有景可看，有事可循，不觉其无端动情，凭空说理。作者忙于写景叙事，就无暇大发议论了。《何处觅》与《瑞莲》两篇，也因为有画可凭，得以由景生情，就情发论，一路说来也娓娓动听。

《黎明心情》的作者喜欢抒情兼且议论，她的散文乃倾向诗与杂文。变化之道，或在向小说与戏剧借兵，向小说去借叙事，向戏剧去借对白。我发现，书中的作品不但叙事太少，而且几乎没有对话。幸蕙若能加强这两项，她的风格必有更多变化，且能突破内心常在独白之局。

四

最后要谈作者的语言。幸蕙的笔法能够绵密而细致，加上轻倩灵巧的想象，更具年轻而浪漫的风格。《收获一座美丽的平原》里有这样的句子：

　　当然，艳夏午后，椰荫下浪漫的联想，
加上未泯的童心，海，也可以是一整块湛蓝

的果冻，一片碧琉璃色的爱玉冰，盛放在一只名为"海床"的巨型深碗里，引人兴起用银匙舀一勺软凉来细品的想望。

又如《悲欢夜戏》里的一景：

　　星星又低又亮，温柔地俯下身来，最近的一颗，是满月嘴角一粒清新细巧的小痣。

两段文字都颇精致，也许后一句的"满月"不如"缺月"有效吧。要我写，我却写不出来：前一句，因为我没有她那么健康的食欲；后一句，因为我不是女人。

　　不过，幸蕙的语言若要发挥全力，而止于至善，我认为还可以注意下面几点。

　　她的笔法趋向细密，有时却忽略了简洁，犯了繁琐。例如这么一句：

　　哲学家康德的故事，在世俗之人的眼里看来，是可笑且不可思议的。

"在世俗之人的眼里看来"正犯了冗杂，大可简化为"看在俗人的眼里"或"在世人看来"。像下面这一句，还要严重：

尤其在我腼腆地发现，人性本懒，所谓
恒心与意志，竟是那么容易能被心底那个软
弱且好逸恶劳的自己所击溃的时候，我对康
德选择、坚持并贯彻这种生活方式的苦心和
意志力量，格外感到钦敬仰慕。

右引文字在原书的上下文里其实只是半句，可是读来
已经相当费力。"发现……的时候"句法太长，语气
不免冗赘。"被……所击溃"的被动式，又倒又长，
也有碍流畅。"对……感到"也拖得太赘。另有一个
问题，就是把同义词串连在一起，妨碍叙事的单线进
行。"恒心与意志""软弱且好逸恶劳""选择、坚持并
贯彻""钦敬仰慕"，一连四组的同义词扰人思绪，有
如双线甚至三线出入的轮廓，分散了视觉的焦点。如
果每组只用一词，就清爽多了。作者曾说："喜欢简
单与朴素！我愿自己的作品也能反映如此的风格与特
色。"既然如此，她不妨先就自己的语言下一番净化、
纯化的功夫。

　　句法上还有一个陷阱要提防，就是一句话以名词
填底，上面压着一长串形容语，亦即我所谓的"高
帽句"：

　　至于当初引渡拾得走追人间传奇的，便

是那位剪发、齐眉、布裘，垂迹天台国清寺的丰干禅师。据说丰干禅师是位喜欢在植满巨松的仄径上，骑虎出游的异人；拾得是他偶然在路边，拾而得之的一个有缘的童子。为了纪念这一段彼此遇合的来历，所以，丰干便为这位没有父母，没有名姓，只是漂流人间、孑然无依的童子，取了一个一目了然的名字：拾得。

六句话的结构完全相同：依次是"那位……禅师""是位……异人""便是……童子""这一段……来历""这位……童子""一个……名字"。雷同的句法易感单调，而一串形容语压在名词上，也失之冗长，不可不戒。化解之道，就是打破高帽句。例如第二句，就不妨摘下帽来，改成："据说丰干禅师是位异人，喜欢骑虎出游满植巨松的仄径。"

幸蕙既然孺慕古典，向往清纯淡永之境，何不就从净化散文的语言下手？笔下素净了，更容易亲近传统与乡土。蕙质兰心的幸蕙何须我饶饶多言，只要她肯用心写下去，终会成就真正的世间女子，市井作家。

一九八七年冬至深夜于西子湾

他的噩梦是千山鸟飞绝

——序陈煌的《人鸟之间》

一

在法国大革命将届两百周年的今天，自由、平等、博爱的意义值得我们再加思考。那一场革命为平民争取民主，也为个人争取人权与尊严。两百年后回顾，这运动只能算完成了一半，因为至少有一半的人类还没有争取到民主，更谈不上人权与尊严。法国大革命虽已发生，但迄今仍未完成。

和我们共有这世界的，其实不止人类。同为造物所造，从飞禽游鱼、爬虫走兽一直到草木花卉，那许多芸芸生物都是我们在这地球上的邻居与伙伴，其中更有不少族类，以时间而言，远比我们早来这世界，以空间而言，远比我们分布宽广。然而我们从未以平等对待它们——就连代名词也有区别，更处处侵犯了它们的自由。所谓博爱，即使在理想的层次，也只限于人类。当前的情形是：人间的博爱已经罕见，至于人对众生万物的博爱，就更难期了。

非但是难期，简直可以倒过来，说，在人类科技的独占独霸之下，万物的浩劫指日可待，而某些珍贵的禽兽早已绝种或面临绝种了。自大自私的人类，久已欠缺想象与同情，也许会觉得天生万物，就算少了几种又有何妨，人类的生活并不受损。

但是仍有少数富于同情敏于想象的心灵，先天下之忧而忧，早已看出，如果放任"进步的文明"假开发为名而行破坏之实，则杀鸡取卵、竭泽而渔的结果，人类必将走入自辟的绝境。正如长征的拿破仑发现自己受困于一座空城，四顾已经别无退路。万物之灵的人类，如果因为自大自私而沦为万物之征服者，不，万物之杀手，就会变成一个寂寞的独夫，独占一个了无生趣的机械世界。到那一天，人也就变成了机器人。

寻根的人莫不承受着乡愁的压力。离乡背井，是地理的乡愁。怅顾汉唐，是历史的乡愁。清明端午，是文化的乡愁。坐困都市，是自然的乡愁。古人若是患了自然的乡愁，只要回到自然就行了，但是现代人却无法轻易回到自然，因为交通太挤塞，而所谓自然，几乎要被文明逼得走投无路了。等到生态严重破坏，鸟兽绝迹，草木奄奄，原野荒芜而江河不洁，人类就走上了不归路，而自然的大乡愁也就永远解不开了。这下场，正是生态学者、环保人士念念不忘的隐隐大忧。相对于如此急迫的生态危机，我们"政府"的立法既迂缓，执法又宽松，有心人当然充满了危机感。《人鸟之间》正是这种危机感最紧迫的表现。

人类关心自然，有不同的动机。有人把自然当作要塞，有人把自然当作资源，有人把自然当作生意，有人把自然当作风景，更有人把自然当作一座庙，来崇拜造物之神。真正的生态家有如真正的诗人，心中充满宗教的诚敬。且以鸟为喻。有人把，鸟吞进肚里，当作食物；有人把鸟羽戴在头上，当作饰物；有人把鸟养在笼里，当作玩物；有人捉鸟去卖，当作货物；有人捉鸟做标本，当作生物。只有圣法兰西斯把鸟当作朋友，跟鸟说话。宗教家、诗人、生态家都把鸟当作朋友，对鸟的爱是超然的。陈煌爱鸟，正是如此。

二

陈煌兼擅诗与散文，曾获《中国时报》的散文奖与新诗首奖，近年用力多在散文，尤其是介于报道与抒情之间的生态散文。密集写作之余，他几乎是一口气出版了《大地沉思录》《大自然的忧郁》《人鸟之间·夏秋篇》和目前这本《人鸟之间·冬春篇》，对台湾的生态散文贡献可观。

正如上一本《夏秋篇》一样，这本《冬春篇》也是半年之内对自然生态做定点观察的连续周记。《夏秋篇》出动较频，得三十二篇，平均每周出动五点三次；但是《冬春篇》出动稍少，得二十六篇，平均每周四点三次。我统计了一下，发现陈煌出动的日子在《冬春篇》中多为周末，不是星期六便是星期天；只有三次是例外，就是星期一、星期三、星期五各一次。这么风雨无阻、寒暑不断地出动，本身已经是恒心、耐力，加上使命感的表现；何况累了一天回来，还得打点精神，把所经所历、所思所感整理出来，记录成可读的文章。

至于《冬春篇》记录的项目，除了每周天气与温度等的变化之外，大致不出动物、植物、人物三大类。动物当然以鸟类为主，其中尤以竹鸡、树鹊、山红头、黄鹎鸰、黑枕蓝鹟、台湾蓝鹊、白耳画眉、红嘴黑鹎的描述最生动多姿；间亦记录白头翁、五色鸟、小弯嘴画眉、绿绣眼、绣眼画眉、红尾伯劳等等的动态。而最令作者悠然仰望的壮观飞禽，则是大冠鹫、红隼与乌鸦。在二月七日的记录里作者写道：

乌鸦不像小弯嘴画眉那么急躁，这是因为它们也许自认可以和老鹰，大冠鹫或红隼相媲美，至少在某些习性上相仿佛，但是它们却没有对方那么高贵尊严。山林还是容纳乌鸦，它们看起来一如身披大黑袍的大法师。若是说山林王国中有像大冠鹫这些各据一方的尊贵君王，那么也该有乌鸦这些大法师来陪衬，小弯嘴画眉则宛似多嘴而讨人喜欢的小丑。

我在冷风中，先除掉一具吊子，沿着泥泞山径往山下走去。一小群白头翁哄然从树林中竞相叫闹着，争着占据一株高树的梢头，这是整个下午至五点之间，最激荡的一阵啼鸣了。有人说，树是上帝留下的诗。我认为鸟鸣应该是树写的诗。白头翁们显然误以为天气将放晴了，其中一只飞到距离我一公尺近的草茎上，轻轻压弯了它，但立即长鸣一声振翼而去，因为它警觉地发现我就藏身在附近一排五节芒后。五节芒等大寒小寒一过，就恢复它们萧条的颜色，而在十一、十二月

> 间却帮着白头翁们掩饰行踪……庞巨的乌云
> 舰队悄无声息地控制了整个天域。

这正是书中一般风格的段落，纪实之中不失生动与想象。除禽族之外，陈煌的观察与同情也及于其他动物，尤以赤腹松鼠和臭狸的描写最为突出。至于植物，最常出现的则有昭和草、五节芒、狗尾草、野姜花和竹林。作者置身这一切之间，好奇、欣喜、熟稔而又全神贯注，一如面对久别重逢的旧友。

但是一写到出现在野鸟新乐园里的人物，气氛立刻改观。无论是砍树烧竹的老伐木工人和菜农，设阱张网杀害野生动物的猎人，随手抛弃垃圾的山胞，或是笑闹自得的登山队员，在作者的笔下都侵犯了这一带的山林鸟兽。甚至在书中并未露面的地主和官员，也经常遭受作者不懈的笔伐。作者如此抨击野鸟新乐园的主人：

> 地主所拥有的这片大产业中，鸟类并没列名于土地所有权状中。而土地所有权状的价值，更不因有野鸟们而增值，也许树木是有价的，但地主是看在它能变成柴薪的份上，而不是它能制造新鲜的氧气，巩固土壤，或

吸引野鸟。所以，在地主的眼中，小弯嘴画眉不算什么。他甚至从未见过什么是小弯嘴画眉。因为地主只渴望几千万的土地所有权状，有朝一日能为他的账目挣来几亿。

作者对猎人尤其厌恶，认为他们无论捕鸟捉兽来售卖或自食，都是有罪，何况古之猎人不过使用弓箭，今之猎人却在遍设陷阱之余，更张起几十公尺的尼龙大网，逼得野鸟供不应求。他说：

> 猎鸟者只是一个靠猎鸟换取经济利益的人而已，和卖国贼没两样。

这未免言之太重，但也足见陈煌的"鸟本"态度。以下是他对山胞的描写：

> 一群山地人开着一辆新卡车上山，因为我听见他们大声高唱我听不懂的山地歌。他们笑闹着，喝酒，将吃完的塑胶盒与铝罐毫不迟疑地丢入草丛里，并且在野餐的山径边留下一张没带走的大草席。以往我对山地人的印象是单纯，但现在是令人难以想象的放

肆，和猎人并没两样。

先是推土机，然后是电锯，最后是辘辘的卡车，就这样，整座山给掏空了，野鸟也就失去了它们的乐园。每周上山去做"鸟探子"的陈煌，面对大自然迅快的萎缩，心情惶急而悲愤。他说：

> 我们能相信地主的野心会适时而止吗？
> 我们能渴望游客会信守大自然的原则吗？为
> 了休闲而牺牲荒野自然，我们的理由何其正
> 当——为了人类能分配到更多更大的休闲面
> 积，在未经评估研究和经营管理之下，我们
> 的确在坐地分赃，将剩余的荒野自然一片片
> 地分割，交由每个游客享受。

面对隆隆而来的推土机，辘辘而来的卡车，陈煌无能为力，无能保护他珍惜的野生动物。生态人士的螳臂能挡车吗？这种心情我能够分担。三年前，在一首叫作《挖土机》的诗里我也写过：

> 嗜土的样子就像嗜血
> 那一排无可理喻的怪牙

只要一口咬定

就缺了一大块风景

泥沙就从牙缝里泻下

扎扎的马达声里

不到一个月，就把整个山坡

吃剩了瘦瘦的半条背脊

⋯⋯谁要是敢向你索讨

失踪的蝴蝶，蜜蜂和鸟

和几亩不能复活的春天

那一排狰狞的怪齿

就伸长着颈子昂首吼叫

"凡我到处，谁都挡不住

一整排蠢蠢欲动的楼屋

一整条不耐烦的公路

都在我背后挤我推我

催我的履带带动未来

不相干的，通通都给我让开

别阻碍崭新世界的队伍

你要的风景吗，还你！"

一阵骨碌碌之后

又吐出一大口泥沙

在科技文明的大风车之下，陈煌像一位脆矛瘦马的唐吉珂德（Don Quijote），企图独力保护他心爱的野生鸟兽。书中最动人的两幕，是他在悲愤的心情下怎样拔去兽阱，划破鸟网。

十二月六日，他见到一个穿草绿色旧军装和长筒雨靴的猎人，在巡视自己布设的陷阱区域时，发现捕兽器已经夹住了一头臭狸。那受伤的困兽，痛苦、惊惶而又愤怒，虽然抵死奋斗，仍然挣不脱捕兽器的铁腕和猎人的巧腕，终被套进了尼龙袋里。它的命运，那猎人告诉陈煌，是先剁尾巴，再剁头颅，然后投入滚水里去。六天之后，陈煌赶在猎人之前再去那陷阱所伏的浓密草丛，果然又见一只臭狸被捕，前脚被铁夹深深咬住，显已伤断。在那头可怜的困兽反扑猛噬之下，他手忙脚乱冷汗浃背地踩开铁夹，放走跛足的臭狸。这时，低空已经有两只饿鹰在盘旋了。

一月三日，陈煌在一壁峭坡的顶上发现了猎人张设的细密尼龙网，下面是半截白头翁的尸体，断翅落在一旁，已经爬满了蚂蚁。不久，又有一只白头翁投网，动弹不得。作者急忙用一把铅笔小刀：

……沿着它被缠绕的躯体，用刀刃割开那细韧无比的网子，把它连同附身的鸟网一起切下。然则，这样做依旧没法让它恢复自由。于是，我小心翼翼再以刀片，一刀一刀地割开绵绵密密缠住它整个小身子的网线。这时，它仍在挣扎，爪子不断钩陷入我的掌心。然后，在我割下第十刀后，它未待我完全解下它身上的网线，便猝地振翅而起，箭般急急仓皇掠去。

这两幕实在生动而感人，可谓生态散文的高潮。思果有一次痛骂坏人，愤然说："叫这种人作禽兽，是侮辱了禽兽！"一点也不错。用残酷手段折磨禽兽的人，真是连禽兽也不如。

三

《人鸟之间》是一位悲天地悯鸟兽的仁人一年四季入山观察生态的翔实周记，对台湾的环保具有见证与批评的不凡意义，值得当局与民间来共同关心。《垦丁国家公园诗文摄影集》前年夏天出版，我在序言里写道：

这世界，是万物所同住，神人所共有，凡有生命的都有权利。让草木鸟兽各得其所而生机无碍。让我们以虔敬与感激的心情来爱惜这世界。所谓天堂，原在人间。但如果我们无福，反加践踏而横施污染，则人间迟早会沦为地狱。

这些年来在我们的岛上，同为造物所造的野生动物，在"万物之灵"的摧残之下，吉光片羽，殆有迅趋灭绝之虞。虎年，可以当街杀虎。鸟季，可以沿街烤卖伯劳。美丽可爱的候鸟每年大举过境，原是我们最天真最珍贵的小客人，也是绝对信任我们的避寒移民，但是，我们的待客之道却是捕而杀之，烹而食之，挂而售之。这样子的恶主作风，简直沦我台湾为一黑店，久之必将吓走过境之客，变成了"众鸟高飞尽"的下场，到时候只有面对一片死山了。前几天在电视上还可见山胞捕得一头穿山甲，得意扬扬地对记者夸说，能够卖到怎样的高价。正如陈煌所指摘的，台湾的野生动物尽管日趋减灭，迄今仍不见当局立法保护。各种利益团体都有所谓的民意代表在国会慷慨陈词，但是无言的自然，无辜的禽兽，却无法选出它们的代言人。陈煌挺身而出，担任了这个角色，但是正如刘克襄、张晓风、马以工等等，不免仍是孤军独笔，被掩盖于人间的政治噪音。凡是真正关切生态、敬畏自然的心灵，现在，应该认真考虑集合众笔，组成大军，而向当局与民间同施压力，在法律与制度上来确保更高层次的锦绣河山了。

四

《人鸟之间》逐周记录，可惜只注明日期。要是更标出星期几，并记下当天的气温、湿度、风向等等，就完备多了。引用学者之言论，专家之报告，有时出处不明，有损"公信"。一月三十一日的记录中，提到"当鸟类学家威尔逊和奥杜邦在世的十八世纪初"，野鸽的数量多达五十亿只。威尔逊（Alexander Wilson, 1766—1813）和奥杜邦（John James Audubon, 1785—1851）都在十八世纪的后半才出世，所以此言不确。也许陈煌原本无意成为生态学者或鸟类专家，只有志于报告文学。但是再感性的散文也不能没有踏实的知性为其背脊，正如再美丽的藤蔓也不能没有花架来支撑。威尔逊是诗人兼鸟学者，奥杜邦则是画家兼鸟学者，足见爱鸟的人可以兼擅感性与知性，才能知之愈确，感之愈深。希望陈煌此后的生态文章能更注意知性。

另一方面，生态散文无论如何强调其主题与使命，毕竟也是一种散文，一种文字的艺术。《人鸟之间·冬春篇》的文笔，无论描写、叙事、抒情或议论，大致都明快畅达，及其高潮，尤其在生动的叙事段落，每有精彩可诵之句。但是在作者注意松弛的时候，往往也露出瑕疵、语病，甚至不良西化。容我略举数例来分析。

第一是犯重，例如"它们都咸认溪谷最适合居住"；又"如果，公冶长的故事若属实"，又"有刀斧加诸在树干上的声响"。"诸"是文言的介词，作用和"在"相同，而且看来读来都不方便，应删去。同样，"事实上早餐是不虞匮乏的"一句，那四字成语也太文了，为何不直说"不缺"呢？

第二是各种语病。例如"但乌鸫则鲜为少见"；又"但有时候，我却往往仅见蓝光的闪耀"；又"耳朵因一只小弯嘴画眉高亢啼啭而微感震耳"；又"挖取瓷土的台车互相撞击，而从山下传来价响"。"有时候"跟"往往"是不合的。既是"耳朵"，就只能感到震，不能"震耳"。"价"是副词语尾，只能说"震天价响"，却不能单独说"价响"。

最后是西化句法。西而化之，也未始不可，但若过分委屈中文，就不好了。例如"我唯一一次在中部某山区见过"，就不很自然，为什么不说"我只在中部某山区见过一次"？又如"千万别让你自己轻易地去相信人类"一句，要是省去"让你自己"四个字，不是更干净吗？再如"但我们的生态学却在近一个世纪以来，才被人们重新给予重视"，后半句太别扭了，若简化为"大家才重新重视"，不是顺得多吗？

自然的生态当然应加重视，但是中文也有自己的生态，值得一切的作家尊重、珍惜，你说对吗？

一九八九年七月于西子湾

一面小旗，满天风势

——序董崇选的《心雕小品》

　　四年前我从香港回台，初来中山大学任教，应新闻报《西子湾》副刊主编魏端先生之邀，约了几位同事，在该刊开辟了一个专栏，叫"山海经"。大家轮番执笔，每周两次见报，开头的三四个月，颇为热烈。不久众人事忙稿稀，渐渐有点不支。正好崇选每周南来兼课，便请他偶尔助笔。几篇下来，反应不恶，崇选也就愈写愈起劲，也愈出色。久而久之，这支助笔竟然成了主力。两年多下来，他在《西子湾》一共发表了五十四篇方块，平均每月两篇。回顾我自己，前后交稿不过十篇，真应了有意不发而无心成荫之喻。

　　专栏小品，就形状而言，又名方块，就功用而言，或称杂文。这种文章出现在副刊上，照例靠边而站，不敢和通栏的主文逐鹿中原，但是正因体裁短小，线条明快，一览将半，再览无余，所以"收视率"往往高于长篇大文。

一般而言，这种杂文比正经文章较少拘束而具感性，同时又比抒情文章较多见解而具知性。杂文作家要当行本色，就得在感性与知性之间把握分寸，而使读者觉得不但言之有物，抑且读得有趣。所以杂文忌软，过软就变成美文，同时忌硬，过硬就露出论文的功架。

杂文的篇幅有限，讲究点到为止，见好便收。真正有力的杂文，往往只使七八分力，作者的功力有时藏的比露的还多。行家想必都知道：只为了写一篇小品，作者需要多大的学问在背后支持，正如一面小旗飘扬，需要满天的风来助势。而收集了多少有关的资料，最后下笔，割舍的也比使用的多。若要游刃有余，必须所积深厚。专栏小品，真的是大材小用，小材却不够用。

杂文的另一要求是所谓时代性。当代的现象及其背后牵涉的问题，杂文可以正面评述，但更常见的是旁敲侧击，反弹折射。若是太过正面，太过周延，就像论文了。另一方面，杂文虽然起兴于新闻，或者取材于时事，却非新闻报道或评论。杂文家面对当代的现象，往往会从人性之广、历史之长来观照。他可以从个例出发，去探讨常理，也可以从广阔的时空一筋斗翻回来，落实到眼前的现象与问题。无论如何，正如项庄舞剑意在沛公，杂文家的眼中总不能没有当代的现实。

这一本《心雕小品》既是报端的专栏，当然就是典型的杂文。我特地拈出杂文的三点特色，作为"验收"的条件，并且发现其中的文章大致都能做到前文要求的软硬兼施，大材小用，虚实相辅，不失为一本够格的杂文集。

根据作者的自述，《心雕小品》的主题都是探讨"当代工商社会中所产生的诸多人文现象"。至于其中的社会背景，则有些是在英美，而大半是在八十年代的台湾。作者对于此书风格的自许，则是希望做到"风趣、幽默、有情、有理"。

有情有理，正是我所说的感性与理性兼顾，诚为杂文之常道。风趣与幽默，可以合为一个"趣"字。情、理、趣冶于一炉，可谓风格"中间偏软"。如果再做整合，则我可以指出：《心雕小品》的风格大致上是游刃于情趣与理趣之间。情趣之作较多感性，理趣之作则较多知性，各擅胜场。《无烟的烟囱》在怀古伤今的气氛下勾出西方老年夫妇的苍凉晚景，是情趣的代表之作。《庆祝生日》则针对西风东渐，倒过头来为年轻人做生日的风尚，大做翻案文章，可以代理理趣的一型。而无论是情趣或理趣，其为有趣则一。

《心雕小品》逗趣之道多在文字功夫，而以谐音为其首功。《自荐与自贱》《白吃的白痴》《疯从那里来？》《言不及"意"》，单看这几个篇名，就知道里面另有文章，不会冷场。《白吃的白痴》说作者的新车被人刮出"白吃"二字，原是恨事，竟能曲折成趣，讲出一番妙理来：

> 这家伙是说谁在白吃呢？我与太太都是教书匠，他在笑我们光知"有酒食先生馔"吗？不会吧，我俩多少也尽了传道、授业、解惑之力啊！坐此车而较像白吃的，应该是那两个小丫头了。但他们除了念书之外，偶尔也帮点家事，而且每年至少长高三公分，怎能说她们在白吃呢？对了！那两个字正好划在油箱盖的旁边，会不会那厮在说车子天天只是白吃汽油罢了！也不会吧，车子吃油必定走，带你过桥又上坡，它最不会白吃了。那么谁在白吃呢？原来这个无赖在说自己白吃，他吃了那么多饭后，竟然还不知道人家

的车皮不宜写字。其实，他想写"白痴"两字来骂人，但却写错了。他自己实在是白吃的白痴！

谐音的另一来源，是英文的译音。例如 libido。译成"里蔽躲"，check in 译成"确可隐"，check out 译成"确可邀"，音义兼通都有谐趣。

双关也是文字的一逗趣，用表面的形象引出背后或贴近的东西，作用有如倒影。"东边日出西边雨，道是无晴却有晴。"以"晴"引"情"，正是双关。《肥水之战》用东晋有名的战役来影射现代公寓大厦的水肥问题，并且含蓄地批评了现代小市民"肥水必落外人田"的自私作风。《沉默与拜金》则掉了一个洋书袋，嘲讽世故的人深恐祸从口出，一味消极地沉默，可称之为拜金之徒，因为西谚有"言语是银，沉默是金"之戒。

《心雕小品》之逗趣更在其理趣之畅达，比喻之生动，对流行的观念反复思考，层层逼问，以求其真相。这样正正反反地探讨，犹如煎鱼，要两面都熟透才行。书中最好的几篇，在活泼的议论之中，常常展露出这种"两面煎鱼"的手法，例如《早学与先知》一篇，作者在讨论孩童提前修课之余，强调早学未必就先知，揠苗未必能快长。他说：

> 当前是个竞争激烈的工商时代，大家心
> 中都有一个"捷足先登"的念头。但可悲的
> 是，许多人先天没生有"捷足"，后天又不
> 爱练脚，却以为在枪响前先违规偷跑半步便
> 可以夺标。而一些眼明的商人，看穿了大家
> 这种不正常的心态，便大开各种先修班，大
> 印大制各种早学的玩意儿，大赚"早先主义
> 者"的钱了。

又如《凝聚散沙》一文中，作者指出中国人一面像是
散沙，一面却热衷于结党组派，更追问道：

> 有什么东西可以使散沙凝聚起来呢？
> 念物理或心理的学者也许都会说："油和
> 水"。没错，在众沙中滴点油或加点水，散
> 沙自然会凝聚的，那些为营私所结的党会同
> 盟，便是在洒水，以便形成所谓的"利益团
> 体"。但我们知道，"油水"是会挥发散干的。
> 等到"油水"没了时，众沙还是要分散的。
> 如果要长久凝聚散沙，恐怕不能靠"油水"，

而要靠"强力胶"。什么是"强力胶"呢？

作者说日本的公司是用主管与部属的情谊为强力胶，但是他坚信最牢的强力胶是道义。文章到此急转直下而推出结论，颇有先秦议论之风。在《名嘴》一文里，作者针对执政党名嘴下乡的文宣攻势大发议论：

> 我不知道这次被请下乡的那些要员大将，是否个个都喜欢被称为"名嘴"。但从名单上看，我敢确定，那些"一时之选"并非真的个个都是"能言善道"之流。其中至少有一两人的舌尖并不锐利，也不能口吐珠玑。不过，那种"无名嘴之实"者，我想说不定更动人、感人，令人信服。原因是，他们的话并不是源于嘴皮，而是出诸肺腑，来自内心。他们不为"投机"而说话，不为"叫座"而演讲，不为"争锋"而辩论。

《心雕小品》兼有情趣与理趣，但相比之下，仍以理趣较胜。若就成分来分析，我认为此书的比例、由上而下，是趣、理、情。最后这个"情"字，仍需在情趣、情理的结合下才显出力量；若是要求纯粹抒情，或是情景交融，则至少在此书中尚有不足。书中几篇美国之行的游记文字，偶有写景的片段，总不免感到抽象。《尼加拉三兄妹》写到大瀑布，只说了一句"在冬天结成冰以后，虽少了一些显威助力的声响，却使那三兄妹显得更清新稳重，更光洁迷人，更含情脉脉，更仪态万千，更不知该怎么说才好"。至于《初到美国》那一篇，写到小镇景色，也只是"家家前后花园广阔，处处大树林立，花草鲜美，空气清新"。这些写景之句，即使放在杂文的上下文里，似乎也嫌笼统。

《心雕小品》的五十四篇杂文里，大半都很讲究结构，不但前后呼应，上下承转，脉络层次分明，甚至走笔之势也绕着几个"文眼"，因字生字，就句引句，而自然生发，导出结论。这样子的"计划写作"诚然秩序在握，但是太秩序化之后也会"水清少鱼"，欠了一点惊喜。所以如此，大概还是因为作者的气质是知性支配感性。

秩序化的结构表现在文句上，便是对仗与排比。中国字既单且方，又天生非平即仄，所以有文言修养的作者自然而然就会对起仗来。若是理直气壮，言之有物，就算是句法俪行，也还是情溢乎辞。若是言之空洞，则对仗与排比就显得徒有功架，失之机械了。白话文亲切自然，却容易流于散漫、噜苏，因此在一

210

路单行之余，不妨酌用对仗与排比来整饬文句。《心雕小品》理直气旺，善于议论，却爱用对仗与排比，好处是以骈驭散，望之井然，读之铿锵，但是用得过分之后，不免也有一点"摆姿态"（mannerism）之嫌。这种手法成败如何，全在自然与否，若带勉强，就得不偿失了。书中的对句排句很多，严整而又自然的固也不少，但是像"目迷于那些巍峨的院落与广大的绿野，那些参天的林木与泻地的流泉，那些迂绕的溪涧与平阔的湖泊"或是"乞丐在村子里向人讨饭吃、要衣穿"之类的句法，就不免辞胜于情，近乎修辞。

对仗与排比其实是一种变相的重复。重复，在文学里有许多方式，原为意义与音韵的强调，但其效果应该是加强，不是干扰。本书有不少地方使用这种手法，有时显得太过频密，效果值得注意。《学位》一文里有这样的一句："今天有许多'士中的败类'，他们为了弄文凭搞学位，便只知注意搞关系、送人情、弄旁门、行左道，从不专心学习研究知识技能。"这里面的对仗与排比重叠过甚，有如线条出入参差的轮廓，为求强调，反觉模糊。首先，"他们"没有必要。其次，从"弄文凭"到"行左道"，一连六个三字组的片语，不但意重，甚至字重，就太露刀斧痕了。最后的"学习研究"与"知识技能"又是两组重复，可以各删其一。

他如"在这到处普遍缺乏氧气的世界里","从夜空中往下俯瞰纽约市"等句,也有犯重之处,因为"到处"与"普遍",不妨择一保留,而既然是"俯瞰",就不必"往下"了。

在《心雕小品》里,崇选对于某些新进学人食洋不化之病屡有评论,深获吾心。他自己的笔下当然也罕见西而不化的中文,甚至在翻译的时候也保持汉语的清通。但是书中偶或还有这样的句子:"最近听到一位父亲说:'我的孩子渐渐大了。'"问题出在"一位父亲"上面。这句话并不难懂,只是在中文里有点唐突。"孩子"还没出现的时候,"一位父亲"就令人觉得有点古怪,似乎无中生有。中国人不会问一位已婚女子:"你是一位母亲吗?"反过来我们会说:"你有子女吗?"所以前面的句子中国人大概会说成:"最近听人说起:'我的孩子渐渐大了。'"

以上各例虽属小疵,为了求全仍稍加析论。我必须指出,大体上这本《心雕小品》的文笔都颇仔细,态度都颇认真,加以说理明快,结构井然,在方块文章里说得上是情理兼顾的风趣之作。至于书中个别的小品或因见解独特,或因文笔可观,颇有一些值得进一步去赏析,可惜序文已经够长,再发展下去,只怕会变成书评了。但是在结束之前,我至少应该指出,

《肥水之战》《一个美国梦》《以泥洗泥》诸篇，想象丰富而近于寓言，有张系国之风，若能继续开拓，当可另辟天地。《植树的伟人》始于责人而终于自责，布局可观。《"美国钞票"与"美国硬币"》因小见大，妙想出奇。《那一种人较适合当文学奖的评审？》长于他文，对文学批评有圆通宽大的见解，看得出近两年来作者对创作本质探讨之勤。至于《价码》一篇，认为学者演讲而要酬劳，乃是逐利，有失读书人安贫乐道的情操；此论陈义太高，对演讲压力日重的学者来说，不够公平。只怕有些实心的名嘴不能同意吧。

一九九〇年三月于西子湾

飙到离心力的边缘

——序孙玮芒的《忧郁与狂热》

十年以前，我在《亦秀亦豪的健笔》一文中，把当时的散文作家约略分为四代，并谓"第四代的年龄当在二三十岁，作者众多，潜力极大，一时尚难区分高下"。接着我举了十个名字，最后的四位是高大鹏、孙玮芒、李捷金、陈幸蕙。十年来，这些名字有起有落。高大鹏、陈幸蕙颇露光彩，而名字带芒带金的中间这两位，反倒有点月低星沉，令人怅怅。

直到两个月前，忽然收到孙玮芒寄来这部散文集的校稿，并且附带要我写序，我的渺茫预言，十年流落，才算是有了交代。我抽阅了几页，已觉笔力凌人，等到详读一遍，更感其文气畅旺，意兴纵横，断定不但值得出书，抑且值得写序。一时之间，对于惊喜的

"预言家"，失物重获，竟似意外之财。

孙玮芒不是多产作家，十六年来只提出了这三十篇散文，其中三分之一还是极短的小品，平均每年不到两篇。笔精墨简，好处固然是品管严格，吃亏却在见报率低，高蹈远扬之余，不能在文坛烙下鲜明的形象。加以这些作品流落于江湖，迄未收编为正规的单行本，即使有心的编者也难以一一追踪。因此孙玮芒一直屈居"在野"散文家之列，连我主编的《中华现代文学大系》竟也漏选了他，真是数奇不封。其实，比起大系散文卷第四册的愆多作家来，他绝不逊色。

当年我把玮芒列为第四代散文作家的代表，并不是因为我看过他多少散文。其实他当时虽已出版了短篇小说集《龙门之前》，但已刊的散文不过寥寥六篇，真正给我深刻印象的，只有《摩托梦》而已。不过良医把脉，岂用久按。作品生动的姿态，看一篇也就够了。就凭《摩托梦》一篇恣肆狂放的气势，我已有足够的信心，把玮芒径押在第四代上，赌个输赢。骰子滴溜溜转了十年，定睛一看，哈，我赢了。

我与玮芒神交虽久，但真正的见面也不过三两次，追忆起来，上一次见面竟已是十一年前了。那是他刚从金门退役，而我恰从香港回师大客座。似乎是一个冬日的下午，他和戴洪轩、侯德健同去厦门街的巷居看我。这三人行是一个由来已久的"音乐共同体",体温奇高。戴洪轩对他们亦师亦友,在三位一体之中自然是圣灵。听他们赞颂古典音乐时的那股狂热,的确令人兴奋。我于乐理是外行,但于音乐却是良导体,一时兴起,大发议论,说什么中国文学史上最欠缺的,就是浪漫主义里面的恶魔主义(Satanism),那种无畏天谴、傲视名教的叛徒精神。温柔敦厚虽为中国文学建立了雍容含蓄的常态,却也包庇了许多副产的温吞、平庸之作。不料这一番即兴的快语玮芒却听得入耳,十年后来信告诉我说:"这句话给我很深的印象。检视自己写过的作品,虽说不上'恶魔'色彩,但是'狂'气不少。我的生活信念也是宁狂勿狷。"

果然,摆在面前的这些文章,总其名为《忧郁与狂热》,十之八九真是热情炙人,狂态可掬。作者甚至不容读者闪避,更引纪德之言"忧郁是消沉了的狂热",再补上一句说:"倒过来说,狂热可是亢奋了的忧郁。"可见作者感性的钟摆,恒在狂热与忧郁之间摆荡,得申则为狂热,受挫则为忧郁。这种率性而行的作风倒颇近拜伦一类的浪漫诗人,而不像容易坠入无聊之境(ennui)的颓废作家。《忧郁与狂热》集中的散文,近乎三分之二都受这两极的心境所鼓舞或折磨。《时间过敏症》一文综述此情,说作者感于岁月之流逝，大限之不免，乃求解药于沉醉——"沉醉于任何事都可以"：先醉于酒，复醉于爱情，然而醉者易醒，情人总会幻灭，于是又历经文学、音乐、赌博、驾车、玩电脑等等的狂热。

王国维说古今之成大事业者，须经望断天涯、为伊憔悴、蓦然回首的三境——那正是彷徨、坚持、成功的三部曲，只能期之于得道的圣贤，成仁的志士。常人的三部曲却倒过来，成为追求、满足、幻灭。作者自述心路梦途，每见此种过程，尤以寓言式的《冬之梦》一篇，展现得最为生动、惨烈，对于爱情之诸态探讨得最为入微；若能删去头尾两段的现实交代，当必更见精纯。

孙玮芒在《忧郁与狂热》的典型作品里流露的，正是这种难遣之情、难餍之欲、难以安排的生命。中国古典文学讲究温柔敦厚，汉人所说"采之欲遗谁，所思在远道"，宋人所说"一枝折得，人间天上，没个人堪寄"，到了玮芒的《冬之梦》里，变成了孤独情人流浪冰原时捧着的赤红炭火，不知该交到谁的手里、心里。尼采把艺术风格分成阿波罗式的清明和戴奥耐塞斯（Dionysus）式的狂放，孙玮芒阳刚而炽烈的风格显然属于酒神。他所罹的所谓"时间过敏症"其实就是生之焦虑，就是生命在岁月的凌虐下，想用活得热烈来抗拒衰亡的阴影，却又明知其为徒劳。李白忧造化之难违，时光之难逆，叹说："其始与终古不息，人非元气，安得与之久徘徊？"难怪杜甫说他："痛饮狂歌空度日，飞扬跋扈为谁雄？"

生命中能激发孙玮芒狂热的事情，他在《时间过敏症》里，已经一一招认了。酒狂、车狂、赌狂、电脑狂等毕竟较易祛禳，但是其他的二狂则作祟太深，不能祓除。那便是爱情与音乐。两者都能令他大狂特狂，但是爱情满足了令人幻灭，情欲满足了令人生罪恶感，而情人会变，爱不可恃。音乐则不然。音乐的激励与安慰长在，贝多芬之灵有召必降，降则必附聆者之凡体，何况事后犹堪回味，不怕幻灭、空虚。可见爱情有得必有失，令人患得患失，而音乐不移、不朽。

写爱情的四篇:《人生难得几回失恋》《冬之梦》《野姜花事》《忘情游》都各有佳胜。《冬之梦》喻爱情之难全，灵肉之难兼，两心之难谐，两情之难久，爱之苦恼至死方休，可谓一场美丽而惊骇的情魔，十分祟人。《野姜花事》是一篇由实入虚的象征小说，事件单纯而气氛逼人，字里行间弥漫着凄丽哀婉的情绪，结尾的幻象急转直下，停格快得多么惊疑。《忘情游》二章写爱情的反面与阴影，近乎小说而不似散文，命意好像未全透彻。《人生难得几回失恋》是一篇议论文，从负面探讨爱情，大做翻案文章，认失恋为对于爱情的肯定，甚至是一种生之赞美，比起自遁于麻木，积极多了。结论是"若某人终其一生都在失恋，那真是神之子了——不是耶教*的God，是古希腊的爱神Eros——合当世人摇棕榈枝，高声欢呼相迎"。

写得同样动人的，是对音乐的赞颂，不过其间只有狂热，没有哀愁，是颂歌，不是挽歌。《音乐狂》《烟酒篇》的饮酒歌、《酒神祭》、《伟大的极端主义》四篇都属于此类。可是作者对音乐认识既深，感受又强，已经把音乐当作他情操的基调，心灵的坐标，所以描写事事物物，常以音乐来比喻，匪夷所思的例句很多，并不限于前述的四篇。

《音乐狂》是其中最长的一篇，从如何患得患失，张罗森严的音响设备，到如何串连同好，去瞻仰狂界先进私人的庙堂，从汤玛斯·曼（Thomas Mann）和马奎斯（Marquis）小说中的音乐一路引述到里尔克对音乐的颂诗，作者的狂态真是可惊、可爱，亦复可哂。他说欣赏一首乐曲就是重历作曲家的心路，等于比别人多活了一段生命。又说："从生到死，他人的生

命历程若说是唱片边缘到唱片中心孔的直线距离那么长，音乐狂的生命历程，有音乐充满，则是整张唱片的沟纹那么长。"也只有音乐狂才会反躬取喻，想出这么"沟路回"（groovy）的奇喻。音乐，已经成了孙玮芒的宗教。

《烟酒篇》下篇的饮酒歌，叙述一位资深音乐狂乘兴来访，不但带来浅绯色外遇的小情人，而且手持冰镇的马丁尼，口吐滔滔的乐论，一路指挥主人接二连三地播放什么怪杰演奏的哪首名曲。两狂相激，其狂可知。文长不过千把字，但叙事生动，而狂客的独白如闻其声，简直像一段有趣的小说。

《酒神祭》和《伟大的极端主义》虽是两篇小品，却写得意气风发，语调武断而痛快。作者用华格纳（Richard Wagner）的金黄号音信誓旦旦，宣扬他对酒神的信仰。他说："要把酒神的气质注入我的文字。"在西洋音乐之中，他膜拜的神龛、点献的蜡烛，全在浪漫主义。他在唱片回旋的沟纹里一圈又一圈追随的，是萧邦（Chopin）、白辽士（Hector Berlioz）、舒曼、马勒、柴可夫斯基、拉赫曼尼诺夫（Rachmaninoff）。他仰聆贝多芬，享受被虐的快感，被伟大的意志所强暴的满足，也渴望被华格纳征服。我每次听《皇帝协奏曲》（*Piano Concerto No.5 in E flat Major*），也有神灵附体的感奋，只觉那钢琴家，卡沙帝苏斯吧，正是向琴键的阶梯虔敬召灵的巫者。

柏拉图对音乐颇有戒心，曾说："音乐与节拍使心灵与躯体优美而健康；不过呢，太多的音乐正如太多的运动，也有其危害。只做一位运动员，可能沦为蛮人；只做一位乐师呢，也会'软化得一无好处'。"柏拉图担心令人软化的音乐，不知是否阴柔的利地亚乐风（Lydian mode），相当于我们孔圣人所恶的郑声？阴柔似乎是音乐的常态，但是贝多芬宏大的气魄只会振聋发聩，令懦夫也自觉是英雄。正如玮芒所说，"人世间竟有这等刚猛不屈的心灵，高亢无悔的意志"，贝多芬的声势只会掖人上升，怎会将人软化？

孙玮芒的感性既以音乐来定位，他的其他狂热也以音乐来衡量。只有他才会说："激烈的驾驶动作所带来的乐趣，只有大幅度演奏乐器的乐趣可以比拟。"只有他在学电脑时才会"想象着巴赫当年在柯登宫廷大教堂里，十指快速而准确地在键盘上飞舞，指间流泻光芒万丈的音乐，意气风发，不可一世，自己在电脑键盘上也就心向往之，手指的律动也就比较敏捷而准确。这大概可算是我对巴赫的'嘲仿'（parody）吧"。

爱情与音乐是孙玮芒的两大狂热，一陷其中，正如江淹所说，就会"使人意夺神骇，心折骨惊"：意夺神骇，是音乐的力量，心折骨惊，是爱情的后果。他如车狂、数字狂、电脑狂等等，毕竟是身外之物了，虽说也会令人"丧志",终究还是"玩物"。不过在孙玮芒神经质的笔下,其情其景,仍然可哂、可观。

《摩托梦》写于作者的大学时代,虽是少作,绝不青涩,字里行间隐隐然可闻剽悍的"机器狼"狞猛的长嗥,掠死亡的边境而去。作者在文末说:"机器狼本身就是浪漫精神的表征,单薄的两个轮子,强劲的冲力,灵活的身体,高速率,和驾驶人内心一股狂野的冒险欲相乘,所得之积就是死亡边缘。"这篇散文主题扣得很紧,语言调得很准,现代感强烈,年轻的劲冲十足,所以当年我只消一瞥,就立刻断定这匹机器狼不可限量。

果然十二年后,那匹机器狼又出现了,而且变本加厉,来势更为嚣张,成了《车狂》。文长三千字,对于现代车狂那种现实而又梦幻、热烈而又寂寞的剧动世界,从物理、生理到心理,既有感性的描写,又有知性的剖析,真是一篇令人神往的力作。我自己也是一位老车狂,对下面这一段最感亲切:

　　……车狂的手掌,被硬中带柔的方向盘所充满;车狂的脚掌,感到油门踏板传来活塞在汽缸里往返的振动;车狂以准确的判断换挡,感到金属与金属啮合的快感。脚掌对油门踏板一施压,引擎的声浪澎湃,一股被驯服的力量席卷全身。

> 此时，凡庸的生活被疾驰的座车抛在身后，车狂甚至可以从后视镜里，远远看到另一个他，在做无助的追赶。

《数字狂》《电脑狂》两篇，写台湾赌博的奇观和私人电脑的盛况，热闹之中另有谐趣，让我们看到作者狂态的多元钻面。

自从齐邦媛教授专文剖析眷村文学以来，此一题材遂为台湾文学画出了另一种社会风貌，另一度生存空间。孙玮芒也是一位眷村之子，对于早年军眷子弟的生活，时有回顾的乡愁。发表得最早的少作《一张张古铜色的容颜》，即以此为取材背景，但是写得深入而又详尽，像一册老相本那样夹带着怀旧的哀愁的，是《回首故园》那一篇。齐教授若要编一本眷村文选，这一篇应该列入。眷村作家童年的背景，当然没有白先勇的家世那么显赫，同时也不会有白先勇那种沧桑对比的凄凉。但是更年轻的孙玮芒，也不免眷村子弟间接的乡愁。

> ……那时的清明节，村人大都无坟可上。纸灰即使化作白蝴蝶，也飞不到故园坟，家

里当头的男人女人正年轻。

这样的段落，不言哀愁而哀愁自见，乃简笔淡墨之胜。有了《回首故园》的眷村背景，读者当更能体会，《浪子吟》里作者承受天长地久的母爱、愧不敢当也愧无以报的孺子情结。这种情结，是一切浪子，一切知识分子，在追求自我的精神世界之余，回顾无穷又无我的母爱时，那种自忏、自惭之情。在追求自我的精神世界，例如爱情与音乐之时，孙玮芒放纵其狂热，鼓吹其极端主义，文章也恣肆而猖狂，但是一回到伦理的天地，他就收敛笔势，变得清醒而深厚。我虽然欣赏他飞扬跋扈的狂文，却更受他孺慕真情的感动，因为我也曾像他一样，母亲在时，但知孤芳自赏，独探艺术的胜境，对平凡的母爱却不知感恩，反认一切为当然而受之无愧。

> ……她和许多五十上下的妇女一样，属于那牺牲的一代。特别是安享清福之年，又逢父亲骤遭横祸，三十余年来劳役纠缠，孤寂逼杀竟无休止。她的中国人根性缺乏宗教感性，遇苦难仍不识万能牧者的上帝；她的村妇头脑不具涅槃解药，到不了超脱苦乐、顿悟无我的境界。而她居然活过来了，并以

家务的操劳为我换得安逸，以琐事的烦心为
　　我换得精神的奢侈。她直如大地，承受一切
　　风雨雷电而不改本貌。

　　这一段画像几乎是所有中国母亲的写照：她未必有基督的救赎，佛祖的普度，仅凭永施不竭的母爱，就能无怨无尤，承当一切。《浪子吟》真是一篇孺慕的至文，结尾的一段特别动人，尤其是最后一句，写到婴孩无意间向母亲展露微笑，也引起母亲微笑，这一瞬的母子相契，真如天机乍开，妙得不可思议。

　　《金门之犬》写人犬之情，也是一种不可理喻的直觉之爱，同样感人。作者在金门服役，所役的军旅生活也接上了小时候的眷村经验，呼应了前面的《浪子吟》。同样地，《湍流不息》写眷村顽童冒险戏水，死里求生，也有点疯狂，正可连接上日后的种种狂热。

　　《观生》与《金色的女孩》所写的也是亲情，只是孺慕变成了父爱。《观生》写儿子初生，兼及妻子初做母亲；《金色的女孩》则写父女同游，并展望女儿的未来。比照之下当可发现，作者进入私我的世界，去追求他所谓的"伟大的极端主义"时，就会狂热起来；反之，回到伦理的世界，恢复社会人的身份，作者就会降温而收敛，改营温柔敦厚而情理并重的风格。尽管作者神往的是戴奥耐塞斯的酒兴，但是一回到现实，他仍须维持阿波罗的清明。

这对比当然只是大致的分别。作者清明的一面也是大有可观的，因为他善于分析事理，每有富于哲理的见解，在感性的描写、叙事、幻想之余，每每能急转直下，用知性的简化、秩序化来诠释纷繁的现象。不过，书中也有三两小品，例如《注视与谛听》和《就在此地生根》，旨在肯定并宣扬某些抽象的价值，却欠缺自然的热力，有点像正面的载道文章了。

在好几篇感性十足的狂热散文里，作者采用了第二人称的对话体和第三人称的叙事体，而把容易陷入伤感滥情的第一人称避过，手法可取。例如第二人称的《摩托梦》《夜之祭》，第三人称的《野姜花事》《忘情游》，都因此巧妙地调整了艺术的焦距。

作者的语言在白话的基调上，用一点文言或旧小说的词句来调剂，颇具弹性。比起同辈的壮年散文家来，孙玮芒不但超越了西化语法的生硬、冗赘，而且善用逗点来化解拖沓的长句，可谓此中高手。在《忧郁与狂热》出版的前夕，我愿意昭告文坛，准备迎接迟到的孙玮芒，一位感性与知性兼长、诗情与哲理并茂的阳刚作家。

一九九一年十二月于西子湾

烹小鲜如治大国
——序潘铭燊的《小鲜集》

在星岛副刊上合写《三思篇》的三位作家，若以五行分析，则梁锡华金木水兼备，黄维梁木德独盛，潘铭燊却五行齐全。田之为物，原就是土；田之为字，也包含了土。有趣的是，齐全的五行之中，火德特旺，而且是由木而起，偏偏铭燊其人其文，皆非玉石俱焚的一型，所以有点名不符实。

火德太浪漫、太烈、太快了。铭燊的哲学是以柔克刚，以缓待急。他在文章里采取的，多半是低姿态，有所讽喻，也常见自嘲。不过自嘲往往是自信的倒影，真有自信的人才会自嘲，也才经得起自嘲。《文章须要从容写》《倚马可待不足珍》：单看题目，就得知潘铭燊手中握的，是一支慢而必达之健笔。在《文章须要从容写》一文里，他这么叙述自己的准备功夫：

> 写文章快不得，因为它是大事，不沐浴
> 也要更衣，换一件干净舒适宽松衣裳；然
> 后收拾书桌残乱局面，整理出至少两呎长三
> 呎阔的明净空间；然后摊平光洁稿纸，用
> 纸镇约束住它；然后拣一支轻重均匀出墨
> 畅顺的笔；然后摆齐改字水之类辅助工具；
> 然后……

如此布阵以迎缪思，该是很有诚意的了，相信黄维梁
甚至梁锡华都不致如此吧，而赶稿若车衣的某些专栏
快笔更不可能这么好整以暇。铭燊却隆重其事，烹小
鲜如治大国。他说："作文又不是赛跑，为甚么要追求
速度？"他宁可慢工出细活。"祢衡为赋，文不加点，
笔不停辍……柳公权工辞赋，应声成。"他引用古代
的两个例子，说明与其笔快而不能传后，何如效法杜
甫"新诗改罢自长吟"。

在七百字为限的专栏里写白话文的小品，当然难
求韩潮苏海的气势，潘铭燊的文体更其如此。不过只
要经营得方，咫尺之间仍可回天缩地，例如王安石的
《读孟尝君传》寥寥不满百字，却把道理说得鞭辟入里，

而逻辑之饱满，章法之紧凑，说明了小品的格局在高手笔下自有乾坤。我为董崇选的杂文集作序，就把杂文的艺术譬喻为"一面小旗，满天风势"，意即一面旗子虽小，要使它招展多姿却需要长风吹拂。

潘铭燊的这面小旗迎风招展，颇有可观，因为喂旗的长风吹拂不断。若问风从何来，则大致有三个方向：广泛的人生体验，当代的社会观察、中西文化尤其是文学的修养。他的人生体验主要是在婚恋，对此事的态度采"围城"观，相当悲观，却也颇为认命：《泊车启示录》一篇，语带双关，写得相当含蓄。至于他的当代社会观察，则以香港与美、加为主；难得的是，当代的社会纷纭如此，他观察得最透彻的，竟是不入文人雅趣的两件俗事：保险与纳税。更难得的，是这种俗事到了他的笔下，竟然情、理、趣三者并胜，读来令人绝倒。换了是我，根本想不到以此为题，即使勉强写来，也不会有趣。可见题材大可开发，而趣味也可以创造，只等豪杰之士率先而已。铭燊出身于中文系，引证古人的名言逸事，固然是当行本色，但是援用西学来开端、作结，或充旁证，也都左右逢源，驱遣得当。例如《眼镜之益》一篇，先说这"灵魂之窗"如何保护我们的眼睛，不许李贺的"东关酸风射眸子"，终谓秀才不是造反的料，而引美国作家贺姆斯之言"革命不是由戴眼镜的人推动的"以为呼应。

一般说来，杂文之胜不外情、理、趣三者。这些当然也是许多散文共有的品质，不过杂文而要抒情不可太长太浓，否则会变成正规的抒情文甚至混血的散文诗；至于说理，也不宜正襟危坐甚至咬牙切齿，仍以点到为止，见好便收，否则就变成议论文了。至于叙事与写景，在杂文里应属衬托的身份，也不宜喧宾夺主。而趣呢，该如风行水上，自然成文，不可正面强求，也不必转弯抹角刻意经营，否则将堕恶趣，至少是落入无趣。其实趣之为物，常是情理激起的回响反光，只要把事情说得入情入理，或者倒过来说，似乎悖情悖理，却又反常合道，成为翻案文章，趣，就在其中了。趣正在人情事理之中，由情而生，便成情趣，因理而起，便成理趣。我们几乎可以说，许多杂文佳作，长处都在两者：如果偏重感性，便富情趣，而偏重知性呢，便富于理趣了。

钱锺书的小品文集兼有理趣和情趣。他博学深思，又好作翻案文章，说理有如煎鱼，正正反反，两面夹攻，务必煎透，理趣当然就爽脆可口。另一方面，他不但善引妙语趣事，旁加印证，而且敏于譬喻，巧为形容，所以情趣也层出不穷。相比之下，梁实秋的小品文不很着意说理，又喜欢叙事、抒情，兼且摹状人物世态，所以较钱侧重情趣。这么一对照，就显得钱锺书侧重理趣了。梁氏下笔常写到自己，有时更坦然自嘲，而一般语气常是自谦。钱氏的笔阵就布得严密多了，除了在文集的短序里，绝少写到自己；其实他在序里的自谦，也只是礼貌而已，言外之意仍然是奥林匹斯的卓然岸然。

潘铭燊于中西文学既有造诣，对人情世态又善于观察，文笔复多波澜，写杂文应该游刃有余。他自述早年为文，多为自娱，真正动笔写专栏已近中年，起步晚于梁、钱。他显然心仪钱氏，有意步武《写在人生边上》的风格。不过钱锺书的小品每篇两千字，比香港报上的七百小框更多回旋余地，所以堂庑较大，变化更多。更重要的是，钱锺书逞才放胆，笔锋凌厉，嬉笑冷嘲皆成文章；潘铭燊的性情却温柔敦厚，才学和笔法虽可力追前辈，但这天性却难勉强。铭燊笔下自有理趣，亦复不弱，例如《正义的雨》《人寿保险的学问》诸作，旨在说理而生动有趣，皆为佳篇。其实他的长处更在情趣，尤其是当他夹叙夹议，剖析亲身的经验，个性跃然在字里行间。像《缴税后的阵痛》《和税局拔河》《潘氏还书说》这几篇，冶叙事、抒情、议论于一炉，里面有一个活生生的我在，最为动人。《和税局拔河》尤其细腻曲折而又谐趣饱满，真是上乘的妙文。《潘氏还书说》则结构完美、文笔精练，简直上追唐宋的小品。这一类文章与其说是效法钱锺书，不如视为接近梁实秋。

大智如爱因斯坦，为了申报入息税也要临表彷徨，怨其难明难解。潘铭燊与伟大而高深的税表拔河，却意志坚定，头脑清醒，耐性无穷，务必向世上最会计较的大守财奴讨价还价，不让苛吏占他一分便宜。他说：

> 从前在芝加哥工读时，每年报税期间，本人总会闭关三晚，潜修苦学，务要和税局达致灵犀相通的彻悟境界。我彻悟到的奥妙颇有一些，譬如说，作为学生，我缴交的学费是可以免税的；作为大学雇员，我掏腰包买书的开支也是可以免税的。我还在报税指南内一些不起眼之处解读了好几项密码，譬如因为芝加哥治安不靖，市政府为了赎罪，容许市民在报税表上自动扣除一百元"盗窃损失"免税额。（假设每人每年至少被偷一百元的财物，听来好像滑稽一点，但究其实十分符合民主精神。警察是税款供养的，如果他们不能保护市民免于被窃，那么政府向市民做出补偿不是天公地道吗？）

娓娓这来，情趣盎然，使人对作者的毅力和细心由衷赞佩。在国民的潜意识里，税局乃是可畏又可恨的公敌。今有一人焉，与之周旋，竟能窥得破绽而讨回公道，简直是代民除害的英雄了。欲知其详，何不去读《和税局拔河》的全文？

潘铭燊的想象力也颇活泼，所以善于譬喻。《烟花·物价》一文用浪漫的烟花来譬喻极不浪漫的通货膨胀：

> 上星期温哥华放了几晚烟花，市民都麇集在海滨观看，我也随喜看了一次。起初，大家坐在地上。后来，前排有些人为了看得清楚些而站了起来，于是后面的跟着一排排陆续站起来。纵然有人高呼"坐下，坐下"，总没有人带头。身材矮小的观众只好倒霉——通胀也像站着看烟花：少数人得益，多数人受害，就是没有人愿意坐下来。

以不类为类，不但十分妥帖，而且化俗为雅，这真是匪夷所思的奇喻。《人寿保险的学问》一篇洋溢着理趣，令人不但怡然莞尔，甚至肃然深思。作者先是指出，人寿保险之为赌博，"游戏规则是：如果你的运气坏你就有赢钱的好运气，如果你的运气好你就有输钱的坏运气。正反相生，益就是损，体现了宇宙间至高无上的真理"。到了文末，作者笔锋一转，直探生命的价值，提出"人命几何？"的终极问题：

> 科学家说："你身体的所有元素，加起来约值四元七角五分。"（我最近增磅了，可否添些？）牧师说："在上帝面前，每个人价值一样。"（常与撒旦同行的潘铭燊，价值真的和葛培理完全无异？）人寿保险经纪说："这要看你投保多少了。"（一放下笔，我就会去查黄页分类。）

类此的谐趣与机智，书中还有许多，不及一一遍摘。从他已出的几本文集看来，我愿指出，潘铭燊是一位情趣与理趣兼长、见解与想象并高的小品妙手，只要采笔长搁，匠心不舍，大成之日应可预期。但在他要造极之前，且容我简陈下列几点。

学者腹笥充盈，下笔不免引经据典，或借古人撑腰，或找圣贤抬杠，于是论兼正反，文多波澜。不过小品文毕竟不是论文，不宜引述太多，否则喧宾夺主，会轻重倒置。何况七八百字的斗室不比钱梁二千字的敞轩，实在容不得许多古人穿进穿出，还不如一次只招待一两位贵宾，更能静聆高论。

外国的名人如已举世皆知而中文里早有定译，就不必再附注原文了，除非你要区分大仲马和小仲马，或是小说家亨利·詹姆斯和他的哲学家弟弟威廉。其实内行人都知道原名为何，外行人知不知道都无所谓。不注原名，非但可省篇幅，而且可免中文直读西文横看的乱象。书中提到柏拉图、拿破仑、萧伯纳、戴高乐、佛兰克林（Benjamin Franklin）等大名人，竟然也附原名，实在多余；可是爱因斯坦却又不附，太不统一了，难道他比拿破仑更有名吗？

此外，作者提到达·芬奇、蒙田、济慈、丘吉尔等等，却仅举西文原名而不用现成的中译，是另一种不规则。至于有些译名，不采定译，也易生误会：例如德国诗人海涅（Heinrich Heine）译成韩恩，声音也不对了。法国作曲家拉维尔（Maurice Ravel）译成拉菲尔，也与意大利文艺复兴的大画家 Raphael 混为一谈。美国女诗人桃乐赛·派克（Dorothy Parker）在书中先后译成柏多露与柏卡儿，更为混乱。这位女诗人的诗句先后出现在《眼镜之累》和《此事痛极》两文，中译虽然整齐，可惜却没有比照原文押韵，仍感功亏一篑。

一九九三年三月十二日于沙田

译话艺谭

——序金圣华的《桥畔闲眺》

　　面对专栏作家，尤其是作品天天见报的那些，我的心情有点矛盾。一方面我并不羡慕他们，因为即使才思茂盛如一树月桂，也经不起旦旦而伐，而且不论笔锋是否顺畅，情绪是否饱满，也得按时成文交稿，平时就如战时，未免太紧张了。所以另一方面我又佩服他们的敏才与毅力：没有敏才，就不能信手拈来皆成题目，信笔写来皆成文章；没有毅力，就不能及时出品，持之以恒。也因此，我虽然曾为报纸的副刊写过专栏，却是每周一次，而非日日见报，就算如此，都感到难以维持。以投稿方式来看，专栏作家不愧是批发商，像我这样，只能做零售贩。

　　专栏文章多为杂文，这种文体篇幅虽小，却易写而难工。限于千字、甚至六七百字以内，回旋的空间很少，这种文章的主题只能点到为止，见好便收，不宜尽情发挥。我曾经把精悍的杂文喻为"一面小旗，满天风势"，意即为使小旗飘扬半空，须有长风浩荡吹送。一篇杂文有声有色，是因为有作者一生的阅历与才学在背后支持，没有说的比说出来的显然更多，乃令读者觉其举重若轻，游刃有余。

至于风格，一般杂文多介于知性与感性之间，也就是所谓"夹叙夹议"。如果太强调知性，太驰骋议论，就接近论文了。反之，如果太强调感性，太耽于抒情，又变成美文了。杂文若毫无知性，则太软，若只有知性，则太硬；一般的好杂文常是"软硬兼施"，不但言之有物，而且读来动人。

专栏文章定期见于报刊，另一特色自然便是时代性。这种杂文贵在因小见大，举一反三，往往从时事出发而归结于历史的演变，由近闻说起而印证以世界的常理，一支笔出入古今，贯通中外，要之不能脱离现实，或是过于琐说小我。有些作家几乎是用专栏来写日记，若是谐趣盎然，文采斐然，也有可观，不过那已经不像杂文而是小品了。

金圣华女士的这本《桥畔闲眺》，选自她在《华侨日报》及其他报刊的专栏文章，不折不扣是一本杂文集。其中所论所谈，不外乎翻译与创作，但是文章本身既非翻译也非创作，而是杂文。不过这些杂文主题虽有知性，文笔却带感性，加以时代性与现实感并不很强，所以又有点接近小品、随笔。八十篇中，谈论翻译的文章占了一半，因为并非正式论文，不妨援中国"诗话"之说，称之为"译话"。另一半的文章谈论的多为文学写作，兼及艺术、舞蹈、电影，也不妨援《谈艺录》之名，称之为"艺谭"。

圣华一生从事翻译，不但译书有成，译论颇丰，而且先后主持中文大学的翻译系和香港翻译学会，不愧是当行本色的翻译家。她精通英文与法文，所以她的"译绩"是一场多姿的三角恋爱，不同于一般只通英文的从一而终。也因此，在专栏里写几则"译话"，不过是她"译绩"的余绪而已。

论翻译，大致不外两种方式：一为井井有条的长篇大论，或从原则演绎，或就现象归纳，总之都是学术著作，每由语言学家撰写。一为娓娓道来的随笔趣谈，多半由实例说起，微言每有大义，点醒译梦中人，其作用未必下于正论，而其作者每为文学家。《桥畔闲眺》的前半部，多是这种"译话"，与"诗话"一样，多为经验之谈。

翻译与写作相通之处，在于理论是一件事，真正动笔又是一件事。写作指南一类书的作者，大半不是当行本色的作家。同样地，翻译理论家也未必提得出骄人的译绩。且以武侠小说为喻，译者闯荡原文的江湖，历经劫难，屡对劲敌，必须见招拆招，才能逢凶化吉，恐怕不是抱住一部秘籍就能一律应付的。《桥畔闲眺》里的译话，告诉读者劲敌何在，如何拆招，颇多启发。

《翻译的主流》一文中说翻译的方向，应该从外语译成母语，因为这个过程要求于译者的，是对外语的理解，对母语的运用。此说非常合理，也有不少实例可资印证。文末有一段说得十分痛快："看到国人精通外语，认为是理所当然，看到洋人略通汉语，就惊叹得目瞪口呆，五体投地。这种语言自卑症，在学术界造成许多怪现象，不少学人以自己中文不通、英语畅顺而沾沾自喜。"

《地方色彩》一文讨论译文中应否保留原文的"地方色彩"，并指出香港的译文每以香港的地方色彩取代外国的地方色彩，不足为训。这问题也颇重要，因为它涉及阅读译文，甚至接受外国文化的态度。读一本译书，不仅是看故事、找资料、了解其内容，也是接触一国的文化，包括熟悉该国的语文特色，心态应该是积极主动的。如果把 Helen of Troy 意译为"西施"，把 just bread and cheese 意译为"只有粗茶淡饭",那未免太保护读者了,反而有碍他的嚼力与消化。鸠摩罗什曾喻翻译为嚼饭喂人。这妙喻大可转化为译文的"生"与"烂"。译文太迁就原文,可谓之"生",俗称直译;太迁就译文所属语言,可谓之"烂",俗称意译。有人说,上乘的译文看不出是翻译。我担心那样未免近于"烂"。反之,如果译文一看就是翻译,恐怕又失之于"生"。理想的译文,够"熟"就好,不必处处宠着读者,否则读者一路"畅读"下去,有如到了外国,却只去唐人街吃中国饭一样。其实,原文的"地方色彩"(local color)就是译文读者的"异国情调"(exoticism),正为翻译文学的动人之处;如果一律加以"消毒",就太可惜了。

作者形容翻译的畏途困境,颇多妙喻。在《译者心声》中她说:抽象名词是随地蔓生的杂草,丛丛堆堆,必须小心摸索,绕道而行;浅字像防不胜防的泥淖,一不留神,说不定会仰天一跤;又长又累赘的句法,简直是热带雨林中的蔓藤,一条条从树上挂下来。

在《翻译教学勃兴》中作者指出,香港的翻译教学,课程完备,发展迅速,但是"台湾的翻译教学仍然滞留不前,除了辅仁大学率先成立了翻译研究所之外,其他院校虽然开设翻译科目,但这些科目似仍附属于英语系中,不能成为独当一面的课程"。港台这种对比确实存在，不过我也愿意指出：台湾的外文研究所硕士论文，亦可用中译名著，加上四十页的英文导论来代替；至于翻译奖，也设有两项，一是梁实秋翻译奖，分诗与散文二种，每年一次，已办了七年，一是翻译奖，亦分（译一本书的）杰出奖与（终身贡献的）成就奖两种，每两年一次，已办了两次。

圣华的译话所涉颇广，高见甚多，不及逐一拈出。她在讨论英文不定词的难译时，曾引如下一句，说明看来浅显的不定词反而难有定译：When everybody is somebody, then nobody is anybody。这四个以 body 为尾语的不定代名词，译成中文，还真不容易在字面上彼此交叠，联成一气。我想了半天，勉强得到下列三种可能译法：一、如果人人都有来头，那就没人能够出头；二、如果人人都有名堂，那就没人特别风光；三、如果每人都是名人，那就没人真是要人。

另一句是 Freedom is not everything, but the only thing。这也是不定词似易而实难之例。我想或可勉强译成"自由非万有，自由乃仅有"。

论到译名时，圣华举法国喜剧家 Molière 的中译为例，惋惜它竟然译成了"莫里哀"，简直乐极生悲。无独有偶，我倒想起了瑞士的高山 Alps 竟然叫作"阿尔卑斯"，真是尊卑不分。"莫里哀"的问题倒不难解决，只要改成"莫理哀"，就可以苦中作乐了。

译话的部分较具知性，对比之下，艺谭的部分就较多感性了。这一部分述及的人物，多为文艺中人，尤多作家，先后包括傅氏父子、冰心、杨绛、李元洛、陈之藩、痖弦、陈若曦、琦君等等，可谓多彩多姿。以《鸿》一书成名于英国的张戎，亦在其列：写她的那篇题目就叫《惊鸿一瞥》，浑成之中见贴切，颇有巧思。《熊家的儿子》读来不觉有何警策，直到末句才发现那可怜的小孩原来是——古龙，令人恍然惊喜。限于篇幅，这许多人物都是简笔淡墨的速写，虽然好处收笔，却恨其匆匆一瞥，未能尽兴。

　　《文如其人》一篇的结论，是"不见得"。这实在是值得细究的趣题，因为"文不如其人"的例子太多了，包括我自己在内。黄国彬在《明日隔山海，世事两茫茫》一文中说："一九七三年六月之前，我已经读过《鬼雨》、《逍遥游》以及《望乡的牧神》里面的散文，觉得作品中飞跃辐射的想象，应该是一个锋芒毕露的作者所有。然而初识余光中，见他儒雅从容，很难联想到他那天风海雨般的笔法。"许多朋友都与他同感。对此，我不免要引王尔德以解嘲。

　　纪德年轻时，曾听王尔德如此大言："你想知道我这一生的这出大戏吗？那就是，我过日子是凭天才，而写文章只是凭本事。"我的看法正相反。写文章不妨高潮，过日子却宜低调：天才，应该省下来奉献缪思，至于生活，凭本事也就够了。

艺谭的部分颇多抒情、叙事之作，娓娓道来，引人入胜。发现我自己也常在被记之列，倍感亲切。《有惊无险》一篇所记，正是前年此时作者和我，还有香港的两位学者，一同从香港去珠海参加"海峡两岸外国文学翻译研讨会"途中的情景。常说同船共渡莫非前缘，那天晚上我们不但同船，而且同车，共渡的一程海客济济，船灯煌煌，完全没有料到，接下来的一程共载，半小时后，非但未抵白藤湖的终点，反而四野阒寂，渺无人烟，一条永无止境的荒道伸向叵测，偶尔经过独屋孤灯，也只如梦中的幻景，不足为凭。虽然终于没有发生什么，事后却听说刚才懵懂闯过的穷乡，正是盗贼出没的僻壤，几天前刚有剪径。我们虽未遇险，却有难友的幻觉，于今忆及，仍有噩梦的逼真。

翻译对于我，是写作之余的别业，正如写作对于圣华，是翻译之余的寄情。她这两年的专栏文章竟已积存六百多篇，除了这本译话艺谭的《桥畔闲眺》之外，同时还要另出两集，分别名为《打开一扇门》及《一道清流》。译余寄情而有如此成绩，真令我这位文朋译友，隔海临风，向她遥贺。

一九九四年十一月于西子湾

243

尺牍虽短寸心长
——序梁实秋的《雅舍尺牍》

梁实秋先生在《雅舍小品》里说过,他不但喜欢接读来信,且有收藏信件的癖好,但因略有抉择,所以收藏不富。那是因为:"多年老友误入仕途,使用书记代笔者,不收;讨论人生观一类大题目者,不收;正文自第二页开始者,不收;用钢笔写在宣纸上,有如在吸墨纸上写字者,不收;横写或在左边写起者,不收;有加新式标点之必要者,不收;没有加新式标点之可能者,亦不收;恭楷者,不收;潦草者,亦不收;作者未归道山,即可公开发表者,不收;如果作者已归道山,而仍不可公开发表者,亦不收!"

如此收藏信件,恐怕已经不是略加而是颇加抉择了。梁先生的朋友或门人,有多少是经得起这么挑剔的呢？好在他人的信梁先生收藏与否，并不要紧；倒是梁先生自己写给朋友的信，朋友莫不珍而藏之，非但如此，且在他撒手七年之后，有意广为搜罗，公之于世，好让追念他的众多读者，无论识与不识，能在《雅舍小品》的谐趣之外，更进一步，来亲炙其人。

　　要亲近一位作家，最正常的方式当然是读其作品。但是作品是写给全世界看的，有所防范，比较矜持。若想觑得真切，镜头便必须拉得更近，才能越过他朋友的肩头，读他亲笔的书简，甚至越过他自己的肩头，去窥他隐私的日记。书简是写给一位读者看的，日记，是写给自己看的。不过日记未必人人都写，即写亦未必持之以恒。信，却是无人不写，再懒的人总不能全不回信。因此要近观一位作家，未必能登堂入室，像私家侦探一般，去翻他的日记，但总不妨请他的朋友公开几封可以曝光的信吧。所以西方的名作家身后出版全集或是传记，往往附有书简，就因书简每注日期，也不难推断地点，可为生平与作品之旁证，若是信中还有议论，即令吉光片羽，也更有价值。英国十八世纪的文坛上，书信是广受欢迎的文体：蔡斯特菲尔德侯爵（Lord Chesterfield）和蒙太究夫人（Lady Mary Wortley Montagu）便以书翰家（writer of letters）的美名传后，诗人颇普（Alexander Pope）甚至修饰自己的书信，以彰显自己与当代名流的交往有多风光。他如济慈在信中谈论诗艺，只字片言都成了文学史的资料，甚至批评的名句；梵谷写给弟弟、妹妹与画友的七百五十多封信，也成了艺评的信史。

不过编印名家书简，也有不少限制。名人交游既广，因缘自多，私信原是写给一双眼睛看的，当然有些私隐不便公于众目，所以这类信函只好割爱。另一个烦恼，便是多年的藏信只知其有，却久已下落不明，若要认真寻找，则翻箱倒箧，就算大索三日，秦始皇也未必能逮到张良。所以这本《雅舍尺牍——梁实秋书札真迹》原该收入的不少信件，虽然都是同手所生，一时也只好任其逸隐在天涯海角，不能回来团圆了。歌德曾说，失去旧信，等于失去生命中最美丽最亲切的元气，那损失对收信人与写信人都无可弥补。这情形也有少数例外，林海音即为其一。据说她的繁多资料，包括藏信，都曾动员人手细加整理，所以一索即得。足见书信应该写给这种有心而又可靠的朋友。至于我这样的朋友，则不堪"信托"。在鱼雁往还这件事上，我向来采取低姿态，往既不多，还亦甚少，就连梁先生的亲笔华翰，一生所接也不过十封上下。尽管如此，轮到要编这本尺牍，我存为我大索三日，竟然只找到两封，其一还不能全用，只好截取上半。

梁先生成名既早，交游又阔，一支笔在翻译莎氏全集的古雅、主编英汉辞典的繁琐之外，还要回复纷飞如雪的信函，负担之重可想而知。但据我的经验，他是有信必回，而且回得很快。这美德我实在望尘莫及。看得出，这本《雅舍尺牍》所收的信函多半是回复，笔调虽然时见《雅舍小品》的余韵，毕竟只是私函，原来不为传后，当然不能期待它像《雅舍小品》一般精警耐读，所以像"所谓'君子协定'，只有协定，不见君子，亦怪事也。"一类的妙句，出现率当然不如正式文章之多。匆匆成书，偶见的舛讹当亦难免。例如杜牧名句"霜叶红于二月花"，便误成了"枫叶红于二月花"。

以文体而言，这些信函却有一个特色，就是文白不拘，中英并行。梁先生笔下的中文，一向是文白交融，却力戒西化，简直看不出作者原是一位"吃英文饭、卖翻译稿"的外文系教授。他教了一辈子英文，但是写起散文来，几乎毫无英文语法的痕迹：这美德固然杜绝了不必要的恶性西化，但同时也坐失了某些善性西化的良机，未免可阶。梁先生的笔下一面力排西化，另一面也坚拒"大白话"的俚腔，行文庶几中庸之道。我从未见过他一面倒向纯白话，更不用说京片子、儿化语了，也从未见过他像鲁迅、钱锺书那样纯用文言刊过文章。

这本《雅舍尺牍》里既然多为回信，梁先生的文体似乎也有呼有应，因人而施，想必来信如果雅醇，则应之以雅醇，来信如果清浅，则应之以清浅，以求其嘤嘤共鸣。例如复张佛千书："辱书及大作均已奉悉。文中齿及下走，荣幸何如。"多用文言，而回林海音的信："美国市场琳琅满目，看了真想买，一想二十公斤的行李限制，心就冷了。吃的么，可口的不多，还是我们国内的好——不过小红萝卜真好，又嫩又甜又有水儿，比咱们北平的好像还胜一筹。"对照之下，就白得多了。

另一方面，收在此地的几封英文信都写得平易近人，以英文而言，要算是"白"的了。给张芳杰、陈达遵的六封显然都是回函，可以推断，来信必为英文，所以用英文回复。张、陈两位先生，和陈祖文、吴奚真、陈秀英几位一样，都是梁先生任师大英语系主任时的晚辈同人，当然也是我早年的先后同事。远在异国，又同为英文教授，互通英文书信，原很自然。信中所及，多为师大旧事，给张芳杰的最早一封更在四十二年之前，令我这"师大遗老"不胜乡愁，且因师大教授杨景迈、林瑜铿、傅一勤、张在贤、陆孝栋、胡百华等同人未能提出旧信，感到惘惘。给聂华苓的七封信里有一封是用英文，那是因为便于安格尔教授共览。信末说到悼亡之痛：I'm now fairly well, though the blow has been terrific。Terrific 一字虽有"重大"之义，但也可作"美妙"解。我猜梁先生此信写于师母安葬之日，哀恸正剧，心中所想的字或许原为 terrible 吧？同样，给张芳杰的英文信中，也有几处"键误"。

私信不比作品，更非公函、文告，本来无意示众久传，除了面对老友之外，可以说是晏然无防。就在这样的心理状态下，一个真实的梁实秋，在评论家、散文家、翻译家、辞典家的身份之外，点点滴滴，在我们的面前轮廓成形，尽管那形象只止于侧影或背影。里尔克说过："归根结蒂，唯一的防卫是全不设防。"（In the end, the only defence is defencelessness.）日记，应该是全不设防了。作品，该是局部的开放。书信则介乎两者之间，该比日记提防得多些，而较作品守卫得少些，所以让人亲近得多些。然则我们看到了怎样的一个梁实秋呢？或许我们的镜头可以从远距离推移到近身的特写，一步步看来。

梁先生早岁留学美国，一生执教于外文系，并且追随莎翁的灵魂，但对于西方，尤其是对美国的态度，大半是批判的，甚至是否定的。给吴奚真的信里他说："美国近来对中国（尤其大陆）发生狂热，实则仍甚肤浅，关于文化语言等项则各机关大抵不肯多用钱多请人。美国人急功近利，所见不远。弟在此将近一年，对美国之估价日益降低。"（一九七三年）十年后他又对罗青说："你的诗有独创性，又豪爽，又细腻，我甚倾服。生日歌尤获我心。我参加任何生日派对，从不开口和唱那不伦不类的英文歌，我认为那是堕落。中国人为什么要唱英文歌？为什么要吃蛋糕？为什么糕上插蜡烛？"（一九八三年）

先生对美国文化不表佩服，也及于美国文学。他对于惠特曼的自由诗素无好感，更不赞成我多读。有一次他听我说有意翻译《白鲸记》，也泼我一瓢冷水，甚至径说美国文学有什么好译的。以莎翁全集译者的身份，梁翁当然有资格说这句大话。奇怪的是，反过来说，他对于莎翁的厚底靴或是薄底鞋踩过的那座宝岛，也似乎不怎么神往。一九七〇年他在西雅图写信给陈祖文："达遵也不主张我去斯特拉福，他的理由是：莎氏在十八岁就离开家乡，老时没住几年就死了，斯特拉福不是他一生活动的背景，有何可看？"这理由实在令人啼笑皆非。去那爱芳河镇，不正好饱饮道地的莎剧吗？而伦敦呢，"他一生活动的背景"，不正好去追踪凭吊吗？过了四年，梁先生又对罗青说："壮游世界，真可羡慕。弟亦有此想，但力不从心矣。我所以未至英国一游亦以此故。不过 Arthur Waley 终身研究中国文学，未曾一履中土，思之亦复何憾？"

　　梁先生不肯去英国"实践"一下欧土，其实也不必远引魏里之例来东西对仗，只要上溯半个世纪，就可以近举闽侯的林纾，另一位不践欧土的译家，来解嘲了。不过林纾不懂西文，是出不了国，梁先生略无语障，却始终不远游朝莎，足见是游兴不浓。其实早在一九六八年，近如香港，他也无兴一游。那一年他在信上告诉陈秀英："我是一个 family man，离不得家。所以我总是懒得到外边去跑。最近香港中文大学又要我去讲演三天，我还是拒绝了。俗语说：'金窝银窝不如家里的狗窝'，我就是一个舍不得离开狗窝的人。"

　　梁先生六十五岁就从师大退休，直到梁师母去世前后，常居美国。从西雅图寄张佛千的信说："弟居此环境优美，而生活颇为枯寂，因友朋过往太少之故。"稍后他又告诉张佛千："弟在此不开汽车，活动范围不出周围一哩，朋友不多，各有事累，难得存问，故终日非读书写稿不可。杜诗：'贫病他乡老'，弟于此外尚有孤独之感。"两信都写于一九七四年初，那时还有梁师母做伴，心境已经如此。师母殁后，鳏居异国的情怀当更难堪。

　　这时正是我由台去港执教中文大学的前夕，"文

251

革"已到末期而左焰犹炽。我一到那大陆的后门口，立刻感到八方风雨逆面掴来。梁先生是台湾文坛的重镇，二〇年代末更是新月派文学评论的核心人物，且因卷入论战而成左翼的公敌，落为"抗战无关论"的箭垛，在"文革"末期独客海外，那一份孤寂当也与此有关。果然，一九八〇年夏天，中国抗战文艺研讨会在巴黎举行，"抗战无关论"的莫须有罪名仍然妄加在梁先生身上，幸有梁锡华当场予以辩正。

"左派"的压力梁先生当然挥之不去，晚年得遇梁锡华，不但精研新月文章，而且史笔谔谔，实为一大安慰。所以大梁对小梁说："批评有如明镜，可鉴得失，惟普罗一派之哓哓不休，则有如或凹或凸之'哈哈镜'，视之可发一笑而已。"给陈祖文的信中他又说："近读郭沫若《李白与杜甫》一书，虽多宣传意味，但亦颇多新解。斥杜甫为地主阶级，为统治阶级服务，列举许多诗句为证，可发一笑。"

梁先生虽然译过《织工马南传》《咆哮山庄》《百兽图》等好几本小说，他对小说的兴趣显然不及诗文。收到聂华苓的英文评传《沈从文》后，他回信说："沈从文的作品，是不是像你所说的那样有价值，我不敢说，因为有很大一部分我没有读过，我只看过他早年的写作。"另一方面，他很排斥电影，甚至在英文信中劝张芳杰道："看戏剧在台上演出，大有助于了解剧本。电影则殊少价值，除非你是去戏院消磨时间。"

尽管他这么鼓励张芳杰，自己却懒得去伦敦或斯特拉福亲赏莎剧。就这么电影也不看，汽车也不开，牛排、炸鸡也不爱吃，朋友也少往来，欧洲也不想去，却偏偏待定在美国，怎能不感到孤寂呢？因此在信中梁先生一再倾诉对台湾的乡愁。他告诉林海音："我们身在海外，心在台湾，想念我们那个污脏杂乱的家园！"几乎是用同样的语气，他对陈秀英诉道："生活环境再好，终归不是自己的国家，异乡作客的滋味不好受……我想念台风威胁、湿热难当、嘈杂纷乱的台北！"梁先生在文章里绝少用惊叹号的，却在信里用于台湾，显然是动了真情。

想念台湾，当然也就是想念岛内的朋友。梁先生对晚辈的爱护，在这些信里每溢乎言表，令人感动。他对于师大同人的关怀，昔日我也曾身受，此刻在他身后展读这些信件，字里行间，仍感到有长者的仁蔼之风拂面吹来，于是安东街、云和街，甚至德惠街的一幕幕往事，倒带又停格，闪不尽前情提要。陈秀英订购了房子，正在缺钱，梁先生对她说："到年底付款，如不足，可以告诉我，我可以帮你一点。我的版税也许以后可以多收一些。"有时他的关怀甚至及于细节，竟然嘱咐陈秀英："冷气机声音大，可能不是机器毛病，而是装在窗上不够稳牢，震动太大。请试从这方面想法，把窗口钉紧使机箱不动。"

一九七四年四月三十日，梁师母因意外猝殒于西雅图，享年七十有四，长于先生一岁。此事当为他暮年之巨伤大恸，难怪八十多封信里有十一封痛述悼亡心情，其中尤以致陈秀英的中文信及致聂华苓的英文信叙写最详。先是大难的前一年年初，师母在雪地散步，跌了一跤，伤及胯骨，卧养两月始愈。梁先生"做了两个月的护士"，直到三月初才得恢复写作。是年七月，他写信告诉陈秀英说师母胃疾，"愁眉苦脸的吃不下东西，现在好多了"。天胡不仁，翌年她遇难之日，那架致命的油漆铁梯自天而降，击中的已是垂老的病躯。当晚她即去世，四天后举行丧礼。陈秀英的藏信中说："典礼非常简单庄严，来吊者约三十余人，我们家人多从院里采了她生前所最喜爱的花卉扎成花束放在她的灵前。除了奏哀乐之外，客人向遗体行礼，我答礼，然后车队送葬至此间最大墓园，看着入土之后而去。我同时买了四块土地，预备我自己和文蔷夫妇将来也埋在一起，不教她在异乡孤寂。"

那天正是五月四日，中国新文化响当当一声锣，象征的也是梁实秋一生志业的开端，而丧礼的哀乐一歇，也意味了他和程季淑女士近半个世纪婚姻的终结。对于他，"五四"该有双重的意义。

但是十四年后，文星陨落，梁先生自己躺了下来，却不是在她身边，不是在西雅图，而是在台湾北端，淡水的北海墓园，依山面海，遥望大陆，独对天地之悠悠。两人之间不折不扣，阻隔了一整片太平洋。又过了六年，连他的未亡人也亡了，却也不是葬在他身边，而是葬在新店。

执子之手，与子偕老：虽云可羡，未必可期。生则同衾，死则同穴：更加理想，却也更加渺茫。人生固然无常，人死，又何尝能够自主？唯一的印证，不过是这八十多封信罢了，印证曾经有这么一颗热心，这么一只勤快的手。

一九九五年三月于西子湾

落笔湘云楚雨

—— 序李元洛的《凤凰游》

　　相传苏洵二十七岁才发愤读书，并且为文。这对于散文家说来，起步似乎晚了。正如梵谷认真习画，也是从二十七岁开始，对艺术家而言，同样去日苦多。湖南作家李元洛发愤创作散文之年，比起老泉当日，却又老了一倍，可以想见，其毅力与艰难，当也倍加。不仅如此，李元洛原是著名的评论家，年过五十才认真写起散文来，但是手上的那支笔已经生产了十本诗评、诗论，洋洋且三百万言。评论家改行从事创作，心路历程是由分析转向综合、由客观转向介入、由估价转向赚钱，方向几乎完全相反。学者半途而写散文，像王了一、颜元叔的例子，似乎不多。不过王、颜的半途，都在四十上下，而李元洛半途出家，却已超过五十了……出家而要成家，评论出家而要散文成家，真是谈何容易。

尽管如此，李元洛出家后的第一站，这本《凤凰游》散文集，风景仍是可观的。我说风景可观，并不全是比喻，因为集内的三十四篇文章，游记多达十七，恰为其半。

中国游记之祖，柳宗元的经典之作《永州八记》，说来也巧，记的正是李元洛的湘乡。所以湘人来写游记，真可谓得天独厚：此地的"天"，不但指柳宗元为之奠基的游记，在湖南早有"先天"，更指湖南山水之胜，自古已兼南岳之雄、洞庭之大、潇湘之浪漫、桃源之神奇，近年又变本加厉，发现了张家界和黄桑碧海。

幸运的是，柳宗元写游记，是贬谪他乡之作，李元洛的游记却得之于探幽寻胜，多为盛会或陪客之余，而且所游多为本乡，十七篇中湘游占了十四。中国历来著名的诗文，不少是登临怀古之作。李元洛家学有自，所赋五言律绝《破庙》曾得乃父修改。他出身全国知名的北师大中文系，诗学邃深，古诗之博闻强记远胜于我。加以三湘人文鼎盛，名胜自多古迹，所以本书的游记，除了写张家界、黄桑等三两篇是纯记山水之外，多半涉及历史、人文，感慨之余，更常具知性，可以称为"文化之旅",而怀古伤今之中每见作者指陈世风浇薄、环保不力,庸俗的商业主义逼人不留余地,则更进一步,可谓"文化苦旅"了。

游记而为文化之旅,一支笔外在既要模山范水,内在又要探讨人文,其忙可想而知。最难的是,感性的风景,知性的人文宜乎顺应文势,左右逢源,不落痕迹地凑泊而行,不宜各自为政。如果知性不足,则风景写得再富感性也会显得空洞;反之,如果感性不足,则徒然堆砌资料也会显得失真。写这样的游记,叙事必须生动,写景必须逼真,然后议论才有所本,抒情才有所依。不少作家在叙事、写景上未竟全功,就急于空发议论,滥抒感情,当然不能令人如临现场。

《凤凰游》里的十几篇文化之旅,若以年代为序,当推《秋读炎陵》的神农遗迹最为高古,《隔江便是屈原祠》次之,其后当为《春到桃花源》《南岳峰高》《龙标记游》《赤壁行》《麓山春日》《半日青山》《书院夜游》《崩霆琴》《芷江行》,以迄寻访沈从文故居的《凤凰游》。

其中《赤壁行》所记,是三国时代真正的战场,在今湖北蒲圻,而非更往长江下游、苏轼误咏的黄冈。除此之外,他篇所记都在湖南。桃花源就在桃源县西。南岳就在衡山县境。龙标乃王昌龄贬谪之地,在今怀化的黔城。至于《麓山春日》《半日青山》《书院夜游》三篇，虽然各有侧重，所记均以长沙对岸的岳麓山为主，其中的古迹不可胜数，单举禹王碑一处，字体荒古，已经可以上追炎陵。书院乃是岳麓书院，从陶侃到朱熹，从王夫之到谭嗣同，古往今来不知有多少隐士、志士在其间读书、讲学。《崩霆琴》所记是浏阳的谭嗣同祠及其故宅。《芷江行》的芷江在怀化市西，紧邻黔境，为抗战之末"受降纪念坊"的遗址。这许许多多的遗址古迹，为中华民族的神话、历史、文化之所附所依，也只有湖南的读书人、像李元洛这么有心的，才便于一一寻访记叙。

李元洛在文化之旅的游记里，对于古迹的历史沿革、人文传统、甚或民间传说等等，交代都颇为清楚，至于亭阁寺庙的题诗或对联，也常常择佳抄录以助游兴。在《麓山春日》里有这么一段：

　　……观音阁前，虬虬蟠蟠两株六朝松，树龄都在一千七百年以上。这两位树中的长老，铁干虬枝颇有王者气象，暮年杜甫来这里写下《岳麓山道林二寺行》一诗的情景，在它们的记忆中还犹如昨日吧？阁的两侧笔力遒劲奔放的联语，就取自杜甫的这首七古的"寺门高开洞庭野，殿脚插入赤沙湖"。清代的杨伦在《杜臆》中盛赞这一联为"奇句"。寺门高张，洞庭之阔野仿佛为之而开，殿基深广，竟然插入洞庭之西位于华容县南涸时见沙的赤沙湖，这是何等高广的庙宇，何等雄豪的气象！

不过这些游记也不全然洋溢着高雅的诗兴；有感于当前大陆社会的庸俗风气，作者也往往怀古伤今，而不免游兴顿减，忧时情切，变成了文化苦旅。他在《书院夜游》里说：

> ……中国古代教育的特点之一，便是俗文化的风水与雅文化的书院的奇妙结合，所谓"山水自然之奇秀，与文章自然之奇秀，一而已矣"。所以大多数书院都在山林而远离城市，并多为背山面水型，背负丘山而胸怀江河或湖泊。

但是到了文末，作者笔锋一转："不由想起明代建于江苏无锡的东林书院。东林党人领袖顾宪成曾为书院作过一副对联：'风声、雨声、读书声，声声入耳；

家事、国事、天下事，事事关心。'"作者的游伴开林却答道："谭嗣同和唐才常这一双中国近代史上承先启后的英杰，我们只能遥遥瞻望他们的背影了。现在不是有人改顾宪成的对联为'风声雨声读书声不吭一声，家事国事天下事关我屁事'吗？"

另一游伴赵晨却正色而言："社会上流行的俗谚口碑，说什么'从政之路红彤彤，经商之路金灿灿，从教之路黑沉沉'。现在不少教师不安于教，不少学生不安于学，全国一年用于吃喝旅游的公款，远远超过一年全国教育的经费，你们还讲什么诗啊？"

第一辑"海上仙山"写的是台湾的山水人文，其中只有《澄清湖一瞥》近于山水游记，至于记述台北故宫博物院的《云山长忆外双溪》则是又一次文化之旅。《远有楼台只见灯》记三民书局的文化大楼，诉不尽作者对书城文库，亦即所谓琅嬛福地的无限神往，仍然不脱文化巡礼的孺慕乡愁，并且和第三辑的《旺角书香》隔辑呼应。

第三辑"此情可待"的《人在天涯》《岛国诗夜》虽记新加坡之行，兴趣却在人物，不在山海。《香江夜眺》《旺角书香》两篇，顾名思义，也得知均写香港。其中《香江夜眺》对于夜色着力不多，未能透彻唤出真境，而致通篇的抒情、写景大半要靠诗句来代理。

这在需要用实力来写景，并且由景生情的一篇抒情小品里，似乎喧宾夺主了。我虽然自诩什么右手为诗、左手为文，但愈来愈觉得，一篇散文，即使以抒情为务，也不宜引进太多诗句，而至于"文类乱伦"。所以我一直也很想劝劝叶维廉，不要在散文里多插诗句，甚至整段的诗。

且容我顺着"文类乱伦"的戏语，再作一喻。散文多引诗句，犹如婚礼上新娘进场，身边却带了一队更年轻的美女做伴娘，未免不智。

同时，在游记之中，无论面对的是日月山川、荒城古渡，或是车水马龙，作者在写景或叙事的紧要关头，都必须拿出真性情、硬功夫来力搏其境，逼使就范，而不应过于引经据典，借古人的喉舌来接战。散文里多引述名家名句，恐怕仍是学者本色。李元洛既然要入籍散文家，就宜乎抛去诗评家的武器。

另有一点值得注意的，是《凤凰游》里的许多游记，无论在抒情或议论上，均有发挥，分量颇重，也许太重了一点，有时就显得旅游的本身反而"事简景稀"，当不起后面的深情高论。这呼应与比重的问题，有关游记的美学，未可轻视。所以我一直认为，在这方面《游褒禅山记》要比《石钟山记》逊了一筹。再以苏轼自己的赤壁二赋为例，《前赤壁赋》的议论分量颇重，却以抒情的笔调来发挥，同时前面的叙事与写景也自不弱，火候已足，乃能将事、理、情、景熔于一炉，成为杰作。《后赤壁赋》则大不相同，从头到尾只有叙事、写景，而且事多于景，或者可说事中见景，却毫无议论；至于抒情，已经在叙事、写景之间完成，不须另案办理了。可见抒情之成败，往往取决于叙事是否生动，写景是否逼真：事活而景真，则情已在字里行间，反之，脱离了其事其景而要凌空抒情，则情将焉附，结果恐将徒劳。

第三辑"此情可待"的前五篇，在题材上自成一类。《故乡三叠》写洛阳、青海、长沙：作者诞生、下放、久居的三个地方。《师恩》写作者中学时代的国文老师。《往事》专记他大学毕业后下放青海的饥寒岁月。《我的思念在彼岸》回顾和妻子从初识到偕老的半生。《虹豆》则喜述他宠爱的外孙。

反过来说，在这几篇散文里，作者是以为人弟子、丈夫、外祖父的身份来叙事的，加起来隐隐然是一篇小型的自传，令人读来倍感亲切。其中尤以记叙师恩、妻情和青海往事的三篇最为动人。如果能再写几篇来追述一生难忘的寅谊友情，自传的兴味就更完整了。在这几篇描写人情的文章里，作者引经据典，尤其是引述诗句的频率，比起在游记里要低得多，因为作者忙于叙事，而且在这方面可引之句本就较少。也正因为如此，同辑写新加坡李豪女士的那一篇《人在天涯》，不但少见引据，而且俭用抒情与议论，文气乃较贯串，文体也就清纯。这种对比，值得作者注意。

说到文体，我发现李元洛的散文有一个现象相当有趣，便是在实际叙事的时候，句法不但单纯，而且单行，但是遇到需要抒情，句法就往往变得复杂，而且骈行起来。例如《秋读炎陵》的文末，就有这么一句：

> ……陵北山顶原有积水一泓，冬夏不涸，名曰"天池"，相传炎帝于此洗药，所以又名"洗药池"，而在一九五八年全民大炼钢铁运动中，山林被毁，水源断绝，千百年来碧水粼粼的洗药池，成了干涸的黄土坑，像一只盲瞳凝视苍天。

一句话长逾百字，单行的句法语意清晰，节奏分明，句中段落长短交错，井井有条，句末的比喻不但妥帖可玩，而且反示以前的池水有多明丽，的是佳句。

但是一旦刻意抒情，例如在《故乡三叠》一文里，他就会说：

……洛阳是生我的故乡，我不能忘记它，
如同长成的绿树怀想它植根的泥土，如同远
游的飞鸟怀想它童年的旧巢。青海西宁则是
我作客的故乡了，好像入海的河流忆念曾经
访问过的流域，好像流浪的云彩忆念曾经飘
游过的天空。

这样的对仗不但过分整齐，也嫌过分重复，两个"如
同"对两个"好像"，然后是两个"怀想"对两个"忆
念"，都失之单调，至于三个"它"字，更觉多余。这
样的对仗句法在《凤凰游》里几乎每页都有，就太多
了，有时却又变成三联成串的排比。例如"把千年入
寐的历史围在其中关在其中锁在其中"，或是"原来这
里是一望无际的绿野绿野绿野，而今却是满目的红尘
红尘红尘"，就重复太甚，缺少变化。

　　当然作者笔下的抒情美文并不全然如此，高明的
时候也有像《流花湖　留花湖》里这样灵巧的句子：

　　……它（流花湖）碧得深酽，三三两两
的游船遨游湖上，双桨刚一划开水波，深绿
色的封面就匆匆合起，半尺之下就难以探测
她满腹，不，满湖的心事。

此外，我发现还有不少文句，尚可再加简化，求其畅达。例如"樟树又名'豫章'，是镇守于南国的乔木。古书《山海经》中早就有关于它的记载"。后句十五个字若删去六字，减成"古书《山海经》早有记载"，当更简洁。其实"古书"二字也可以省去，因为《山海经》已经无人不知了。又如下面这句："生活在当今之世的现代人呢？却常常感到'明文'日进而'文明'日退。"开头的八个字全然多余。

　　再如《芷江行》文首的一句："从长沙远赴湘西南的芷江，去重温，不，去补读抗日战争最后一页当日辉煌今天已逐渐发黄的历史。"后半句的二十五个字不但太长，也相当别扭，主要的原因是因为"最后一页历史"横遭十二个字切成两半，失去了呼应。如果改成"去补读当日辉煌而今天逐渐暗淡的抗日战史最后的一页"，不知作者是否觉得较顺？我不用"发黄"，因为恐与"辉煌"叠音。

　　除此之外，作者笔下的代名词，尤其是"它们"，用得太多，应加注意。"的"字频率也高，不妨俭省一些。一般句子也都嫌长，读来不免吃力。其实句子并不怕长，怕的是句里段落不清，标点用得不够。限于篇幅，恕我不再列举。

　　为朋友的新书写序，有点像主持什么开幕典礼，理应"隐恶扬善"。如今我竟得失并举，把序言写成了书评，简直是"文类乱伦"。不过我为人写序，恶习一向如此，只因我深信，不但对于作者，更且对于读者，一篇诚恳的书评远胜于一篇敷衍的序。李元洛原是评论名家，我在此所发浅论，相信他早就了然，何须我多言谆谆。只是他既然敢闯来创作的重地探奇，我又何惧乎僭入批评的禁区去指指点点？

相信他下一本散文集必能扫清我今日的多虑。

书中游记多篇，其名胜古迹之地理方位，在一般地图上不易逐一指认，特制简图一幅，以便台湾的读者。我是一个地图迷，不但耽于对图遐想，更爱动手绘制。不过在我为人写序的记录里，序之不足，更继以图，如此节外生枝，却是史无前例。

一九九五年七月终西子湾

小说序

十二瓣的观音莲

——序李永平的《吉陵春秋》

　　在八十年代的台湾小说里,《吉陵春秋》是一个异数。这本小说的时空坐标不很明确,也许是故意如此。长笙事件发生的时候,军阀刚走,铁路初通,镇上已有耶稣教堂和外国神父,可以推想该是民国初年,也许就是《边城》那样的二十年代。但是从头到尾,几乎没有述及什么时事,所以也难推断。在空间上,《吉陵春秋》也似乎有意暧昧其词。就地理、气候、社会背景、人物对话等项而言,很难断言这小镇是在江南或是华北。对话里面虽有"您""挺"等字眼,交通工具虽然也有骡车,但是从第四页的"正赶着南货大批北销,红椒行情,一日三涨"等语看来,却又似乎在讲江南。

李永平生于东马的沙捞越，二十岁来台湾读台大外文系，毕业后留系担任助教，以迄留美，回台湾后一直在高雄中山大学教书。他对中国大陆的村镇，并无切身的体验，所以也不便经营乡土的写实。朱炎说吉陵镇是华南、台湾、南洋三地的综合体，我大致上可以接受。但是书中从来不见马来人和椰树，而人物的对话也和闽南语无关，所以就从虚构的立场说来，这本小说只宜发生在中国大陆。

其实这件事根本不用我们来操心，因为李永平原就无意追求所谓的写实主义。吉陵镇的存在不靠地图与报纸，只能向中国的社会风俗与文化传统去印证。书中的人物只在吉陵镇与坳子口之间过日子，附近有什么大城，我们无由得知。在"现实"的意义上，这是一个绝缘的世界。但是在精神的领域，《吉陵春秋》却探入我国旧小说中所呈现的底层文化，去观照颇为原始的人性。

喜欢追踪故事的读者，看了《吉陵春秋》恐怕会相当失望。本书的气氛强烈，场景生动，但情节并不曲折入胜。全书的主要线索是长笙的被辱，刘老实的复仇，和镇民蠢蠢不安的罪恶感。长笙是不幸家庭的遗孤，大难不死，却无后福。她嫁给了万福巷里棺材店的老板刘老实，四邻都是嫖客进出娼妇倚门的妓院，因此刘老实十分担心，她也深居简出，绝少与人搭讪。长笙肌肤白洁，出门也是一身素底碎花的衫裤，妓女在背后都说刘老实是"一条黑炭头，趴在她身上"。六月十九日，观音节庆的神轿游行到万福巷来，满街妓女都烧香跪拜。忙乱之中，镇上的大流氓孙四房乘着酒兴把长笙强奸了。长笙上吊自杀，孙四房被捕入狱，刘老实发了狂，提了菜刀杀掉孙四房的相好妓女春红，再杀孙四嫂，然后向官方自首。后来报载刘老实越狱，吉陵镇上便谣传他要回来复仇，因为当日长笙的被辱还牵涉几个帮凶的小泼皮。风声鹤唳的吉陵镇上，人人疑神疑鬼，说是长笙的冤魂白昼作祟，复仇者坐在苦楝树下等人。

除了这条主线之外，书中还有不少引申出来的支线，例如卷二《空门》述秦家的寡妇，卷三《天荒》述萧家的三代，卷四《花雨》则引入鲁氏婆媳。繁多的线索之间往往牵葛交藤，互为主客，并无明确的交代。《吉陵春秋》这本书共分四卷十二篇作品，其间的关系忽隐忽现，若断若续，榫头相接，令人狐疑之余，难以决定，这究竟是一部长篇小说呢，还是十二个短篇？举个例子，卷一的小乐、卷二的十一小子、卷三里劫走秋棠的少年、卷四里燕娘的丈夫，这四个角色都是同一个人吗？果真如此，为什么不用同一个名字呢？又例如秋棠，先后出现在卷一、卷三、卷四里；在卷一里她已成娼妓，但在卷三的《好一片春雨》里，她却还是天真无邪的小女孩，时序令人难以捉摸。

李永平在《吉陵春秋》里使用的叙述手法，不是直线的进行，而是反弹与折射，因此每一篇新的故事对前面的几篇都有所补充或修正，或者跳接到更前面的一篇。而在同一篇里，今昔的交替也相当频仍，在时间上不断反弹，颇能产生张力与立体感。例如《日头雨》一篇对前面的《万福巷里》便补充了许多，《万福巷里》某些一笔带过的远距离镜头，到了《日头雨》里就成了较长的近距离写照。《日头雨》本身在今昔之间也一再反复，达六次之多。这种手法，交叠之中寓有发展，似曾相识而推陈出新，有点像音乐里的变奏（variations upon a theme），确能使人反复回味。

作者在营造气氛与悬宕上面，颇下工夫，每将一般小说需要解决的问题悬而不决。例如《万福巷里》长笙受辱，在紧要关头作者却把镜头突然移开，转对迎接观音神轿的群众场面，读者要等到下一篇《日头雨》才能重见那紧要关头。又例如《好一片春雨》里，天真可爱的秋棠落入陌生少年的手中，刚发现五阿姐遇害而自身也难保，读者正在惊愕之际，小说竟戛然而止。一直要等到《大水》里，她才似乎出现了一瞥。

作者说得愈直，读者就想得愈少。作者愈暗示，读者愈苦追。最为论评家称道的是《日头雨》中故布疑阵让小乐面对复仇者的一幕，剑拔弩张，眼看着就要像西部片中双雄的对决。高潮并未得泄，因为小乐和那人照了面后，非但没有决斗，甚至也未揭开那人的身份。李永平之志不在畅说故事，而在探索内心的真相。那人是谁，并不重要，因为他只是良心的阴影，谁能跟"它"去决斗呢？

《吉陵春秋》的另一特色，是叙事含蓄，事件到了高潮反而笔精墨简，只用中距离或者远距离的镜头来捕捉印象。每次发生一件事，事先的悬宕和事后的回味往往倍于叙事的本身。这种艺术之所以取胜，不在《史记》那样的叙事生动，而在诗的情绪饱满。李永平的作品自有其戏剧性，但其佳妙往往不在动作，而在姿势，令人想起西方舞台的真人画（tableau）。性与暴力的高潮，例如长笙被奸，刘老实杀人等等，在他作品里都不加铺陈。比起刘老实杀人场面的简述来，小乐屠狗的那一段铺张得多了。

性与暴力原是罪恶的两个要素，也是人性中包含的兽性。这两件事在西方文化里比在中国文化里表现得坦露多了。英国的古民谣里充溢性与暴力，但中国的诗经里这些就淡得多了，性爱还有一些，暴力就几乎不见。英国古民谣以叙事为主，中国的则多抒情。这种差别也许可以解释，何以李永平在处理这些事上抒情多于叙事，而且着墨较淡。

吉陵镇是一个罪恶之城。中国底层文化的道德传统置淫于万恶之首，万福巷的妓院正是万恶之渊。刘老实的棺材店偏偏开在妓院的中间，像是死亡对生命之大欲的嘲弄。刘老实跨在棺材板上刨木的姿势，与嫖客的姿势互为蒙太奇。他的年轻妻子长笙，白嫩的身躯裹着白衣，在这万恶之巷里成为污泥中的白莲，却逃不过被染的命运。强奸，正是暴力施之于性的罪恶，吉陵镇的罪恶以此为焦点。这件事竟然发生在观音生辰的庆典，实在是神人不容，尤其因为长笙的形象与观音暗暗叠合。郁老道士的自戕，众妓女的自甘被轿夫践踏，都是赎罪的仪式。刘绍铭说《吉陵春秋》的故事是表现"男人的兽性与纯良（女性）之脆弱无助"。纯良的长笙在生前确是无助，但借了死亡之力她却为自己的贞操复仇，成为强者。观音假她之手来惩戒孙四房，并警告镇民：孙四房竟然敢打棺材店老板的主意，真是跟死亡开玩笑了。《吉陵春秋》实在是一本意象丰富对比无穷的小说，相信未来的评论家当会在这方面继续探讨。

如果《日头雨》里的小乐就是《思念》里燕娘的

丈夫，那么，七八年后他终于向善了。燕娘在这本书的尾声中出现，她的纯真可爱令读者对吉陵镇的未来怀抱一点希望。从长笙到张葆葵，从张葆葵到秋棠，吉陵女人的遭遇是可悲的，然则燕娘的命运该会超越她们吧？可是正如中国的哲学是阴阳相生，纯真的女性终于摆不开罪恶的黑影：长笙之于孙四房，张葆葵之于流言，秋棠之于路客，都是如此。燕娘虽然纯真，她的四周也已危机重重，过去的罪恶，亦即旧社会所谓的"孽"，已经把黑影伸到她孩子的身上，使他夜梦不宁，无病而哭。燕娘甚至做了个噩梦，梦见她正怀着的第二胎孩子一生出来就给人抱走了。孩子，正是未来的象征。燕娘的未来令人担忧，慈航普度的观音果真能保佑她么？

《吉陵春秋》的语言最具特色，作者显然有意洗尽西化之病，创造一种清纯的文体，而成为风格独具的文体家。大体上他是成功的。消极的一面，李永平的句法已经摆脱了恶性西化常见的繁琐、生硬、冗长，尤其是那些泛滥成灾的高帽句和前置词片语（prepositional phrase）。他的句和段都疏密有度，长短相宜，活泼而有变化。对话极少，却不失口语的流利自然，是另一特色。他的语言成分里罕见方言，冷僻的文言、新文艺腔，却采用了不少旧小说的词汇，使这本小说的世界自给自足地定位于中国传统的下层社会。积极的一面，李永平描写景物富于感性，叙事的时候更善于运用手和眼的动词。且举《思念》的第一段为例：

> 水声响动，田田莲叶荡出了一艘小船来。九月里水蓝的一片天，一塘水。

再引《好一片春雨》里的一段：

> ……秋棠一咬牙缩起脖子，把伞柄子夹到了肩窝底下，迎着大风，抬抬眼，只见西边那一片天涌起了一滚一滚彤云。那光景，就像一张横幅大青纸上，给浓浓的，泼上了十来团殷红。向晚的日头，先前还是水红水红的一团，才多久，就黯成了一抹瘀血似的红。

这样的文字在当代的小说里，愈来愈少见了。李永平不愧是别有天地而风格独具的小说家，值得我们注意。他早期的《拉子妇》曾见赏于颜元叔，获联合报短篇小说首奖的《日头雨》曾有朱炎的详论，《吉陵春秋》

里的多篇作品也赢来刘绍铭的推崇，甚至拿来与张爱玲、白先勇相提并论。这三位学者和我，正如李永平自己一样，都出身于台大外文系，也许并非巧合。李永平的声名不应该囿于这学院的一角；现在这十二篇作品终于合为一书出版，构成了一个有机的整体，广大的读者当可窥见《吉陵春秋》的全貌了。和时代相近的其他小说相比，这本书不像《边城》那么天真，也不像《春蚕》或《官官的补品》那样着眼于阶级意识；它把现实染上神话和传说的色彩，变成了一个既繁复又单纯、既丑陋又迷人的世界。秋棠与朱小七的两小无猜有点像《边城》里的初恋，却突变而为秋棠遇劫。贞洁与邪恶的对比令人战栗，读者的反应已近乎宗教情操，和《边城》的田园牧歌大异其趣。另一方面，《吉陵春秋》又为我们指证：不用封建主义、帝国主义等等的名词及其背后的观念，仍能为中国传统的村镇造像。李永平为当代的小说拓出了一片似真似幻的迷人空间。

一九八六年元月终西子湾

翻译序

观弈者言

——序彭、夏译诗集《好诗大家读》

第一次注意到彭镜禧先生的译诗,是在《中外文学》上,时间约在一年以前。那是美国女诗人林妲·派斯坦(Linda Pastan)的《伦理学》,我一读之下就很喜欢,觉得不但诗选得好,译得也够逼真。读译诗,难得这么幸运。通常的经验是一肚子的闷气,可叹又一篇佳作甚至杰作,平白给人糟蹋掉了。但是那首《伦理学》的中译,我却没有白读。后来我又读到彭先生的几首译诗,益发肯定了我的第一印象:英美诗的译界,又添一位高手。

等到"梁实秋翻译奖"揭晓,诗组与散文组的冠军赫然出现同一只手,同一只高手,更坚定了我对彭先生的信心。而现在,终于看到了他的这本《好诗大家读——英美短诗五十首赏析》。

五十首诗里面，英国，包括爱尔兰，只有三分之一，其余都属美国，因此美重于英。至于短诗之短，则底限是无可再短的一行，例如贺兰德的《单行诗》，而上限也只是三十六行，例如雷维多的《秘密》。三十多行在中国新诗里已经不算短了，但是在英诗传统里，当然还是"羽量级"而已。除了三两例外，这些短诗都是十九世纪以来的作品，而以二十世纪最多。"创作·欣赏"项下的诗，好些都是当代的美国诗人所写，更令人耳目一新。译者选译这五十首诗，当然不是在编什么诗选，因为译诗毕竟难于选诗，并非看中了什么诗就能译出什么诗来。不过其结果仍然有点迷你选集的风味，尤以"创作·欣赏"项下的几首令人刮目。所以这本书不但中英对照，便于读者了解原文，就算只看中译，也可以启发读者和诗人。

五十首诗依主题性质分成六目，大致上由浅入深，由单纯而入繁复，安排得当。第六目"创作·欣赏"里有些作品以诗艺为主题，手法含蓄而曲折，陈义颇高，一般读者虽亦泛泛可以领会，本质上毕竟是诗人写给同行看的"行话"。所以我说，本书不但宜于一般读者，也有助于追求缪思的诗人。

本书体例，除了原文与译文对照之外，并附作者简介，作品短评，原文注释，以便读者。三项都是精简扼要，点到为止，大抵留下相当的空间，让读者自己去举一反三，追踪循迹。若是采用为教材呢，则留白的部分有待教师领导学生更进一步去描出全貌，就像儿童图画的"连点游戏"那样。译者在短评和注释里所做的，正是"布点"。例如丁尼森的《鹰》，尚可说明首段乃仰观所得之象，次段则为俯视所得，全诗的空间结构相当立体。又例如派斯坦的《伦理学》里，意象之间交相影射，命意十分含蓄，字里行间恐怕还有不少东西会被初学的人错过。像下面这几行：

> This fall in a real museum I stand
> before a real Rembrandt, old woman,
> or nearly so, myself. The colors
> within this frame are darker than autumn,
> darker even than winter—the browns of earth,
> though earth's most radiant elements burn
> through the canvas.

里面的 fall 和 autumn 不但呼应本诗第二行的 fall，且也影射老妇的暮年。This frame 当然是指画框，但是同时也可以指老妇的"体格"。Earth's most radiant elements old 一词未始不能暗示前文的"失火"，何况紧接的动词正是"燃烧"。而最神奇的是：woman, or nearly so, myself 一语，固然是作者自谓，但同时也可指画中的老妇；恍惚之间，画中人与观画人几乎合而为一，也可见艺术与人生之互为因果，密不可分。诸如此类，恐怕读者仍须多加点明。

　　翻译向有直译意译之说，强为二分，令人困惑。诗乃一切作品中最精练最浓缩的艺术，所谓"最佳的词句作最佳的安排"，因此译诗不但要译其精神，也要译其体貌，也就是说，不但远看要求神似，而且近接也要求面熟。理想的译诗，正是如此传神而又摹状。理想当然难求，正如佳译不可能等于原作。最幸运的时候，译诗当如孪生之胎。其次，当如兄弟。再其次，当如堂兄表弟，或是侄女外甥。总之要令人一眼就欣然看出亲属关系。可惜许多译者或因才力不济，或因苦功不足，总之不够自知，不够敬业，结果祸延原作，害我们看不见堂兄表弟，只见到一些形迹可疑的陌生人，至多是同乡远亲。最常见的偷工减料（sin of omission），是把一首格律诗译成自由诗。尤其洒脱不羁的译界名士，更把诗句任意裁并，拗成自己喜欢的样子。这不但对不起原作者，也欺骗了读者。

　　幸好译界尚有少数的苦行僧，在维护忠于原作的职业道德，而才力又足以济其德操：前辈之中，例如卞之琳、陈祖文、宋淇、施颖洲；少壮之中，例如本书的译者。但愿他们坚持下去，当可接上前辈的典范。

彭氏伉俪应付各种诗体，都有相当出色的表现。自由诗如惠特曼的《一堂天文课》、派斯坦的《伦理学》；半自由的变体格律诗如华兹华斯的《我心雀跃》、爱默生的《寓言》、佛洛斯特的《火与冰》；格律诗如莎士比亚《我情人的眼一点也不像太阳》、郝思蒙的《那年我二十一岁》，等等，都能在极力传神之余，更苦心摹状，非常难得。

这些佳译虽未必酷似双胞，却已情同手足，至少也像堂亲表亲。偶尔也见到一颗半颗不很像的疱或痣。例如《伦理学》第五行"所剩岁月无几"和末行的"超乎儿童所能挽救"，似乎又太多了一点，我建议前一句也许可代以"来日无多"，后一句代以"不由学童来挽救"。例如莎士比亚那首十四行的第四行以"灰暗"收句，未能与第二行的"嘴唇"协韵，不妨考虑代以"沉闷"或"暗沉"。佛洛斯特的《火与冰》末四行是：

I think I know enough of hate

To say that for destruction ice

Is also great

And would suffice.

据我对恨的体验

敢说谈到破坏冰

也蛮不错，

一定可行。

译得很好，可是"不错"的姿态太低，不足以当 great，同时"蛮"也似乎稍俚；为了一并解决押韵，不知可以考虑换成"也很可观"否？"冰"的前面，最好也用逗点隔开。又如爱默生的《寓言》末三行：

Talents differ：all is well and wisely put；

If I cannot carry forests on my back，

Neither can you crack a nut.

天赋不同：一切都有妥善安排。

若说我扛不了森林，

核桃你可也撬不开。

译得极好，却有一点未能完全追摹爱默生。原文的末句以受词垫底，译文把受词提到句首，使末句变成倒装，乃稍欠自然，而且跟前一句不成对仗，力道较差。这当然是为了迁就韵脚。如果把第一句动点手脚，也许就可以换韵而解决：

天赋不同：一切都安排得正好。
若说我扛不了森林，
你可也撬不开核桃。

又例如狄瑾荪（Emily Dikinson）的《希望长着羽毛》第二段：

And sweetest in the gale is heard;
And sore must be the storm
That could abash the little bird
That kept so many warm.

风越大声越甜；
须是强劲风暴
才可能动摇这只
温暖裹生的小鸟。

译文也完全合乎原文的格式。一、三两行虽未押韵，并无大碍。问题是后三行原文的语气，把强劲之极的形容词 sore 提到句首，配上动词 abash，显得非常有力，但是译文却难以传达那语气。此地我倒想建议译者，不妨试用反面的说法来意译，例如：

风越大歌越甜；
普普通通的风暴
休想吓倒这只
温暖众生的小鸟。

　　本书的译笔简练老到，其一原因是译者擅用文言的词汇与句法。在蓝德的《戏剧》和贺伯的《负心之罪》一类诗里，译者文言的掌握都很见效，为一般徒知白话的译者所不及。不过用文言译诗，宜以应变为本，若是用得太多，恐失白话的清畅自然。大致而言，简洁诚然是文字的美德，但是诗中的重叠句法不但可以强调文意，而且可以畅通节奏，却不宜从简发落。梅斯斐（John Masefeild）的《海恋》正是佳例：

I must go down to the seas again, for the call of
　　the running tide
Is a wild call and a clear call that may not be
　　denied；
…
I must go down to the seas again to the vagrant
　　gypsy life,
To the gull's way and the whale's way where
　　the wind's like a whetted knife：

我一定得再次出海，因为那奔腾潮水的呼吁
是那样粗犷而清晰得叫人无法峻拒；
……

我一定得再次出海，重做那流浪的吉卜赛，
重回鸥鲸出没、风吹如刀的大海：

原文连用三个 call、两个 way，加以句法重叠，乃见气势奔放，若与潮水呼应。译文把这些统统省去，失掉的气势并不能用简练来弥补。正如"鱼戏莲叶东，鱼戏莲叶西，鱼戏莲叶南，鱼戏莲叶北"四句，不可简化为"鱼戏莲叶东、西、南、北"。

　　论人译诗，就像观人弈棋，在一旁闲话指点总容易得多。轮到自己下场，就会举棋不定了。原来是为《好诗大家读》写序的，一路说下来，竟像在写书评了，简直"脱序"。观棋人不再多叙。还是请大家好好观赏这一局大有可观的棋吧。

一九八九年元月于西子湾

锈锁难开的金钥匙

——序梁宗岱译《莎士比亚十四行诗》

一

就广义的西方现代文学而言，十四行（sonnet）恐怕是起源最早、流行最久、格律最严、名家最多的一大诗体了。

这诗体起源于意大利。早在十三世纪初年，达伦蒂诺（Giacomo da Lentino）与达瑞错（Guido d'Arezzo）所作，已成此体滥觞。其后历经卡瓦康提（Guido Cavalcanti）与但丁的发展，为时百年，至佩特拉克（Franceso Petrarca）而体裁大备：除了每行十一音节，前半阕八行（octave）的韵脚固定为 abb，abba 之外，后半阕六行（sestet）的韵脚已从原有的 cde，cde 解放出来，可作相当自由的组合。

我一直觉得十四行格律严谨，篇幅紧凑，音调铿锵，气象高雅，加以文人之间盛行已久，可以和中国的七言律诗相提并论。李商隐如果生在西方，必定成为十四行的圣手。佩特拉克如果是晚唐诗人，他的情人收到的也该是典雅的七言律诗。这当然只是我的绮思遐想，难以实验。其实两种诗体也颇多不同。到十七世纪的邓约翰与米尔顿为止，十四行的主题大半是爱情，但是七言律诗的主题相当广泛，像李商隐这么用来写爱情的，倒是少得例外。

在格律上，两种诗体也有不同。律诗的结构全在对称，中间的两联固然对仗工整，呼应紧密，前后的破题与收题也各为二句。也就是说，律诗的起承转合平均分配，可是十四行的结构并不平衡，因为起承占去了八行，转合的空间只剩六行。这八行与六行之间的关系，是观察与结论，叙述与反驳，八行与九行之间应该有"转"（turn）。意大利的诗论家指出十四行的逻辑发展，是前四行命题，次四行证明，到了后半阕，前三行再证，末三行结论。换言之，十四行在一开一阖之际，开得慢而收得快，开得宽而收得紧。这一正一反、一主一客的矛盾与调和，问题与解决，正是十四行诗艺的关键。

到了十六世纪，十四行渐渐流行于西班牙、法国、英国。约在莎士比亚诞生前的二三十年间，魏艾特爵士（Sir Thomas Wyatt, 1503—1542）与塞瑞伯爵（Henry Howard, Earl of Surrey, 1517—1547）已将此体传入英国。两人都意译了佩特拉克的十四行，而且将原诗的格律自由处理。例如佩特拉克的原诗：Amor, che nel penser mio vive e regna，魏艾特爵士译成 The long love that in my thought doth harbour，悉依原韵，却把原来互不押韵的末二行改成了押韵的偶句。塞瑞伯爵将诗题译成 Love that liveth and reigneth in my thought，却把原诗的韵脚全部改掉，变成 abab, cdcd, efef, gg，同时原文每行十一音节也变成了英文每行十音节的"抑扬五步格"。如此一来，意大利体的十四行便脱胎换骨，成了英国体的十四行（English sonnet）；后来因为此体在莎士比亚手中臻于成熟，又名莎士比亚体的十四行（Shakespearean sonnet）。

格律既变，起承转合之势也随之改观。意大利体的"转"在第九行，所以前八行后六行之分显著。英国体的结构变成了三个四行段（quatrain），后面跟一个收篇的偶句（concluding couplet），前八后六之分不再显著；往往前面一连三个四行段势如破竹，直到偶句才刹住阵脚，做一结论。甚至有学者认为，收篇的偶句应有"警句"（epigram）的分量，才能戛然镇住全局。这种重任，竟把急转与骤合完全交给了收篇的偶句，结构当然大异。

二

　　莎士比亚是英国最伟大的戏剧家，三十七部戏剧是他对世界文坛的重大贡献。至于《维纳斯与阿当尼斯》（*Venus and Adonis*）和《露克莉丝之被辱》（*The Rape of Lucrece*），加上一百五十四首十四行，只能视为他的副产。可是戏剧和叙事诗都是客观无我（impersonal）的文体，所以只剩下主观有我（personal）的十四行或可提供莎翁生平的线索了。于是成百的学者便纷纷来入洞寻宝，但是杂沓的脚印只见在洞口散布，"没有一只能指引出路"。

　　莎士比亚称得上"圣之时者"，他所擅长的诗剧和十四行，都是伊丽莎白时代流行的文体。当时的诗人正如佩特拉克与洪沙（Pierre de Ronsard）一样，惯于用十四行来歌咏爱情的专一，而且出版专集，谓之十四行集（sonnet sequence）。这种风气大盛于十六世纪的九十年代，正当莎士比亚二十六岁到三十六岁之际。以下且举当时最出名的七种十四行集与其出版年份为例：

席德尼：《爱星者与星》，一五九一

丹尼尔：《蒂丽亚》，一五九二

华特森：《爱之泪》，一五九三

巴恩思：《海妖恋人与海妖》，一五九三

康斯太保：《黛安娜》，一五九四

朱维敦：《意中镜》，一五九四

史宾塞：《小情诗》，一五九五

这种风气到了一五九八年忽告消沉。莎翁写此体的时间，约在一五九〇年代的后半期，当时他的十四行已经流传于友辈之间，且有"甜味的十四行"（sugared sonnets）之称。但是真正结集出书，却要等到一六〇九年。据说初版根本未经诗人自校，而且诗人对于出书可能全不知情。那年六月，已经有人买到莎翁的十四行集，每册售价是六便士。

最令学者争议，简直成了猜谜大会的，是卷首的神秘献辞。文长凡十二行，排成倒三角形，前面的七行勉强可以译为："谨祝下列十四行的唯一生父

（begetter）WH 先生万事如意，并如我国长生诗宗所诺，永垂不朽。"这一段话里有两个字眼大费猜疑。其一是 begetter，本义是生父，引申义则泛指起因或根源。十四行常然不会有什么生父，所以芸芸论者都朝灵感来源（inspirer）去大做文章，于是 WH 便成了众槌争敲的胡桃硬壳了。

莎翁十四行集中，有六分之五的作品都是写给一位美少年，语气则相当暧昧，私情暗慕显然多于普通友谊。学者便向姓名字首为 WH 的时人去苦心索隐，揪出了一大堆嫌犯，至少包括下列这几位：一是彭布洛克伯爵侯伯特（William Herbert, Earl of Pembroke），小莎士比亚十六岁，不但年轻俊秀，而且不愿早婚。二是邵桑普敦伯爵洛思礼（Henry Wriothesley, Earl of Southampton），小莎氏九岁，对他赞赏有加，并接受莎氏少作《维纳斯与阿当尼斯》和《露克莉丝之被辱》的题献，也是不甘早婚的单身贵族。

不过侯伯特似乎太小了，而洛思礼姓名的缩写应为 HW，不是 WH；同时把两位伯爵叫作先生，也嫌不合。第三位候选人是威廉·霍尔（William Hall），一位书商的伙计，也是莎翁十四行集出版人索普的朋友。他当然不是莎翁灵感之所本，但是他为索普取得这卷诗稿，也可以说是此书的催生者，符合 beggetter 的引申义了。不过这个角色是否值得莎翁甚至索普隆而重之的题词献书，恐怕也有问题。

最敏感的该数王尔德了。他在《WH 先生的画像》里说，WH 乃指当时的童男演员休斯（Willie Hughes），正好泄露了他自己的癖好。

英国诗人兼传记名家管诺（Peter Quennell, 1905—1993）在他的《莎士比亚传》里，却举出第五个人来，当然仍是一位 WH。那便是哈维爵士（Sir William Hervey）。此人在一五八八年迎战西班牙无敌舰队之役歼敌有功，封从男爵，再晋勋爵。邵桑普敦伯爵的寡母，像伊丽莎白时代的许多富孀一样，改嫁了人，不久再寡，再度改嫁，第三任丈夫正是这位哈维爵士。据说哈维一来出于爱护邵桑普敦，二来体贴妻子望儿成亲之心，乃怂恿莎士比亚，邵桑普敦赏识的诗人，以诗寄意，来劝喻单身汉早日结婚，俾俊美的风范得以久传。

就因如此，这本十四行集一开始的十七首，反复叮咛的便是这劝婚的主题。其实整本诗集二一五六行的第一行便是："对天生的尤物我们要求蕃盛。"（From fairest creatures we desire increase.）紧接着第二首更强调这主题：

当四十个冬天围攻你的朱颜，

在你美的园地挖下深的战壕，

你青春的华服，那么被人艳羡，

将成褴褛的败絮，谁也不要瞧。

那时人若问起你的美在何处，

那里是你那少壮年华的宝藏，

你说："在我这双深陷的眼眶里，

是贪婪的羞耻，和无益的颂扬。"

你的美的用途会更值得赞美，

如果你能够说，"我这宁馨小童

将总结我的账，宽恕我的老迈"，

证实他的美在继承你的血统。

这将使你在衰老的暮年更生，

并使你垂冷的血液感到重温。

首行的原文：When forty winters shall besiege thy brow，不必再看下文，已感到那语调势如破竹，不可挽回，当然是忘不掉的。"日月忽其不淹兮，春与秋其代序。惟草木之零落兮，恐美人之迟暮。"人生几何的时间敏感症，中外同然。屈原的美人，或许是指君王，或许是指贤士，或许是诗人自喻，或许正如戴震所解，是指壮年。莎翁诗中的美人却是一位俊逸的少年。时光无情，要常葆少艾之美，在莎氏的十四行集中，有间接的二途：一为结婚生子，传其血肉，一为咏之于诗，传其精神。看来还是后面的一途远为可靠，邵桑普敦或是哈维的子孙究竟相貌如何，谁知道呢？

本集的一五四首十四行，可以分为三部。前面的一二六首正是写给这位美少年的。在传统的意大利十四行里，诗人追求的情人例皆星眸含梦，玫颊晕红，艳丽而又冷淡，可望而不可亲。诗人在惊艳之余，苦于芳泽难近，几乎耽于自虐——这种苦肉计或者该说苦情计，和中国的闺怨成了对照。佩特拉克的洛娜（Laura）情结早成了西方情诗，尤其是十四行情诗的基调，一般诗人都追随其主流，但是十七世纪的邓约翰、马尔服等也曾有反佩特拉克（anti-Petrarchan）的逆流，对美人、爱人，甚或爱情本身，包括柏拉图式的精神恋爱，都提出了质疑，大做翻案文章。到了十八世纪，讽刺诗大盛，美人与爱情也难幸免。直到浪漫时代，拜伦仍继承颇普的余风，对爱情与婚姻冷嘲热讽。维多利亚后期的梅礼迪斯（George Meredith）以《现代爱情》为书名出了一本十四行集，不但把篇幅增为每首十六行，而且对爱情幻灭、婚姻破裂着力描写，简直成了反佩特拉克逆流的高潮。

莎士比亚的十四行集出现于佩特拉克主流方盛之

际，当然承受了前人不少余泽。诗人经常自夸，虽然时光蚀尽青春，艺术却巍然长存，兼可确保所爱的人形象不朽。表现这种自信的，在佩特拉克之前早有拉丁诗人奥维德（Ovid），之后继有法国诗人洪沙。在擅写十四行集的同辈诗人之中，大他两岁的丹尼尔和大他一岁的朱维敦，也多少启发了他。

尽管如此，莎翁的十四行里仍然有独特的个人处境，深婉的个人感情，迫切的个人语气。虽以小说观之，事件显得稀少而单纯，但其中确有一个活生生的"我"，还有一个既动人又难取悦的"你"，便是诗人要劝婚的那位美少年。无论 WH 是彭布洛克、邵桑普敦，或是一五九六年刚从加地斯凯旋回国的哈维，他都要比莎翁小上八九岁甚至十五六岁，总之算是晚辈了。其实莎翁此时也不过三十几许，沉痛的语气却常忧老之将至，死之相催，整本诗集都笼罩在亡殁（mortality）的阴影之中。"生年不满百，常怀千岁忧"固然是诗人的敏感，但是十六世纪的人寿却也远短于今日。即以诗人的生年为例，政治犯塞瑞伯爵与狄克蓬（Chidiock Tichborne）斩首于伦敦塔，各为三十岁与二十八岁。席德尼爵士死于战场，未满三十二。马罗死于私斗，未满三十。他如魏艾特爵士（三十九）、加斯康（三十五）、史宾塞（四十七）、皮尔（三十九）、纳许（三十四）、佛烈契（四十六）、魏伯斯特（四十五）、波芒（三十二）等等，都不满半百。即以莎翁自己的五十二岁而言，在今日几已近夭，实难称翁了。

除了"老"少对比，还有贵贱之分。在四百年前的贵族眼里，戏剧界人士莫非伶工戏子，并不体面，哪像今日的吉尔格德（John Gielgud）、奥立维耶（Laurence Olivier）以擅演莎剧而得封爵？加以身在江湖，不得不随着剧团南奔北走，辛苦之余，自然是聚少离多，诉相思而无由。第一一○首便说：

> 唉，我的确曾经常东奔西跑，
> 扮作斑衣的小丑供众人赏玩，
> 违背我的意志，把至宝贱卖掉，
> 为了新交不惜把旧知交冒犯；

紧接第一一一首诗人又说：

> 哦，请为我把命运的女神诟让，
> 她是唆使我造成业障的主犯，
> 因为她对我的生活别无赡养，
> 除了养成我粗鄙的众人米饭。

因而我的名字就把烙印接受，

也几乎为了这缘故我的天性，

被职业所玷污，如同染工的手；

这种尊卑无缘之感满纸皆是，例如在第七十一首诗人又嘱咐他的少年说："我死去的时候别再为我悲哀……免得这聪明世界猜透你的心，／我死后用我做嘲弄你的笑柄。"但是尽管命运多舛，只要一念及爱友，诗人就怨恨尽消了。第三十首独忆往事，悲从中来，有如旧恨重演，宿债新偿，"但是只要那刻我提起你，挚友，／损失全收回，悲哀也化为乌有。"命意相近的第二十九首言之最为痛切，全引如下：

当我受尽命运和人们的白眼，

暗暗地哀悼自己的身世飘零，

使用呼吁去干扰聋聩的昊天，

顾盼着身影，诅咒自己的生辰，

愿我和另一个一样富于希望，

面貌相似，又和他一样广交游，

希求这人的渊博，那人的内行，

最赏心的乐事觉得最不对头；

可是，当我正要这样看轻自己，

忽然想起了你，于是我的精神，
便像云雀破晓从阴霾的大地
振翮上升，高唱着颂歌在天门；
　　一想起你的爱使我那么富有，
　　和帝王换位我也不屑于屈就。

诗人虽然言者谆谆，怎奈那俊少却听者藐藐，每每处之漠然。有时两友又言归于好，诗人曾为抛掉爱友送他的记事簿而道歉。而为了另一位诗人来争宠，莎翁更感到非常不悦，据说那诗人便是纳许（Thomas Nash）。

　　这么说来，莎翁对他少艾的朋友怀抱的感情，究竟是深切的友谊呢还是超越了友谊。也就是说，莎翁信誓旦旦的，竟然是同性恋吗？否则深情至爱和妒忌专私何至于到此地步？这问题理应激起争端，因为诗中的口吻太像男女相悦了。不过伊丽莎白时代对俊彦的歌颂，原就常似在赞赏美人，纳许恭维邵桑普敦，也说他是"红玫瑰绽开的最美蓓蕾"。《莎士比亚传》的作者管诺就指出："其实，《十四行集》可称为同性恋的纪念碑，立碑者原本是一位异性恋的诗人。"管诺说得很妙，他的意思应该是说：莎翁谈的只是精神上的同性恋，并不要求肉体的回应。管诺更引第二十首为证：

你有副女人的脸，由造化亲手
塑就，你，我热爱的情妇兼情郎；
有颗女人的温婉的心，但没有
反复和变化，像女人的假心肠；
眼睛比她明媚，又不那么造作，
流盼把一切事物都镀上黄金；
绝世的美色，驾驭着一切美色，
既使男人晕眩，又使女人震惊。
开头原是把你当女人来创造；
但造化塑造你时，不觉着了迷，
误加给你一件东西，这就剥掉
我的权利——这东西对我毫无意义。

但造化造你既专为女人愉快，

让我占有，而她们享受，你的爱。

莎翁的意思，在这里说得够清楚了：我要的是你的心，
至于你的血肉之躯，且由女人去享受吧。莎翁自有他
的情妇，那便是从第一二七首到一五二首出来搅局的
所谓"黑美人"（The Dark Lady）。莎翁对她毫无崇拜，
说起她来也毫不浪漫，简直是反佩特拉克的作风：

我情妇的眼睛一点不像太阳，
珊瑚比她的嘴唇还要红得多；
雪若算白，她的胸就暗褐无光，
发若是铁丝，她头上铁丝婆娑。
我见过红白的玫瑰，轻纱一般，
她颊上却找不到这样的玫瑰；
有许多芳香非常逗引人喜欢，
我情妇的呼吸并没有这香味。

莎士比亚在第一三一首里又对她说：

对于我，你的黑胜于一切秀妍。
你一点也不黑，除了你的人品，
可能为了这缘故，诽谤才流行。

到了第一三八首诗人再将她揭发：

我爱人赌咒说她浑身是忠实，
我相信她（虽然明知她在撒谎），
让她认为我是个无知的孩子，
不懂得世间种种骗人的勾当。
于是我就妄想她当我还年轻，

虽然明知我盛年已一去不复返，

她的油嘴滑舌我天真地信任：

这样，纯朴的真话双方都隐瞒。

这位黑美人是已婚妇人，不但和莎翁偷情，还诱引他的爱友，可谓双重的不贞，而且危及诗人与爱友间的恩情。显而易见，诗人珍视爱友远胜于耽溺情妇，他把心灵的爱慕奉给少年，余下的情欲则对待情妇。好事的学者更向莎翁剧本里去追寻这位黑美人，认为《罗密欧与朱丽叶》里的洛莎琳，《安东尼与克丽奥佩翠》（*Antony and cleopartra*）里的吉卜赛女人都是她的倒影。哈里森在所编的《莎氏商籁集与情人怨》里，指出她并非女王的宫人，也非伦敦中产阶级的浪女，而是艳名"黑露西"（Lucy Negro）的一位雅妓。

至于第一五三及一五四两首，则是写爱神丘比德，无足轻重。

历来对于这卷十四行集臆测纷纭，有人认为是莎翁的自传所寄，不辞烛隐探幽，务求还原落实，有人认为满纸盟誓，无非是虚应故事，依样典型。华兹华斯就说："用这把钥匙莎翁开启了心扉。"白朗宁却不信，反问："是真的吗？果然，则不配当莎翁！"真叫人莫衷一是了。

但不管"内情"如何，这本十四行集所以传后且博得众誉，不是因为它提供了莎翁隐私的蛛丝马迹，开辟了考据的乐团，而是因为它咏叹的主题，诸如青春易逝、美貌难留、爱情不永、情人多忧，都是千古不移的大患，在莎翁笔下更见其天荒地老，骨折心惊。然而这一切歌哭无常，偏偏供奉在十四行诗这样高雅典丽的器皿里，不要说饕餮盛宴了，即使手里端着，也够欢喜的了。

三

前文引证莎翁的诗句，中译悉采梁宗岱先生的手笔，因为《纯文学》拟出版他译的《莎士比亚十四行诗》，林海音女士嘱我为此书写一篇序。

梁宗岱是著名的翻译家、学者、诗人，生于一九〇三年，广东新会人。（不免令人想起他更有名的同乡兼同宗梁启超。）二十岁才进岭南大学，翌年却去欧洲，前后留学了七年（一九二四年至一九三一年）。其间留法最久，并得亲炙象征派诗人梵乐希（Paul valery），成忘年交。又两去日内瓦，谒罗曼·罗兰。最后两年，游德国与意大利。因此日后治学，法文最精，兼通英文与德文。在法国期间，曾发表法文诗于《欧洲》与《欧洲诗论》等刊物，所译《陶潜诗选》亦出版单行本，得到罗曼·罗兰的赏识。一九三一年梁氏回国，主持北大法文系，并在清华兼课。三年后，他和陈瑛（笔名沉樱）在北平结婚。一九四九年，沉樱带了三个孩子渡海来台，梁宗岱却留在大陆，与粤伶甘少苏成家。一九五一至一九五四年，他经公审，入狱三年。"文革"期间，梁氏遭红卫兵抄家，所译《浮士德》上集、《蒙田试笔》、《莎士比亚十四行诗》尽付一炬，梵乐希、罗曼·罗兰的信函也当作"四旧"烧掉。其后四度被斗，殴成重伤。根据甘少苏在《宗岱和我》书中所述："十几个大汉拿着软鞭，铁尺和单车链条，没头没脑地抽打宗岱，打得他满地乱滚，全身发黑，头部左侧被打破了一个洞，流血不止。回到家里，已经变成了一个血人，两件厚皮衣都浸透了鲜血，可以拧出血水来。"一九八三年，他病殁广州。一九八八年，沉樱病殁于美国。

如此惨痛的遭遇，比起爱情受挫的莎士比亚来，显然"戏剧化"得多了。一九六七年焚于"文革"的那卷《莎士比亚十四行诗》，等到一九七九年才由人民文学出版社印行。其他的译书包括《水仙辞》（一九三〇，中华），《蒙田试笔》（一九三五，商务），《一切的峰顶》（一九三七，商务；一九七六年大地出版社有台湾版），《罗丹》（一九四一，正中）。诗创作集有《晚祷》（一九二四，商务）。传记有《歌德与斐多汶》（一九四三，华胥）。文学评论有《诗与真》一、二集（一九三三、一九三五，商务），《屈原》（一九四一，华胥）。

要中译莎翁的十四行集，至少得克服三重困难。第一重当然是格律。首先是诗行的长度。十音节的"抑扬五步格"，用十个中文方块来对付，往往不够回旋，若用到十四个字以上，又势必显得拖沓。十一到十三个字之间，既足以回旋，又可免于松散，比较可行。有人主张每行字数等长，始足以言工整。如果译者艺高，当然不妨规严。可是不自然、不流畅的工整会失之呆板，也应避免。与其削足适履而举步维艰，还不如放宽尺码而稍具弹性。须知十四行诗和其他英诗格律一样，工整原在听觉而不在视觉，所以诗行的长短看起来每有参差。不信的话，容我拈出第五十五首的几行为例：

Nor Mars his sword nor war's quick fire shall
  burn
' The living record of your memory.

'Gainst death and all—oblivious enmity

Shall you pace forth; your praise shall still find
  room

Even in the eyes of all posterity

That wear this world out to the ending doom.

看来长短不一,但听来都是十个音节。又如第八十七首:

Farewell！thou art too dear for my possessing,

And like enough thou know'st thy estimate.

The charter of thy worth gives thee releasing;

My bonds in thee are all determinate.

一、三两行都是十一个音节,比二、四两行多出一个
来。其实此诗的第五行到第十二行,全是十一个音节。
可见莎翁笔下的格律颇具弹性,中译实在无须削成
等长。

其次便是韵脚。英国体的十四行共用 abab, cdcd,
efef, gg 七个韵,比起意大利体的十四行 abba, abba,
cde, cde 只用五个韵来,换韵较频,但选择的机会较
多。押韵要准,要稳,还要自然,尤其是最后二行,
如果押不好,就收不住前面十二行起起伏伏的六个韵

波，压不住阵脚。还有一点，就是相邻的韵脚应该有抑扬顿挫，也就是汉语的四声要有变化，否则那音效不是太峭，就是太平，或者太哑。这一点，虽高手也难回回得手。以梁宗岱所译第十首为例：

> 羞呀，否认你并非不爱任何人，
>
> 对待你自己却那么欠缺绸缪。
>
> 承认，随你便，许多人对你钟情，
>
> 但说你并不爱谁，谁也要点头。

一连四个韵脚（人、缪、情、头）全是阳平，没有起伏变化，气势就弱了。加以"何"与"绸"也是同声，而第四行中间一顿，又是一个"谁"字：七个阳平一罩上去，这四行就全扁下去了。

第三是每行的节奏宜奇偶相错，始有伸缩的动感。五言和七言盛行于古典诗，正是这缘故。贺知章的《回乡偶书》如果改成六言："少小离家老回，乡音无改鬓衰。儿童相见不识，笑问客从何来。"意思完全一样，但是奇偶相错的节奏感就丧失了。例如梁译第十八首这两行：

> 没有芳艳不终于凋残或销毁。

但是你的长夏永远不会凋落,

前一行的词组是"二二三二三",相当灵活,但后一行的词组却是"二二二二二二",就平板无波了。如果改成"但你的长夏啊永远不会凋落"或是"但是你的长夏啊永不会凋落",六偶的困局就打开了。

大致说来,梁译颇能掌握原文的格律。他把句长设定为十二个字,只偶然稍作伸缩,堪称"得体"。不过,十二字的基数有时也会变成陷阱,因为一不小心就会落入六组皆偶之局,如前引"但是你的长夏⋯⋯"那样。另一陷阱是凑字:前文所举第一一〇首的那句"为了新交不惜把旧知交冒犯",里面"旧知交"原本应是"旧交"、"旧知"、"旧雨"或"旧游",为了填足十二个字却扩为"旧知交",读来便拗口了。

至于韵脚,梁宗岱有时押得不够准、稳、自然,不过不算严重,倒是四声的调配有时未尽妥帖。前文曾引第一一一首的前七行,其中韵脚是去声的占了五行,而第四行到第六行的"饭、受、性"更连在一起,未免太峭急了。然而梁氏毕竟是诗人,至其佳处,也会有第二十九首这样畅快而圆满的声调:

便像云雀破晓从阴霾的大地

振翮上升，高唱着颂歌在天门：

分析之下，就发现两句的四个关键音，包括两个韵脚
和句中的两个"顿"（caesura）：地、门、晓、升，恰
恰分配成汉语的四声，加上"的大地"的双声，"振、
升、门"和"上、唱"的叠韵，变化中有呼应，乃觉
十分悦耳。

　　第二重困难在了解原文。这一点难不倒我们这博
学的才子。梁氏留欧七年，既通数国语文，又译过歌
德、尼采、里尔克、嚣俄（Victor Hugo）、魏尔仑、
梵乐希的诗，对西方诗当有纵深的认识。我相信他在
翻译莎翁十四行时，必也博览旁参德、法的译本，更
易贯通。伊丽莎白时代的英文，无论文法或用语，都
去古未远，入今未深，往往不可望文生义。初入门的
生手，凭什么会知道，譬如说，turtle 未必是乌龟，crab
未必是螃蟹呢？梁氏的译文对原文体会深入，诠释委
婉，谬讹绝少。但是有误的地方应该包括下列这几处：
第十八首的这两行：

And every fair from fair sometime declines,
By chance or nature's changing course untri-
mmed.

被机缘或无常的天道所摧折，

没有芳艳不终于凋残或销毁。

"无常的天道"像是神来之笔；但"凋残或销毁"却译过了头。更不妥的是"机缘"，因为好事才靠机缘，"摧折"却是坏事，所以 chance 在此只能说是"意外"或"横祸"。邓约翰骂死神所云：Thou'rt slave to fate, chance, kings, and desperate men，正是此意。这么看来，"无常的天道"恐怕也有了问题。如果天道无常，岂非就有意外，那么，中间的"或"就不通了。所以不如说是"运转的天道"较为贴切。

Lest the wise world should look into your moan,
And mock you with me after I am gone.

免得这聪明世界猜透你的心，

在我死去后把你也当作笑柄。

第七十一首收篇的偶句也有误解。Mock you with me 的意思是"用我来嘲弄你"，不是"连你带我一起嘲弄"，因为从本诗的前文也好，从本集其他十四行（例如第二十九首与第一一一首）也好，诗人都表示怕自己的名字会辱没或牵累爱友。"羞辱"（disgrace）这字眼在本集里出现之频，值得注意。所以这压阵的偶句不妨如此修正：

> 免得世人多心来窥探你呻吟，
> 我死后用我做嘲弄你的笑柄。

此外，在我前文引证的第二首十四行里，也有一处诠释欠妥，便是该诗的第二个四行段：

Then being asked where all thy beauty lies,

Where all the treasure of thy lusty days,

To say within thine own deep-sunken eyes

Were an all-eating shame and thriftless praise.

> 那时人若问起你的美在何处，
> 那里是你那少壮年华的宝藏，
> 你说："在我这双深陷的眼眶里，
> 是贪婪的羞耻，和无益的颂扬。"

诗中所言，是预为四十年后未雨绸缪，免得少小不娶妻，暮年空叹老。有子，则自己华年的英姿足以传后。

否则他人日后问起，何可指证。总不能指着自己的衰目说，昔年的英姿尽在此中吧？硬说老眼里有昔年之美，此举必将引来耻笑，徒然成为贪婪之羞，无益之颂。羞，是自取其辱；颂，是自我陶醉。梁译的诠释，是把原文读成了 To say an all-eating shame and thriftless praise were within thine own deep-sunken eyes。这么一来，文法就不通了，不但语气未完，文意不贴，而且 an all-eating shame and thriftless praise 如何能用 were 做动词呢？其实此地的 were 和此诗第十三行的 were 一样，和第九行的 deserved，第十行的 couldst 也一样，都是文法上虚拟假设的语态，用过去式来代替臆想而已。所以这两行在文法上应该读成 To say（that all thy beauty）lies within thine own deep-sunken eyes were an all-eating shame and thriftless praise。此地的 were 其实也就是 would be 的意思。

第三重困难在于如何驱遣中文，去迫近原文的质感，追随原文的语气。翻译境界一高，就不再停留在对错的层次，而要讲究如何曲传原文语言的俚俗或高雅、句法的繁复或平易、音调的亢奋或从容，也就是风格的层次了。

梁氏生于民前八年，与长他一岁的译界大师梁实秋同属民初人物，在新文学史上该算是第二辈。那时的留学生无论如何经历欧风美雨，古典的腹笥、中文的造诣，还是有根底的。外文中译，在译者心中的意匠经营，原文是入，译文是出，无论所入有多高妙，所受有多精致，如果所出不准，所施粗糙，终要打些折扣。大致而言，梁宗岱的译笔兼顾了畅达与风雅，看得出所入颇深，所出也颇纯，在莎翁商籁的中译上，自有其正面的贡献。

一般的译诗在语言的风格上，如果译者强入而弱出，就会失之西化。另一方面，如果译者弱入而强出，又会失之简化，其结果是处处迁就中文，难于彰显原文的特色。梁宗岱在这方面颇能掌握分寸，还相当平衡。他的翻译美学比较倾向西化。早在一九三四年，他在准备出版的译诗集《一切的峰顶》里，曾写下这一段序言："至于译笔，大体以直译为主。除了少数的例外，不独一行一行地译，并且一字一字地译，最近译的有时连节奏和用韵也极力模仿原作——大抵越近依傍原作也越甚。这译法也许太笨拙了。但是我有一种暗昧的信仰，其实可以说迷信：以为原作的字句和次序，就是说，经过大诗人选定的字句和次序是至善至美的。如果译者能够找到适当对照的字眼和成语，除了少数文法上地道的构造，几乎可以原封不动地移植过来……有时觉得反而比较能够传达原作的气韵。"

梁宗岱既有如此的翻译美学甚至翻译伦理，照说他的译文当会偏于西化。幸而他中文的功力足以扶危济倾，尚未造成一面倒的危局。柯立基说："散文是把字句排成最好的次序；诗是把最好的字句排成最好的次序。"译诗，不但是译字句，也是译其次序。梁宗岱的美学当然是正确的，至少不失为忠贞的理想，也是我努力以赴的理想。不过诗的美有时在其特殊的句法，也就是梁宗岱前文所谓的"文法上地道的构造"，却使译者"望洋"兴叹而无能为力。例如第一一六首的起句，Let me not to the marriage of true minds / Admit impediments。句法不但是半倒装，而且是虚主词，破空而来，戛然而止，奇特而有力。这种强弓劲句任谁也拗不过来，简直像杜甫所说："万牛回首丘山重。"梁宗岱译成"我绝不承认两颗真心的结合／会有任何障碍"，只把意思译了过来，忧忧独造的句法和天矫的气势却留在原文里，丝毫未动。碰上这样的怪招，译者也只有尽人事了。

除此之外，梁宗岱的译笔颇能奉行自己的美学，对于原文的句法、段式、回行、行中的停与顿、韵脚等等，莫不殷勤追随。读者若能与原文对照赏析，必有所获。若要吹毛求疵，我还可以指出，英文里的代名词频见，译文实在无须照单全收。中文里地道而有力的"世人",也不必用西化的复数语"人们"来取代。同时,文白的两极化也不妨稍加调整,例如"在你的飞逝里不要把它弄脏"一句,"弄脏"就太俚了;而"请为我把命运的女神诟让"相比之下,"诟让"又太雅了,今日的读者,恐怕没有几个会知道,"让"在史记里是作"责备"解的。

莎士比亚在第五十五首十四行里自诩他的诗永垂不朽,并安慰爱友说:"无论战神的剑或战争的烈焰／都毁不掉我对你永存的追忆。"然而即使是莎翁的杰作,梁氏的力译,也难免红卫兵抄家的劫火。想到这里,就觉得这部历劫归来的《莎士比亚十四行诗》倍加可珍了。

一九九二年清明节于西子湾

画集序

腕底生大化

　　一个人做了楚戈的朋友，就会遭遇许多意外，因为这个人不可捉摸，而令朋友无所适从。

　　先是他写了十二年的现代诗，然后就不见了。再出现的时候，"军中诗人"忽然变成了"宫中学者"，前卫的现代诗变成了考古论文。正当朋友们调整了情绪，把他一劳永逸地交给了深深的故宫，中国的第一号象牙塔，不料他又私自出宫，忽然变成了画家。不但是水墨画，还有版画，更多插图，一时之间他的插图出现于书籍和报刊，令人防不胜防。又有一度消息传来，说他患了鼻咽癌，情况不好，令朋友吃了一惊。然后眼看着温健骝、席德进等相继而去，他却好好的，不但好好的，而且书画不辍，声名日起。从一个二等兵变成闻名国际的艺评家和艺术家，楚戈的一生也够曲折的了。

　　凭什么楚戈能化凶为吉，绝处逢生，而完成他的艺术呢？凭着人我相忘，万物兼容的豁达胸怀。楚戈的故乡在屈原投水的汨罗江畔，但是他的性情却非儒者的执着，而是道家的旷达。"水流心不竞，云在意俱迟"，正是他的画境。朋友之间常称他"温公"，他把自己的书房也叫作"延宕斋"，正好说明他的为人是如何不争。不与世争，所以一入故宫就那么多年。不与人争，所以总是那么怡然淡然，说话不逞机锋，演讲也无雄辩。不与时争，所以约会常常迟到，做事每每拖延。更不与己争，所以一直不拘形迹，率性而行。因为不争，所以不失，所以常葆赤子之心。

　　楚戈画胜于诗。他的诗虽然不及画精妙，但在天真自然之中另有一番胜境，而且可以与画相互印证。《帆影》末行说："失去航道的水手，不笑何为。"《榕树》的起句说："榕树是一种奇怪的植物，因为没有什么用处，而享有很多自由；也因为拥有很多自由便变成没有什么用处"凡此都说明作者自嘲自解的幽默与豁达，正是道家的胸襟。诗集《散步的山峦》后记里感叹他退伍时的狼狈，结论却说："现在年过半百，知道时代的悲剧，并不一定是谁的错，我们某时认为陷害我们的人，其实他们自己也是可怜虫。"这就不但是儒家之宽恕，更有佛家之悲悯了。就因为具有这种中国精神，加上现代艺术的修养，楚戈成就了一位独特的现代中国画家。

楚戈的画兼有抽象与具象之胜。远看笔法粗犷而奔放，有中国传统画中枯松劲竹之势，颇感抽象；近看这些大笔横扫之间，却有细笔勾出的俨然屋舍、扶疏草木，细密帆樯，或是盘曲山径；再审看时，更可读出若隐若现的题诗。他在《北地之歌》（图版十一）画上有这样的自述："吾画此画之意象也，先以乱笔横成一抽象之结构，此时心中了无梅花踪迹也，然抽象结构不过发泄一种意念而已，若不和自然联系，似徒有形式而乏内容，遂于隙地圈点梅瓣而成此图。"可见他的创作论是兼容并包，相辅相成。一方面的抽象的骨架，用飞白挥就，取其气势；一方面是具象的点缀，用中锋勾描，取其情趣。于是虚与实、动与静、主与客、刚与柔、墨与色、浓与淡，诸多矛盾的对立，在楚戈的画上竟臻于富有张力的和谐，而令观者喜悦。

要说楚戈画上纵横挥扫的飞白只是抽象的表意，又不尽然。那些恣肆淋漓的大笔不但隐含山势的来龙去脉，往往也就是书法篆草的山字，其味正在虚实之间。就这样，中国画里的写实与写意，现代画里的具象与抽象，楚戈用他独创的风格把它们一炉而冶。在这样的构图上，他的山水风云元气充沛，十分磅礴，而依附其间的人境屋舍益显其渺小。

楚戈的中锋线条勾勒，虚实相生，连绵超忽，把万物都牵进了一张有情有缘的网里。这种技巧很受保罗·克利的启发，也有米罗（Joan Miro）和马蒂斯（Henri Matisse）的影响，不过用中国的毛笔和行车的手腕发挥起来，更显得流畅生动，厚薄随意，转折由心，而有一种运行不已的气韵。另一方面，楚戈的简笔活墨又得之于从石涛、八大到张大千的传统，且有稚拙天真之趣。

论者常说溥儒是中国文人画的绝笔。依传统而言，此说不错。但是文人画偏偏绝处逢生，又出现了楚戈和罗青这种画家，把新文学和现代画的意趣注入了国画，创出了别开生面的新文人画。大致说来，罗青的色调较为沉潜，楚戈则比较鲜丽，也许是要用民俗气来打破传统文人画清淡高雅的名士气。尽管如此，楚戈毕竟还是善于书法的中国画家，所以画面太鲜丽时，还是要用重拙的墨色来镇压，于是产生了另一种富丽气象。他的题词多用自己的现代诗句，可以印证甚至提高画境，而俊秀闲逸的书法更增加呼应的美感。这一点，当然要有中国文人的新感性和新知性才能充分领略，西方的观众就难以欣赏了。

但愿楚戈的画笔不断朝前探索，时时给我们快乐的意外。

一九八九年四月于西子湾

黑白灰，入三昧

—— 郑浩千画境初窥

十七世纪大画家鲁本士（Peter Paul Rubens）曾任荷兰驻西班牙大使，常在御花园里作画。有一天官中有位侍臣走过，打趣说："外交家也画几张画消遣呢。"鲁本士答道："错了，艺术家有时为了消遣，也办点外交！"

今年一月，我应吉隆坡中央艺术学院院长郑浩千之邀去马来西亚演讲，得知当年他来台湾升学，进的虽是政大外交系，常去旁听的却是师大的艺术课，就把鲁本士的这件逸事告诉了他。折冲樽俎而寄情于艺术的，当然不只鲁本士。近代在我国还有叶公超。浩千在台北读书的时候，既好艺术，又好文学，所以常游于叶公超与梁实秋之门。

一九七四年，浩千毕业于政治大学。这时他已是一位青年画家，不但曾经在香港艺苑拜赵少昂为师，而且已在槟城、台北、沙巴、砂捞越等地开过画展。其后的岁月，他回到马来西亚，先是住在东马，然后迁去西马，并于一九八四年出任吉隆坡中央艺术学院院长，以迄于今。

中国的读书人讲究读万卷书，行万里路。中国的画家外师造化，俯仰大千，更讲究观山览水以开拓画境。在这样的传统下，浩千的壮游亦颇浩荡，近则南洋各地，远则欧美与澳大利亚，甚至孤浮南印度洋的留尼汪岛，一一皆奔赴腕底，招来笔下。浩千早年的师承，来自岭南画派，但他后来的发展，无论是眼界之广，画风之变，已经非岭南所能规范。

浩千腕底的主题，就我观赏所及，约略可分三类。

其一是鸟兽。常见于国画传统的，有鹤、虎、马。其鹤则丹顶缟衣，引颈回喙，最生动的一幅叫作《孤踪》，线条飘逸中有活力，十分耐看。马似乎画得不多，但《荒原白马》一幅以荒原之黄褐反衬瘦马之苍白，色调崇人，有版画的味道。但是企鹅与袋鼠却非传统的画题。两者都是浩千访澳时所见，尤以袋鼠画得最好。企鹅黑背白腹，天生宜入中国的水墨画；若被齐白石看到，一定会画出许多谐趣来，但在浩千笔下，亦复可观。至于袋鼠，虽然毛色不黑，却因体态特殊，跃姿生动，修腿与长尾尤其醒目，最便于水墨的大笔淋漓来发挥。《袋鼠》一幅笔精墨简，寥寥数笔，便勾勒出此兽曳尾佝偻、丑极而奇的神态。

其二是树。这个主题画得最多，其中又分两类：一类是老树着花，多为梅、枫之属，枝柯夭矫之间，有红英或红叶点缀，仍见岭南遗风。《诗境》一幅乃其代表。另一类几乎纯为水墨，即使着色，也十分浅淡，画的多是烟渚柳岸，不然便是疏柳掩月，背景皆用淡墨烘托，益见前景柳条之柔中带劲，婀娜撩人。中国水墨画中的灰色，浓者欲黑，淡者欲白，层次的变化与对照十分微妙，真是最朴素、最柔美的色调。浩千的笔下似已深入此境。

其三是山水。多画远山云树之景，一九八八年尼泊尔之行所作的喜马拉雅山连峰叠岭，可为代表。一九七九年所作的《沙巴神山》也属于此类。雪峰连绵的远景也许宜用油画或版画来表现，但是见于浩千近作者，常令我感到飘逸有余而厚重不足。也许这是表现工具的限制，也许竟是构图布局的关系。国画常以近树掩映远山，以营主客之势、远近之比，喜马拉雅诸作的布局也大抵如此。这是以国画之笔造异国之景，其结果或许是一幅好山水，但未必是异国山水。

张大千画瑞士之作，正给我如此的感觉。

浩千游巴西所作的《夷瓜索瀑布》诸图，有远有近，颇有气势，异于国画习见的高峰垂瀑。但即使在如此不同的瀑布图中，仍有近树掩映于一角，足见传统容易相沿成习，但愿浩千能另谋出路。

一九八六年浩千游南印度洋之留尼汪岛，所画拉富尔内斯火山（la Fournaise，即熔炉之意）爆发的奇观，在题材上是一突破。

浩千的画用墨则浓淡变化，用笔则奔放淋漓，有一气呵成之势，是以节奏活泼畅快，略无修补迟滞之感。凡他的佳作都有这个优点。《残雪孤村》写红梅数树雪中竞艳，远屋隐约可见，前后景的色调层次分明，低昂的梅枝刚劲里带着妩媚，而淡笔一番烘托，雪意呼之欲出，真是一幅妙品。《沙巴神山》则苍茫浑厚，格调老成，风云一色之中，更见鸦群飞逐，确有神秘意味。《千里共婵娟》画月色昏朦，云影汹涌，柳条密密垂拂，三者相得益彰，画面繁而不乱，非常深沉。若是西方画家来题名，当称《黑白灰三昧》（*A Study of Black, White, and Grey*）。《空山飞瀑》里，水势奔腾也把握得很好，已经高度简化而入抽象之趣，前景的劲枝也夭娇有力。《荒村暮色》有昏鸦噪晚，密林蔽屋，富于迷幻之感。最有味道的该是《山居》了，但见沉沉而黑者是大地，圆浑得多么富足，飘飘而扬者是大气，运行得多么自然，山居者就在两者之间自得其乐。整个画面白得慷慨，黑得天真，更灰得洒脱，真是极其单纯而又耐看的杰作。

浩千的画上也常见题古人诗句。古诗虽然有助于提高画意，却也利弊互见，因为它往往也会限制了画意，约束了创意。新文人画的名家如楚戈与罗青便毅然突破，每每用新诗来题画趣，甚至何怀硕也偶会如此。浩千若想飞越传统的桎梏，似亦不妨在技巧上多加思考，另寻出路。他的游踪虽已半天下，迄仍未遂故国之游。如果将来能去华山夏水登临一番，相信他的画境必定更形开阔，更登胜境。

一九八九年九月

造化弄人，我弄造化

——论刘国松的玄学山水

　　早在三十年前，台湾的社会闭塞而保守，文艺界当然也不例外。年轻一代的进取之士，反其道而行，欲借外力以开关，乃群趋西化。这种倾向相当自然，却未必是高瞻远瞩。于是西化派之中有人反省：守家的孝子也许勉可承先，但不足以言启后；出走的浪子承的是西方之先，怎么能够启东方之后；真能承先启后的，恐怕还是回头的浪子。浪子回头，并不是要躲回家来，而是要把出门闯荡的阅历，带回家来截长补短，融会贯通，看能否振兴祖业。这些人集合在《文星》的旗下，不但经常聚首，而且相互支援，发为文章。那四个回头的浪子，正是杨英风、许常惠、刘国松，和我。

当时我们共同的志愿，是要为中国文艺的现代化找一条宽广的出路。我们发现，复古不等于回归中国，西化也不等于现代化。刘国松提醒西化派的同伴：追新与守旧同样是陷阱。他说："模仿新的，不能代替模仿旧的；抄袭西洋的，不能代替抄袭中国的。"[1]他的看法和我完全一致。他要追求的，是中国的现代画；我要追求的，是中国的现代诗。我们追求的对象，必须兼有民族性与时代感。孝子们株守传统，只顾了民族性，却昧于时代感。浪子们正好相反，只热衷时代感，却失去民族性。既然我们自许为回头的浪子，就必须兼顾纵的民族性与横的时代感，当然也就面对一大难题：如何融会中西、调和今古。这难题不能解决，就谈不上"兼顾"。三十年来经之营之，我们的努力全在于此。今日回顾，刘国松的奋斗"功不唐捐"，已经广受中外艺坛的肯定。

刘国松追求中国现代画的漫漫长途，艰苦而又曲折，但回顾起来却是一个引人入胜的探险故事。他的智慧在于面对传统与西方，知道如何取舍。早年他历经塞尚、马蒂斯以至于抽象、欧普、硬边，终于抛弃了油画的工具而吸收了抽象的精神。巡视了中国传统的宝库之后，他对"笔墨"有了新的领悟，乃告别了一枝独秀的中锋、沦为公式的皴法，令画坛震惊。书画同源而相通，原为中国艺术的特色，也是国画的专长，但是千百年来一再地"写画"，到了后人的手里，已经局限了点线的天地。刘国松放弃了中锋的线和皴法的点，却保留了水墨和棉纸的工具，而别出心裁，探讨新法。他把书法的狂草发展成矫健多变的新线条、新节奏，又把糙纸的纤维抽筋剥皮，成为新的飞白，经营新的肌理。其后他又酌用西方的剪贴、自创的各种皴法、晚近的水拓等等，大大丰富了新的肌理。

这些当然都是形而下的技巧，但没有这方面的革新，画家的精神将无所寄托，风格也无由成全。刘国松的智慧，更在西方抽象画的启发之下，形而上地转化了中国山水的精神，使其气韵更加生动，布局更加多变，风格更加不羁。刘国松在多次的自述里，常说自己是水墨抽象画家。其实他绝非正宗的抽象主义者。从最早的学徒时期，历经他所谓的拓墨、抽筋、太空、水拓、渍墨等等阶段，他的画面虽然千变万化，但其视觉的本质总不离大自然的意象。那些恍惚迷离的山水烟云，未必能够一一指认，但是观者的印象，总像是面对风景。这样的画境超越了、改造了现实，因为它把现实净化了，纯化了，把不美的杂质淘汰了。刘国松的画既遗山水之貌而取山水之神，与其笼统地把他的作品叫作抽象画，还不如另撰一词，叫它作"形而上的山水画"(metaphysical landscape)。

刘国松高妙的艺术，赏者既众，评者亦多。一般艺评家惯于分析他的作画技巧，引证他的艺术理论，并将他一生的发展分期研究。这些，不须我在此重复。倒是他的艺术之中，有一些戛戛独造之境，评者较少涉及，我愿在此试探。

刘国松既要放弃中锋，又不愿重蹈古人的皴法，就发展出自己独特的肌理。他所经营的肌理，不再依赖传统的"笔墨"，而是多方求索，或拓之以墨，或拓之以水，或皴之以纸，或贴之以纸，或抽之以筋剥之以皮，或皴之以鱼骨蛇鳞、碎石流沙，千汇万状，不一而足。其结果，是黑、白、灰三股韵律互叠相错，突破了中锋轮廓的格局。若以音乐为喻，就像三种乐器的三重奏。最动人的穿插，该是秀逸的白纹出黑入灰，穿针引线，交织成一片朴素之美。至于灰色，通常予人暗淡沮丧之感，可是出现在他的画面上，却使黑白的对照显得柔和而富变化。由浅入深、层次微妙的灰色，在刘国松的画上兼有缥缈、轻柔、神秘之功，最为耐看。另一方面，他虽然抛弃了中锋的勾勒，却融化了石恪的狂草飞白和克莱因的纵扫横刷，发展出一种遒劲而粗犷的不规则线条，其动力之强，犹似盘马弯弓，回而复旋，抑而复起，屈而更伸，最能表现大自然中一股生生不息循环不已的生命律动。而这一盘盘、一簇簇、蟠蜿有力的粗线条，在浓邃之中仍见层次，若加细看，也自有其肌理。刘国松藏笔于墨，以墨代笔，实在是水墨肌理的一位大家。

其次说到透视。西洋的风景画崇尚写实，一条地平线或水平线把画面判然分出上下。中国的山水画爱画山重水复，这条分界线并不分明，尤其是远水，其水面每与前景的地面斜交成角，有若天文学的黄道、白道，至于近峰远峦，也每每向观者微微俯倾过来，所以在透视上每有双焦甚至复焦之象。相对地，中国山水画想象的观者，立脚点应该高于地面，如果是文人雅士，观者所立当在亭台楼阁，如果是隐士之流，也不过是在近阜低丘，所以看山仍须昂首举目，仰角颇大。无论是荆浩的《匡庐图》、范宽的《溪山行旅》，或是沈周的《庐山高》，莫不磅礴雄伟，压人眉睫。这种拜山情结在国画里，一直沿袭迄今。

刘国松的"形而上的山水画"却把观者的立脚点提高，远出于雅士与隐士之上，而与群峰相齐，可以平视绝顶，甚至更高，更高，到了俯瞰众山的程度。中国传统山水画里，山峰往往接近图的上端，绝少落到图高的一半以下，但在刘国松的画里，许多山峰都出现在图的中央，甚或下部。到了这种高度，观者的感觉不再脚踏实地，而是蹑虚御风，不再是隐士，而是仙人了。中国的山水画多是隐士对云山的瞻仰，有高不可攀之感，可是中国的山水诗却每能摆脱地心引力，飘然出尘，洋洋乎与造物者游。刘国松的山水画反而更近传统的山水诗，游仙诗。且引李白《庐山谣寄卢侍御虚舟》之句为例：

登高壮观天地间，大江茫茫去不还，

黄云万里动风色，白波九道流雪山。

这不是刘国松黑山白水时期的典型画面么？尤其是末句，最能表现他在棉纸上抽筋剥皮的肌理。刘国松曾经自述，他最爱看雪山，为登阿尔卑斯而欣喜若狂。二十年前，杨世彭和我也曾带他登落矶山赏雪。[2]他的水墨风景，尤其是黑白对照的一类，最易令人联想雪峰皑皑，不是从平地仰望，而是从空中俯观。每次我飞越瑞士的连绵雪山，都幻觉是凌空在他的画上。

古人画庐山只能仰望巍峨，今人却可以从飞机上俯视山水，甚至可以从卫星云图和火箭摄影"回头下望人寰处"，视觉经验已大为开拓。今日的国画家如果仍用古人的眼光来观自然，那就是泥古不化，难以自立。刘国松的画面俯玩山水，却是合乎时代的新视觉经验。等到进入太空时代，他的画面赫然也呈现逼近的月球，和地球风起云涌的弧形轮廓，其间的比例却属于哲学，而非天文学。于是画家把他的观者再次提高，去面对赤裸裸的宇宙，其地位介于神与太空人之间。[3] 至此，刘国松的画境真的是巧窥天人之际了。他的许多太空构图，更令人忆起苏轼的名句：

> 哀吾生之须臾，羡长江之无穷；
> 挟飞仙以遨游，抱明月而长终。

刘国松的玄学山水在形迹上反叛了古典画家，但在精神上却与古典诗人同游。古典画反激了他，古典诗却招引了他，足见他确实是中国文化的传人。他在大学时代曾写过诗，后来虽然搁笔，但潜在的诗情却见于他自取的画题。

早在一九六四年，我就论刘国松的画说："刘国松的生命是流动的，因为它周行不殆，生生不息，无始无终，无涯无际。画面是有限的，可是予人的感觉是无限的，因为那是水的感觉，云的感觉，风的感觉，有限对无限的向往，刹那对永恒的追求。"[4]

到了一九七三年，我再论他的艺术："蟠蜿回旋在他的画中的，是一股生生不息循环不已虚而不屈动而愈出的活力。就是那股无穷无尽无始无终的生命，恒在吸引我们。这种活泼而又自然的律动感，盘旋在他的画面，像蛟龙，也像云烟，像山势起伏，也像水波荡漾；他的画面像是自给自足，又像是不够完整，因为那律动感似乎永无止境，要求破框而去。刘国松的律动感很富于戏剧性，因为在他的画面演出的，是'变'的本质。"[5]

　　我说这话的时候，正是他太空时期的尾声。又是二十年过去了，衡之以他"后太空时期"的发展，前引的两段话，仍然是我对他一生艺术的断语。这二十年来，他加强了用色，减少了留白，放松了律动，变化了肌理，但是在可观的余势与翻新之中，他的本质未变。《四序山水图卷》以手卷的形式，为自己的山程水旅作横的集锦。《源》则以立轴的格局，为自己的来源出路作纵的荟萃。二画皆有丰年祭的意味。但创作时间介于两者之间的《香港海景长卷》，却拘于形而下的地理限制，已经险蹈他自己一向引以为戒的写实，乃失去他惯有的逍遥恣肆，比之前述二画不免逊色。我必须力劝画家，此路不可重蹈。因为刘国松卓然不群的艺术，是建立在一种微妙的平衡之上。他以众多的杰作一再证明，自己的胜境在于矛盾的统一，能将似与不似、动与静、变与常，熔于一炉。无可置疑，刘国松已经是二十世纪后半期中国的一大画家，愿他常葆这得来不易的平衡之境，莫以流俗的要求稍懈坚守的原则。

一九九二年七月于西子湾

附　录

1.刘国松著《我的思想历程》，台北市立美术馆《现代美术》，一九九〇年三月号。

2.刘国松登阿尔卑斯雪山的自述，亦见《我的思想历程》。他和杨世彭偕我登落矶雪山，见我的散文《丹佛城——新西域的阳关》，《焚鹤人》（一九七二年纯文学版）。

3.太空人闯入了神的空间，算得上天使。

4.见拙著《伟大的前夕》，《逍遥游》（一九八四年人间丛书版）。

5.见拙著《云开见月——初论刘国松的艺术》，《听听那冷雨》（一九七四年纯文学版）。

十年看锋芒

——序《锋美术会十周年特刊》

今年八月，香港锋美术会的发起人之一陈松江先生打电话给我，说该会将出《锋美术会十年》特刊，要我为特刊写几句前言。我正自沉吟，九月初某日，该会的十几位同人竟联袂来访沙田舍间。其中老师辈的李焜培先生乃师大美术系教授，虽已久仰，却是初会。而主持中大校外进修部艺术课程的金嘉伦先生，平时也少机会见面。大家围坐谈文说艺，有些画家更展示近作，有些则惠赐画集，一时美不胜收。自从二十年前和席德进、刘国松等参加风起云涌的抽象画论辩以来，很久没有跟这么多画家在一起"谋事"了。等到客去茶冷，主人的兴奋之情也冷了下来，我，该怎么写呢？

锋美术会成立于一九七四年，自一九七七年迄今已经举办过七次年展。会员一律是国立台湾师范大学美术系毕业，而且大半是广东人。但是在此大同之中，却有不少小异，甚至若干大异。以年龄而言，最大的学长（也是老师）已经五十岁，最小的学弟（也曾为学生）只有二十六岁。以毕业先后而言，则一九七〇年以前毕业者（即五九级以前）得六人；一九七一至一九七六毕业者八人；一九七七至一九八二毕业者十五人。大致说来，前十年得六人，后十年得二十三人，约增四倍。这样的略古详今，愈聚愈众，应该是好现象。反之，如果领头者众，追随者寡，就是渐衰之象了。以性别而言，只有五位学妹；这对于素多女生的师大美术系说来，似乎偏低。以籍贯而言，除了原为印尼与马来的侨生之外，有一位重要会员，金嘉伦，却是浙江人，可谓异数。以宗教而言，也有一位释慧荣，是方外之人。以职业而言，大半担任美术科的教师，年轻的会员里，则从事设计、广告等工作的渐多，差别这么繁复，实在很难加以综述，更不用说予以分论了。

最重要的差别，当然是在各自创作的方式与风格。大致而言，锋美术会的会员以国画的水墨来作画的，约占三分之二；其余的三分之一则从事所谓西画，其中又以水彩为主，至于油画、版画、素描等等，则为次要。另有少数会员，在书法、陶瓷、设计、摄影各方面亦有杰出表现。这本十年特刊的多元风格，一方面固然展现了会员的多才多艺，另一方面也稍予人庞杂之感。这恐怕是一切艺术会社的两难之境：如果会员们步伐整齐，方向一致，甚至理论响亮，宣言铿锵，就容易形成主流，甚至发为运动，蔚为派别；但是声势浩大的未必真成气候，而理论的急湍也往往挟带创作的泥沙；方向一致、旗帜鲜明的会社往往限制了会员自由的发展。

在众多水墨画家之中，从事西画而以水彩为主要媒介的少数会员，如李焜培与吕振光，显得比较突出。李焜培不但是水彩的名家，也是此道的学者，著有《二十世纪水彩画》及《现代水彩画法全辑》等书。他的作品变化多端，从早期印象派的朦胧抒情，立体派的几何秩序，到后期《剖船》《厂》等作的现代实质感，都有一气呵成而流动不居的韵律。吕振光的画龄虽短，画风却很独特。他的作品一辑辑地成套展现，善于探讨某一主题的各种可能性。画里的世界总是那么寂寞无声：装框的画只见背面，机车和鸟笼都被罩住，藤椅兀自空着，即连工厂，也似乎放了工，静如寺院。《尘埃》与《褪色的黄昏》在构图上都很有创意。

在水墨画的主力这一边，看得出一般会员锻炼有素，作品多在水准以上。不过所谓国画，传统悠久，大师辈出，几令后人难以下笔。尤其山水一道，易学难工，更难自成一格。如果作者能借西画之力，或俯仰造化，亲近自然，不全赖古人之目来看山水，当较有突破的希望。例如黄建泉的三折溪水，便有意变化角度；刘钦栋的山水不但企图融合水墨与水彩，更追求凝重的质量；郑明的一系列高耸云峰，遗细节而重布局，整体的律动感趋向纯音乐。最令人注目的例子该是金嘉伦。他原来是著名的西画家，以抽象油画著称，四年前却改习国画，向石涛及元朝的大家临摹，并近观陆俨少等的画法，两年来已经推出了这方面醒人眉目的新作，并且出版了《金嘉伦水墨画》一辑。

金先生这浪子回头的触目壮举，值得文艺界的人士细细体味。他在改画国画之余，强调要追求六法之首的气韵生动。他说："绘画不像扫画须有实用性，它相反地只以使观者精神上得到满足与享受为目的。因此国画创作者如能常记着'画从心，障自远'，则自然会随心所欲，挥洒自如。"李焜培先生在水彩画集的自序里却说："我们可以保有秋山行旅、松荫话旧那样的情怀，对一棵松发生感情，对默默的远山有感，当然也可以对眼前的平凡事物有感，即使是一堆废铁、一个零件，我之所以描写它们，并不光是被它们的形式所吸引，而是在于它们能激发我的想象力，和赋予新的塑造、新的秩序、新的结构……"到底一位当代的中国画家，应该像李焜培、吕振光这样的向生活里就近取材，还是像金嘉伦、郑明那样向自然界从远造境？西画与国画究竟能否调和？应该如何调和？希望人才济济的香港锋美术会，在一年一度的展出之余，在画史与画论上，对当代中国艺术家面临的种种重大问题，亦能集思广益，深入探讨。

香港居中西之交汇，兼海陆之便捷，不但可以并观海峡两岸艺术的发展，还可以亲历大陆的山水，边疆的风沙，以印证古典的画境。郑明、蔡浩泉、潘伟光等画家的生命，实与故国的河山密不可分。锋美术会这样博览而并观的难得地位，真是十分可羡。他们能坚持艺术的信念，十年不懈，至今前有典型，后有新秀，成绩可观，不但是师大美术系之光，也是香港艺坛之幸。

一九八四年十月于沙田

选集序

不老的缪思

——序联副三十年文学大系·散文卷《提灯者》

　　在一切文学的类别之中，最难作假，最逃不过读者明眼的，该是散文。我不是说诗人和小说家就不凭实力，而是诗人和小说家用力的方式比较间接，所以实力几何，不易一目了然。诗要讲节奏、意象、分行等等技巧，小说也要讲观点、象征、意识流等等的手法，高明的作家固然可以运用这些来发挥所长，但是不高明的作家往往也可以假借这些来掩饰所短。散文是一切文学类别里对于技巧和形式要求最少的一类：譬如选美，散文所穿的是泳装。散文家无所依凭，只有凭自己的本色。诗人的笔下往往是自言自语："念天地之悠悠，独怆然而涕下。"这样的话并不一定要说给谁听，好像是无意间给人听到的。许多诗真像心灵的日记，只取其神，不记其貌，诗人眼前似乎没有读者，可谓"目中无人"。小说家对读者的态度也可谓"目中无人"，反之，读者目中也不应该有小说家。小说家应该像剧作家，尽量让他的角色发言，自己只能躲在幕后操纵。有些小说家不甘寂寞，跑到他的人物和读者之间来指指点点，甚至大发议论；这种夹叙夹议的小说体便有散文的倾向。这种小说家如果真是散文高手，则这种夹叙夹议的笔法却也大有可观。拿张爱玲和钱锺书的小说比较一下，便可见张无我而钱有我：钱锺书的小说里充满了散文家钱锺书的个性。

散文家必须目中有人，他和读者往往保持对话的关系，可以无拘无束，随时向读者发言。老派的诗人虽然也可以偶尔来一句"君不见"，而旧小说家也可以直接对读者叫一声"列位看官"，但在一般情形之下，诗人和小说家毕竟另有职务，不便像散文家这么公然、坦然地面对着读者。反之，读者面对散文家也最感亲切、踏实，因为散文家是为自己发言，而所说的也是"亮话"，少用烘托、象征、反讽之类的技巧。

散文分狭义与广义二类。狭义的散文指个人抒情志感的小品文，篇幅较短，取材较狭，分量较轻。广义的散文天地宏阔，凡韵文不到之处，都是它的领土，论其题材则又千汇万状，不胜枚举，论其功能，则不出下列六项：

第一是抒情。这样的散文也就是所谓抒情文或小品文，正是散文的大宗。情之为物，充溢天地之间，文学的世界正是有情的世界。也正因如此，用散文来抒情，似乎人人都会，但是真正的抒情高手，或奔放，或含蓄，却不常见。一般的抒情文病在空洞和露骨，沦为滥情；许多情书、祭文、日记等等也在此列。直接抒情，不但失之露骨，而且予人无端说愁的空洞之感。真正的抒情高手往往寓情于叙事、写景、状物之中，才显得自然。

第二是说理。这样的散文也就是所谓议论文，但是和正式的学术论文不尽相同，因为它说理之余，还有感情、感性，也讲究声调和辞藻。韩愈的《杂说四》，王安石的《读孟尝君传》，苏轼的《留侯论》，都是说理的散文，但都气势贯串，声调铿锵，形象鲜活，情绪饱满，绝非硬绷绷冷冰冰的抽象说理。每次读《过秦论》，到了篇末的"然秦以区区之地……仁义不施，而攻守之势异也"，一句长问，竟用斩钉截铁的短答断然刹住，真令人要拍案诧叹，情绪久不能平。精警的议论文不能无情。

第三是表意。这种散文既不是要抒情，也不是要说理，而是要捕捉情理之间的那份情趣、理趣、意趣，而出现在笔下的，不是鞭辟入里的人情世故，便是匪夷所思的巧念妙想。表意的散文展示的正是敏锐的观察力和活泼的想象力，也就是一个健康的心灵发乎自然的好奇心。"家居不可无娱乐。卫生麻将大概是一些太太的天下。说它卫生也不无道理，至少上肢运动频数，近似蛙式游泳。"这种雅舍小品笔法，既无柔情、激情要抒，也没有不吐不快的议论要发，却富于生活的谐趣，娓娓道来，从容不迫，也能动人。到了末句，更从观察进入想象，最有英国小品的味道。

第四是叙事。这样的散文又叫作叙事文，短则记述个人的所经所历，所见所闻，或是某一特殊事件之来龙去脉，路转峰回，长则追溯自己的或朋友的生平，成为传记的一章一节，或是一个时代特具的面貌，成为历史的注脚，也就是所谓的回忆录之类。叙事文所需要的是记忆力和观察力，如能再具一点反省力和想象力，当能赋文章以洞见和波澜，而跳出流水账的平铺直叙。组织力（或称条理）也许不太重要，因为事情的发展原有时序可循，不过有时为求波澜生动，光影分明，不免倒叙、插叙，或是举重遗轻，仍然需要剪裁一番的。

第五是写景。所谓"景"不一定指狭义的风景。现代的景，可以指大自然的景色，也可以指大都市小村镇的各种视觉经验。高速公路上的千车竞驶，挖土机的巨铲挥鳌，林荫道的街灯如练，港口的千桅成林……无一非景。一位散文家的视觉经验如果还限于田园风光，未免太狭窄也太保守了。同时，广义的景也不应限于视觉：街上的市声，陌上的万籁，也是一种景。景存在于空间，同时也依附于时间：所以春秋代序、朝夕轮回，也都是景。景有地域性：江南的山水不同于美国的山水，热带的云异于寒带的云。大部分的游记都不动人，因为作者不会写景。景有静有动，即使是静景，也要把它写动，才算能手。"两山排闼送青来"，正是化静为动。"鬓云欲度香腮雪"也是如此。只会用形容词的人，其实不解写景。形容词是排列的，动词才交流。

第六是状物。物聚而成景，写景而不及物，是不可能的。状物的散文却把兴趣专注于独特之某物，无论话题如何变化，总不离开该物。此地所谓的物，可以指有生物，譬如草木虫鱼之类，也可以指无生物，譬如笔墨纸砚之属，甚至可以指人类的种种动态，譬如弹琴、唱歌、开会、赛车。也许有人会说，写开会的散文应该归于叙事之列。我的回答是：如果一篇散文描写某次开会的经过情形，当然是叙事，但是如果一篇散文谈论的只是开会这种社会制度或生活现象，或是天南地北东鳞西爪的开会趣闻，便不能算是叙事了。状物的文章需要丰富的见闻，甚至带点专业的知识，不是初摇文笔略解抒情的生手所能掌握的。足智博闻的老手，谈论一件事情，一样东西，常会联想到古人或时人对此的隽言妙语，行家的行话，或是自己的亲切体验，真正是左右逢源。这是散文家独有的本领，诗人和小说家争他不过。

我把散文的功用分为上述六项，只是为了讨论的方便，并不是认为真有一种散文纯属抒情而不涉其他五项，或是另有一种散文全然叙事，别无他用。实际上，一篇散文往往兼有好几种功能，只是有所偏重而已。例如叙事文中，常带写景，写景文中，不妨状物，而无论是叙事、写景，或状物，都可以曲达抒情之功。抒情文中，也未必不能稍发议论，略表意趣。反之，说理文也可以说得理直气壮，像梁启超那样，笔锋常带感情。

情、理、意、事、景、物六项之中，前三项抽象而带主观，后三项具体而带客观。如果一位散文家长于处理前三项而拙于后三项，他未免欠缺感性，显得空泛。如果他老在后三项里打转，则他似乎欠知性，过分落实。

抒情文近于诗，叙事文近于小说，写景文则既近于诗，亦近于小说。所以诗人大概兼擅写景文与抒情文，小说家兼擅写景文与叙事文。我发现不少"正宗的"散文家大概拙于写景，遇到有景该写的场合，不是一笔带过，便是避而不谈；也有"正宗的"散文家拙于叙事，甚至不善抒情。我认为，能够抒情、说理的散文家最常见，所以"入情入理"的散文也较易得；能够表意、状物的就少一点；能够兼擅叙事、写景的更少。能此而不能彼的散文家，在自己的局限之中，亦足以成名家，但不能成大家，也不能称"散文全才"。前举的六项功能，或许可以用来衡量一位散文家是"专才"还是"通才"。

我们也许可以期待一位散文家打破自己的局限，从专才走向通才，但是不应该也不可能要求一篇散文发挥多样的功能。《提灯者》近七十篇的散文之中，佳作极多，难以逐一赏析。要言之，有些作品情景交融，是散文之近于诗者，例如杨牧的《花莲的灯塔》和洪素丽的《夜谈》。有些作品事活境真，是散文之近于小说者，例如林今开的《机器人游台北》和小野的《游子的奢望及其他》。《机器人游台北》像三毛的几篇散文，通篇用对话，即时即地，甚至接近戏剧了。其他的作品则多为道地的散文。洛夫、杨牧、庄因、刘绍铭、陈若曦五个人竟有六篇写酒的作品，正是我所谓状物文的样品。

　　在台湾的文坛上，女作家最活跃的园地是小说和散文。这本散文选集，女作家虽然只占全体作家的四分之一，表现却自不凡。比起民初女作家像冰心一类的"闺怨体"来，当代女作家的天地广阔得多，意气也豪爽得多了。海外作家之多，也占了四分之一，对于岛内文坛也有"庐山外人"的激荡之功。其实今日社会繁荣，交通方便，出境早已不是什么离乡背井的惊心大事。像琦君、韩韩、赵宁等作家，今日虽在岛内，以前却都久居海外，所以岛内和海外也难截然划分。最值得注意的，却是海外作家的乡国之思远而愈浓。韩韩的《插班生》道尽无根之恨，小野的《找伞及其他》，年轻的乡愁里，更有敏锐的当代感。小野怀乡的对象，不是黄河与长江，而是台北的中华路，石牌的半山腰。对他这一代来说，这样的乡愁才是血真汗实，"因为台湾不卖"。

　　因为在本书的四十位作家之中，从梁实秋到小野和孙春华，也已经有三代甚或四代了。即使是文坛元老的梁先生，在追念北平之余，也已经把台北当家了。《提灯者》之中，梁先生的"庾信文章"入选七篇之多，远胜他人。他如琦君、思果、吴鲁芹、乔志高诸位前辈作家，入选的散文也都是近作，这现象足以支持我久有的看法：那就是，散文不像诗那么飞扬，也不像小说那么曲折，散文不像诗和小说那么技巧化，但是当作文学创作的方式，却较为持久可靠，不易江郎才尽，中年封笔。诗人和小说家老当益壮的就少得多了。

本集以《提灯者》为名，对张拓芜表示敬意。张拓芜到了中年，才从诗改行到散文，诗名不彰，文名却见重于世。像《大伙儿的旧情》这样的妙文，化俗为雅，以真为贵，确是现代散文的独辟之境，令一些虚矫伪饰的作品看来像花拳绣腿。半路出家，可以成散文家，却难成诗人和小说家。远如颜元叔，近如梁锡华，也是到中年才认真写散文的。散文的缪思不像姮娥那样只垂青于少年，然则散文之为艺术，真是春秋并茂，长少咸宜。

一九八一年九月

星空无限蓝

——序《蓝星诗选》

　　五四运动的几位领导人物，像胡适、傅斯年、罗家伦，都已先后在台湾去世。那一场运动虽然轰轰烈烈，今日回顾，却已有年淹代远之感。不但今日回顾是如此，甚至我这一辈在三十多年前开始写诗的时候，回顾"五四"，历史感都已相当沉重了。这当然只是主观的感觉。《尝试集》出版于六十六年以前，而蓝星诗社诞生于台北中山堂的露天茶座，竟然也已是三十二年以前的事，也就是说，蓝星的生命已经相当于中国新诗的一半。新诗的荣枯得失，至少到了后半期，蓝星都不能推卸责任。三十二年来，蓝星出版过各式各样的诗刊和数量可观的丛书，也举办过不少大规模的活动，但是具有代表性的同人诗选，却以这本《星空无限蓝》为绝无仅有。在三十二年后的诗人节，在《离骚》激昂的韵律里，在先驱的脚印日远而来者的步声紧随之际，我们向文坛推出这本划时代的选集，心情兼有兴奋与感慨。

三十多年来，蓝星同人的所作所为，从一个诗社的立场来说，似乎可以归纳出下列的几种风格。

第一是不划界限。蓝星自成立以来，社性不强，社籍不显，很少在刊物上详列同人或编辑委员的名单。那么多年来，在蓝星的星座间出没的人物太多了，有的成了流星，有的去而复返成了彗星，却有这么一撮恒星，相互牵引，明明灭灭地维持了星座长远的形象。即以这本选集里的十八颗星为例，论性别则有男有女，论籍贯则南腔北调，论职业则遍布学府、部队、机关，论年龄则相差可达三十岁，论宗教则兼有佛教、耶教和无神论。这么庞杂的背景似乎没有重心，难以团结，而其好处也许就在不走偏路。蓝星同人既不以出身或籍贯等等为号召，剩下来的唯一共识大概就是艺术了。

第二是不呼口号。这种作风跟第一点颇有关系。一个诗社如果在组织上不画地为牢，那么在言论上也不会喜欢呼什么口号。常听人说，蓝星的作风太过稳重，缺少动感，不够冲劲，难得给人兴奋与震惊。这话没有说错。蓝星的诗人里面，颇有几位性格明朗，言论独特，对诗坛影响不小，但那大半是个人的行动。就整个诗社而言，历年来蓝星几乎没有高呼过什么旗帜鲜明的口号。这种消极的态度，短期之间似乎太无为了；可是长期下来，对外，却成了激进诗社的制衡，波动诗坛的定力，对内，则给予同人各行其是各谋发展的自由。一个诗社有了明确的口号之后，用得其所，固然可以成为一股动力，但如操之过急，奉行太力，也可以成为一条束缚。从现代到乡土，口号缚不住清明的健者，却害苦了无主的心灵。

第三是不相标榜。蓝星同人之间只有一种其淡如水的情谊，甚至平日也不常见面；至于在文章里对同人的肯定与赞扬，也比较少见，而且不致溢美。就我自己的经验而言，三十多年来我所写的诗评，其对象，仍以非蓝星作者多于蓝星同人。至于评论我的文章，不论褒贬，则绝大多数都出于社外的作家。蓝星作者受到外界猛烈恶评的时候，也罕见同人拔刀相助，至于"弟兄们一起上"的场面，更不易见到。蓝星同人历来参加过诗坛多次的论战，但似乎多为原则之争，而非一社一党的什么同仇敌忾。我常觉得，一个诗社或文社在年轻的时候，确能为同人提供一个互相激励彼此关怀的环境，给青年诗人温暖的归属感。这样，一位起步的作者就有了基本的读者与起码的批评。可是如果长此以往，这种温馨的制度也会变质，成为一种保护主义。诗社就像机场，目的是要让诗人起飞，而不是只在跑道上滑行。一位诗人的地位应该建立于诗坛甚至文坛的共识，不可能长赖同人的撑持。

第四是不争权威。一切团体都有肯定自己而低估他人的倾向，这原是人情之常，也是基本的群众心理，就连诗社这样的清高雅集都难以摆脱。因此不时总会有诗社在刊物上标出"权威""主流"一类的字样，让外人看了，会觉得不够大方。在文学上，一种派别、一个运动的成就，必须放在更大的背景、更长的时间上来衡量。无数正正反反的评论，最后仍需文学史来过滤、澄清。当事者实在不必急于为自己定位。谦逊，往往是更高的自信。另一方面，文学的成就原本就不像科学或体育那么易于鉴定，而艺术的空间，兼容并包，也可以有无穷之大。文艺的伟大时代往往群山并高，一口气会出几个大师。真正的豪杰应该希望自己生在群英竞起的盛世，而不是一雄独尊的衰年。再退一步说，现代诗在台湾的发展，先后已有三十年；以人而言，应该逐渐成熟了，以文坛而言，变化之剧，场面之大，也早已非六十年代旧观，许多得失之争，势必留待"后浪"与广大的"第三者"来下定论。历来蓝星的刊物，至少就我力所能及的范围，都比较少用夸张的自许来做号召,不是因为缺乏自信,相反地,正是因为对清明的读者充满信心。现代诗的前行代,经历了多年的风霜,在屡次的自我修炼与突破之余,显然已养成了比较沉潜的史观与共识。相信未来的文学史,会在各家各派的自我再认与互相尊重之下,逐步澄清。

试为蓝星描绘几个特色,说了半天,竟然全是负面的而非正面的风格,恐怕不能满足诗社的同人与浪漫的读者。不过说得哲学一点,有所不为的范围如能确定,有所作为的方向也才能认清。无为与有为,原是一体的两面。其实,就这么尝试列举蓝星的四种负面风格,我都觉得难卸自夸自诩的嫌疑。有时候,有所不为的情操实在比有所作为的壮志更难修持。如果前列的四种"负德"蓝星的同人还没有充分练好,那么,就算这些是我们继续努力的境界吧。星空无限蓝,不知道其他的星光是否同意?

我对诗社的功能,向来表示一种反浪漫的审慎低调。诗社绝非阵营,刊物不是领土,而同人更非政治意义的同志。历来检讨现代诗史的文章,惯于把诗社的作为当作现代诗发展的主要线索,甚至是唯一线索。久而久之,现代诗史,尤其是前半期的发展,竟有成为现代、蓝星、创世纪鼎立的三国演义之势;也许稍后再加上笠诗社，演变成四强争霸之局。这样的演义未必能说明诗史的全盘真相。

诗人不必出身诗社，正如学者不必出身学会。如果把诗史等同于诗社的兴衰消长，一方面未免忽略了整个文坛的气候，另一方面又低估了个别诗人的选择。三十年来，刊登并评介现代诗，对现代诗运有重大贡献的，除了各诗社之外，论杂志则先后尚有《文学杂志》《文星》《现代文学》《文学季刊》《幼狮文艺》《纯文学》《书评书目》《中外文学》等多种；论副刊则有《中华副刊》《人间》《联合副刊》《青年战士报诗队伍》等等；论活动则至少该提到"复兴文艺营"与"耕莘写作班"。要是没有这些报刊和社团的支持，只靠各诗社同人的经营，现代诗当无今日之盛况。在现代诗苦撑待变的六十年代，譬如说，要是没有了朱桥主编的《幼狮文艺》，真不知诗人要憔悴几许。

另一方面，如果诗史只着眼于诗社，则并不刻意结社或"社性"不著的诗人，如李莎、戴天、方旗、胡品清、王润华、淡莹、张错、席慕蓉等，虽然各有成就，却会显得"无家可归"。而其实，杰出的诗人如郑愁予、杨牧、罗青等，往往是"社性"很低的独行侠。诗社对于一位诗人，可以成为堡垒，也可以成为监牢，要看诗人如何自持而定。

曾有诗友这样评论过蓝星："其缺失是少数同人的英雄色彩太浓，个人的成就往往掩盖诗社的光辉。"我实在不明白，在某些诗人的心目中，何以"诗社的光辉"仍然占有这么严重的地位，更不明白，何以"个人的成就"会妨碍"诗社的光辉"。在我看来，诗是必然，诗社却是偶然。诗社的存在，是为了诗，为了便于诗人追求缪思。要把诗人的成就归属于诗社的光辉之下，无异把诗社反过来当作目的。诗社毕竟不是政党。即以政党而言，真正的政治家也应该功在国家，而不是，至少不仅仅是功在一党。反过来说，某政党如能推出一位功在国家的政治家，也正是该党的光辉，说不上"掩盖"吧。

　　再作一喻。宗教的真正精神在信仰，而不在盖庙。如果诗是神，则杰出的诗人正是先知；诗社，最多是教会。实际需要教会的，恐怕是职业的牧师，而非先知。苏轼又属于什么诗社呢？黄庭坚吗，也是被好事的后人追认为一派之主的。

　　所谓"诗社的光辉"固然不可抹杀，但也不必夸大，否则各诗社恐将争相突出自己的光辉，掩饰自己的缺点，而诗史亦难有澄清之望。发展已逾三十载的蓝星自有历久不坠的光辉，但那应该是蓝星同人个别成就交相映照的总和，而不是一种超个人的抽象存在。

这本《星空无限蓝》的人选与作品，来自全体编辑委员的决定，对于同人创作的风格与成就，具有相当的代表性；由于这是历年来第一部也是仅有的集体选集，所以更具有重大的历史性。我们深深感谢九歌出版社大力支持。

入选的十八位诗人之中，已经停笔的约占半数，这恐怕是文坛普遍的现象。星空无限蓝，诗，是终身的追求。对于创作不懈的同人，祝福他们求变求新，有更高的成就。对于停笔日久的同人，希望他们能再拾彩笔，莫轻言放弃。对于已殁的创办人覃子豪与邓禹平，在又是诗人节的前夕，我们不胜其哀思与追念。对于这本选集的主编罗门与张健，我们满心感激。

一九八六年端午于西子湾

金灿灿的秋收

—— 序《秋之颂》：梁实秋先生纪念文集

一

重九的后三日，梁实秋先生因心肌梗塞逝于台北中心诊所，噩耗所及，海内外莫不惊挽。尽管逝者寿登耄耋，且人若其名，华于春者终实于秋，然而秋声为商，斯文仍不免同感悲伤。迄今不满两月，报端争刊的悼文与报道已经将近百篇。可以想见，知性的盖棺评论，感性的追念散文，今后仍会陆续出现。这么沉重而响亮的丧钟，在台北，从胡适去世以来，已经很久不闻了。十一月十八日下午的凄风苦雨里，安息在北海公墓的那位老人，这一生，究竟做了些什么，值得文坛如此哀恸呢？

梁实秋先生对文坛与学府的贡献，可从下列五种身份来分析。

首先，他是一位散文家。《雅舍小品》之类的隽永散文前后发表了一百四十三篇，而相近的杂文也出过七册。这样的产量已经可观，加以雅舍的笔法清俊简洁，点到为止，文白相济，放而能收，引证则中外兼采，行文则庄谐并作，时或夸张而令人惊喜，时或含蓄而耐人寻思，乃成为"五四"以来有数的散文大家。梁氏的风格上承唐宋，下撷晚明，旁取英国小品文的洒脱容与，更佐以王尔德的惊骇特效，最讲究好处收笔，留下袅袅的余音。学者的散文夹叙夹议，说理而不忘抒情，议论要波澜回荡，有时不免正话反说，几番回弹逆转，终于正反相合。钱锺书是此道高手，可惜不常出手。雅舍小品也有波澜，但是正反之势比较收敛。另一方面，比起鲁迅的恣肆泼辣，梁氏既要维持儒家君子的温柔敦厚，又要不失英美自由主义的绅士风度、公平精神，笔锋也显得不够凌厉。然而正如里尔克所说："归根结蒂，唯一的防御就是不设防。"鲁迅为文，以攻为守而攻势凌厉，热讽夹着冷嘲，有时流于人身攻击。钱锺书下笔，声东击西，忽反忽正，讽刺虽然犀利，却罕见牵涉私人，但在另一方面，也不怎么喜欢自谦。梁氏的幽默总是对事而不对人，笔锋所扫，往往反躬自嘲，最多是调侃亲人罢了。在幽默作家之中，梁氏是最爱低调的一位。在这方面，周作人、吴鲁芹、思果等等都与他同调。

梁实秋论散文，常提的几个主张也都是消极的低调。他认为现代散文有两大毛病："一是太过于白话化，连篇累牍的'呢呀吗啦'，絮絮叨叨，令人生厌。一是过分西化，像是翻译，失掉了我们自己的国文的味道。"至于一般的散文，则病在枝蔓而贪多，作者应该知所割爱，"把枝蔓的地方通通削去，由博返约。"他一再强调"简短乃机智之灵魂"，而且主张"文章要深，要远，就是不要长"。也就因此，他甚至不满徐志摩，说徐"为文，尝自谓'如跑野马'，属于'下笔不能自休'一类，虽然才情横溢，究非文章正格"。[1]

针对这些毛病，梁先生乃酌用文言的简洁以济白话的噜苏，坚持中文的纯粹以解西化的生硬，而且寓深远之旨于简短的篇幅。于是他的正格文章，名副其实，都是两三千字以内的小品，风格在情趣与理趣之间，抒情而兼议论。

梁先生对翻译的贡献举世公认，其中分量最重的，当然是独力译完莎翁全集。成就如此的赫九力士大业（Herculean task），"五四"以来只有梁氏一人。莎剧三十七种，加上诗三卷，一共是四十本书，梁先生先后也翻译了近四十年（一九三〇年至一九六七年），这种有恒而踏实的精神真不愧为译界典范。或谓梁氏译笔忠于原文而文采稍逊，以为不足。此事一则见仁见智，一则原属两难，因为译文若要文采斐然，读来淋漓畅快，每每就失之不忠。梁氏的译本有两种读法，一是只读译本，代替原文，一是与原文参照并读。我因教课，曾采后一种读法，以解疑难，每有所获。梁先生自称他译莎剧的原则，"是忠于原文，虽不能逐字翻译，至少尽可能逐句翻译，绝不删略原文如某些时人之所为。同时还尽可能保留莎氏的标点"。

除了四十本莎著之外，梁氏还译了十三种书，其中如《沉思录》《西塞罗文录》《咆哮山庄》《织工马南传》《吉尔菲先生的情史》《百兽图》《潘彼德》《阿伯拉与哀绿绮思的情书》等，均为西方文学名著，论文体更遍及散文、小说、戏剧。就算他一本莎著都不曾译过，仍然可以翻译成家。

第三个贡献在文学批评。早在二十一岁时，梁氏即针对康白情的诗集《草儿》写了《车儿评论》一文，并与闻一多评俞平伯诗集的文章合出《冬夜草儿评论》，成为新评论的早期文献。从那时起，一直到他四十一岁时发表《关于"文艺政策"》为止，二十年间他写了数量可观的评论文章，所论或为文学之本质，或为新文学之趋势，或为翻译之技巧，或为西洋文学之精神，在当时激起颇大的反响，甚至因此卷入了论战。黎明版的《梁实秋自选集》里，作者小传之末，曾谓梁氏"生平无所好，唯好交友，好读书，好议论"。季季在访问记里提起这句话，梁先生的回答是："我好议论，但是自从抗战军兴，无意再作任何讥评。"自从一九四九年迁台以来，他果然少作文学批评，更绝不与人论战。所以台湾的一般读者，尤其是年轻的一代，但知有散文家梁实秋、翻译家梁实秋，甚至辞典编者梁实秋，却不知曾有批评家梁实秋。其实，文学批评正是梁氏前半生文学事业之所在，其激荡之广，反应之烈，凡我国新文学史家皆难忽视。我们只要翻阅黎明版的梁氏自选集，就会发现所选文学批评与散文的分量，约为五与四之比，也可见梁氏对自己早年论文的重视。

梁先生二十三岁赴美留学。在这以前，他是热衷浪漫主义的文艺青年，不但常写新诗，更与郭沫若、成仿吾、郁达夫等颇有交往。在他赴美前夕，创造社诸人甚至还邀他入社。一九二五年，他在《论中国新诗》里更指摘胡适的《尝试集》平庸而肤浅，冰心的诗有理而无情，却推崇郭沫若最富诗意。但是美国之行把他带到新人文主义的门下，博学慎思的白璧德

（Lrving Babbitt）把他从浪漫的热血提升到古典的清明。这位留学生三年后回国，从此转头批评外界的浪漫倾向，成了古典的砥柱。

梁氏的转变，一方面固然是因为受了白璧德的启发，一方面也因为受了新月社同人的影响，更因为左翼作家在文坛上日渐得势，甚至创造社都终于放弃浪漫文学而鼓吹革命文学。前述《论中国新诗》与翌年的《现代中国文学之浪漫的趋势》，两文之间，他的改向显然可见。在前文里他还称颂郭沫若的《女神》等诗具有激烈的情感、无涯的灵魂，很富创意，但到了后文里，他却回过头来指摘新文学运动的浪漫倾向，认为新文学太受外国影响，太推崇情感，流于印象主义，失之皈依自然且侧重独创。后三种浪漫倾向显然是卢梭的路向，而卢梭正是由外国舶来。梁氏秉承新人文主义，认为文学的大道在理性的节制与人性的常态，一位作家如果不能全面观察人生，即失之于偏激，亦即浪漫。也因此，他认为革命文学与普罗文学都以偏概全，昧于常态，终于和左翼作家短兵相接，卷入了有名的鲁梁论战。

或谓那场论战应正名为梁鲁论战，其实倒也不必。梁实秋比鲁迅小二十二岁，论战初起时，梁才二十五，鲁已四十七了，颇有幼犊对老虎之势。先是一九二七年十月，鲁迅针对梁实秋的《卢梭论女子教育》一文，发表了《卢梭和胃口》《文学和出汗》，论战于是展开。其后两人交锋多次，而站在左翼立场相继评梁者还有冯乃超、韩侍桁等多人，一直要到一九三一年初，才告一段落。论战内容牵涉颇广，但主要争端在于：文学应该正视普遍的人性，抑或强调阶级性。梁实秋主张人性超乎阶级而且历久不变，文学表现的正是这种普遍而恒久的人性。鲁迅则认为人性因阶级而不同，更随时代而变化，不能一味要文学去处理抽象的人性。其实，人性与阶级性之争，不能视为鲁梁两人的私斗，也不能视为只是文学观念之分，因为在新月社作家甚至自由主义作家与左翼作家之间，这是迟早会爆发的争论。

梁实秋反对文学的阶级性，是错了吗？这是非常严肃的问题，不但半世纪前为然，即在今日，不少作家心中仍然会有困惑。若问左翼文人，则答案当然是梁实秋错了。若问其中从王实味、巴人、王叔明以迄后期的周扬这些人，则他们认为文学不能只讲阶级性。若问"文革"以后大陆崛起的新作家呢，他们的答案可想而知。经过"文革"的浩劫，"废池乔木，犹厌言兵"，犹厌言红卫兵吧，谁还对阶级斗争抱着幻想呢？只要看近如八十年代中期，"资产阶级自由化"仍然成为大陆文坛争执的论题，就可知普罗文学并非至上的真理。

梁实秋当年面对老练而泼辣的前辈作家，面对人多势众又有组织的左翼阵营，敢于挺身而出，明确地指陈文学的本质，而为缪思护驾，表现的不仅是智者的眼光，更是勇者的胆识。他不愧为真正的自由主义者，为了维护文艺创作的自由与尊严，早在一九三一年发表了《所谓"文艺政策"者》一文，批评鲁迅所译的"文艺政策"原来是俄共所议决，又在一九四二年发表《有关"文艺政策"》，反对张道藩在这方面的主张。于私，鲁是敌，张是友。但是只要事关文学，就不论敌友，只论是非。这也是有始有终，坚守原则。

一九三八年，正当抗战初起，梁先生接编"中央日报"的《平明》副刊，在"编者的话"里交代：

> 现在抗战高于一切，所以有人一下笔就忘不了抗战，我的意见稍有不同。于抗战有关的材料，我们最为欢迎，但是与抗战无关的材料，只要真实流畅，也是好的，不必勉强把抗战截搭上去。至于空洞的"抗战八股"，那是对谁都没有益处的。

这段话显然并未反对抗战文学，但在当日政治的紧张气氛下，却激怒了左翼阵营，惹来一场围攻，梁氏竟成了创导"抗战无关论"的罪人。一直到一九八〇年，在巴黎的抗战文学研讨会上，当日攻击过梁氏的罗荪等人，还不忘数其旧罪。今日回顾那一段"编者的话"，敢在那样的场合提出，叫人惜其"不智"之余，仍然钦其"不怯"。所幸在巴黎会上，有梁锡华挺身为梁实秋辩护，而一九八六年十月十三日，柯灵更在上海《文汇报》刊出《现代散文放谈——借此评议梁实秋与"抗战无关论"》，为梁氏平反。

第四个贡献在学术研究。其最著者，乃一百万言的《英国文学史》。此书从梁氏七十二岁写到七十八岁，历六年始成，但是等到一九八五年才出版，厚一八二五页，洵为巨著。其姊妹篇《英国文学选》同时问世，更厚达二六二三页，增加了梁氏在翻译上的成绩。[2] 他为远东版主编的各种英汉与汉英辞典，对莘莘学子甚至国外学人都颇有益处。

第五个贡献在教育。梁先生在中国大陆时代，先后任教于东南大学、暨南大学、青岛大学、北京大学、北京师范大学与中山大学，并主持青岛大学与北京大学的外文系。来台后则在师范大学任教十六年，更担任过英语系主任，英语研究所主任，文学院院长。他在师大任内，先后设立了声誉卓著的英语教学中心，与规模宏大的汉语教学中心，直接受教与间接获益的弟子，不可胜数。

二

这本《秋之颂》共分八辑。《正论》六篇论析的是梁实秋先生的思想渊源与文学主张，可以说是为批评家梁实秋正面造像，并为他在新文学早期的言论定位。侯健的两篇文章在这方面论述尤详，分量最重，值得有心人细读而沉思。璧华的导言勾出鲁梁论战的轮廓，颇为扼要；有人认为他似乎偏向鲁迅，不宜纳入。我认为让这篇导言与其他五篇并列而观，当更为客观，只因相信半世纪前这一场论争既非私斗，自有公评。以梁先生的胸襟，地下有知，想亦首肯吧。

《侧笔》七篇大致上都是较富感性的抒情文章，闲闲落笔，淡淡着墨，夹叙夹议，写的是梁实秋其人其文，而见出人如其文。七位作者皆是后辈作家，在梁公生前得游其门而挹其清芬，所以运笔虽多侧影，而描写却不乏近镜头。

《书评》八篇大半以散文为对象，从《雅舍小品》

到《槐园梦忆》都有短评。惜乎其半浅尝而止，而于梁氏卷帙浩繁的译书，除《情书是这样写的》以外，概未论及，因此分量显得轻些。

对比之下，五篇"访问"却扎实得多，不但分量颇重，谈论的范围也更为宽广。有趣的对比是：书评作者几乎全为男性，而访问人一律是女性。除《春耕秋收》之外，所有的访问记都由记者拟定问题，而由受访者从容作答。梁氏暮年重听，不便交谈，体贴的访者乃以书面问题求答，结果是塞翁失马，焉知非福。书面问答远比口头对话要从容而深入，文字也更有斟酌，读来高明得多。梁氏每寓诙谐于自谦，说访者"出示二十二问，直欲使我之鄙陋无所遁形"。这当然是雅舍后期的幽默，但在另一方面，梁氏却曾在私下对陈祖文说："他好比一口钟，学生想有所问，必须会叩钟：大叩大鸣，小叩小鸣。"本辑的几位访者均非和尚，却会叩钟，而且认真大叩，直叩得黄钟铿然。尤其是后面这四篇，在一年之内四位女作家轮番争来叩问，大钟竟然有叩必鸣，而每鸣必清澈醒耳，余音不绝。八五老人而反应如此敏捷，真令人钦羡。[3]

《生活》两篇写的都是梁氏暮年，可补《侧笔》之不足。《哀思》五篇是梁氏后人的追悼心情，亲切而深婉，令人感动。《今我往矣，雨雪霏霏》一篇，性质虽有不同，但记述梁氏在世的最后三天，详细而生动，对病故的经过也交代清楚，当为千万读者所关切，所以纳入此辑。《年谱》长达四十八页，以梁氏一生之著译为主线，而辅以公私生活之动态，不但详列事项，抑且确记日期，而遇有风云际会，更旁及交游之聚散。有此一篇，梁氏的生平就有了清楚的坐标，让我们看见，反衬在时代的背景上，一位卓越的文学家怎样长成。有此一篇，未来的梁实秋传也就有了骨架。

《附录》三篇里，梁先生的遗书写于他殁前三年有半，简淡之中寓有深情，可与《今我往矣，雨雪霏霏》一文参照并阅。梁先生无论做什么事都有条理，有交代，此亦一例。《梁实秋印象》刊于十一月四日，也就是梁氏病故翌日的联合报，共收八位中国学者的电话访问；作业之快，可比诺贝尔文学奖之报道。《国际学界看梁实秋》则为郑树森电话访问各国汉学家观感的专辑，刊于十一月十八日，也就是梁氏出殡之日的联副。

三

这本《秋之颂》由我发起，原来准备搜集近十年来论述梁氏的文章，编成一本祝寿文集，在梁氏八十七岁华诞，亦即阴历腊八的庆祝盛宴上，当场奉献到梁先生的手里。不料竟然晚了一步，想象中那动人的献书典礼，是永远不会发生的了。相反地，一阵冷风倏地吹来，灭了所有的蜡烛，我参加的，却是送殡的哀伤行列，而非祝寿的热闹筵席。祝寿文集变成了追悼专书，不能面呈，只能遥寄了。所幸梁先生在世之日，已经知道大家在筹印这本文集，曾嘱文甫与我姿势宜低，不可招摇。我拟了两个书名：一是《硕果秋收》，一是《秋之颂》。梁先生指定用《秋之颂》。

梁先生谢世之翌晨，台湾各报均显著报道，并于副刊推出悼念专辑。此后各方的悼文与追思不断见报，香港亦见刊登。《明报月刊》的主编甚至在十一月五日拍电报来高雄向我索稿。到十二月二日为止，据《文讯》双月刊的统计，仅在台湾刊出的追悼文字已有五十多篇[4]。这当然是祝寿文集的编者始料所未及：那许多情深意切的好文章，若全数收入，则这本《秋之颂》原已超过五百页，不堪再增；甚至酌选其半，至少也得再纳一百页，未免太厚了，何况此类文章今后还会出现；因此决定，除了家人的四篇之外，一般悼文暂不收纳，留待以后出版续集时再来考虑。

梁公既殁，文坛震惊，海内外同声悲悼。十一月十二日《光华杂志》在师范大学举办"梁实秋先生文学成就研讨会"。"中华日报"设立"梁实秋文学奖"，分为散文及翻译两项，以彰梁氏在这两方面的成就。远东图书公司则设立"梁实秋奖学金"，每年六名，以彰梁氏在英语教学上的贡献。此外，文艺界更建议为梁氏设立纪念馆，并出版全集。

梁氏既为文学大师，文星之殒本已令人瞩目，却因长女公子文茜拟自北京迢迢来台奔丧，申请入境不获批准，竟而滞港多日，东望唏嘘，更在开放大陆探亲之际，造成政治新闻，令天下孺慕的孝心同声一叹。政治使人分裂，而文学使人共鸣，想梁实秋的千万读者都必然同意。他们也必同意，政治不能持久，而文学可以永恒。希望梁氏的文学终能渡过海峡，被对岸所接受。更希望，在未来的中国文学史而非中共文学史上，梁实秋终能赢得他应有的地位。

梁氏在遗嘱里吩咐家人"觅地埋葬，选台北近郊坟山高地为宜，地势要高，交通要便"。淡金公路上的北海墓园，俯临海峡，远望大陆，正是"但悲不见九州同"的梁翁长眠之地。那天下午，在凄苦的风雨里，看着沉重的红木棺徐徐降入墓穴，一转眼即将幽明殊途，忽然想起他译过的莎翁名句："我是来送葬，不是来颂扬恺撒。"

我当时的心情却倒过来，在心底我默念："我是来颂扬，不是来送葬。这六尺的小天地，怎能就容纳你？"

是为秋之颂。

一九八八年元旦于厦门街

附　注

1. 梁氏论徐志摩散文，恐失之于严。徐志摩的散文富于想象与情韵，感性十足，独创一体，自成一家。梁氏散文善收，胜在凝练；徐氏散文能放，胜在奔流。古典的高雅不能否定浪漫的疏荡，亚波罗的含蓄也不能减损戴奥耐塞斯的淋漓。若谓文长而笔肆则跑野马，那么，兰姆和德昆赛也不免了。

2. 协志工业丛书出版公司出版的《英国文学史》与《英国文学选》，据说是非卖品，实在不利学界的流传，至为可惜，希望能改变方式，莫负梁先生六年心血。

3. 梁氏答陈幸蕙问，谓曾巩"散文雄浑而典雅，备受时人赞誉，然而无诗"。按曾巩诗才不高，却非无诗。清代厉鹗辑撰的《宋诗记事》里，就录了曾巩的诗十二首。王士祯与惠洪均曾引述彭渊才语，谓"曾子固不能作诗"，与鲥鱼多骨，金橘太酸等皆为平生恨事，乃予人曾巩无诗之印象。

4. 见《文讯》双月刊第三十三期（一九八七年十二月）：《评介梁实秋的篇章索引》（二二九页至二三六页）。

三百作家二十年

——序《中华现代文学大系：台湾一九七〇 ～ 一九八九》

一

尽管文学作品是以有限展示无限，个别寄托整体，想在纷繁的现象和短暂的新闻之外追求一些完整而耐久的东西，作家本身却必须生活在有限的时空，看着未来滚滚而近，到面前汹涌成滔滔的新闻，转眼又在背后逝去，成为可以回顾的历史。

中国人的历史感特别悠久。二十年，在说书人的口里，不过是"几度夕阳红"；可是从一九七〇到现在，世纪末变化之多，对于刚刚身历的我们，仍然惊心动魄。

一九六九年太空人登陆月球，人类的空间大大伸展。到了一九八七年，"政府"宣布解除"戒严"，翌年更开放党禁、报禁，与中国大陆探亲，从而促进两岸交流，空间日形宽阔，而台湾的社会也日趋多元。但是这些变化也不免有其负面影响，因为经济空间扩大之后，带来了富而无礼的社会和危机四起的自然，而政治空间忽然松绑，多少违法脱序都假借了自由之名。

二十年前，我和朱西宁、张晓风、洛夫等作家为巨人出版社编选了一部《中国现代文学大系》，所选的是一九五〇到一九七〇那二十年间在台湾所发表的诗、散文、小说三种文类的代表作。那时候，我们回顾的是更早的二十年，但世界的变化同样惊人。一九五〇是决定台湾命运的一年，因为就在那一年，蒋中正复行视事，紧接着韩战爆发，美国第七舰队"协防"台湾海峡。那时候，台湾的人口只有七百万左右，人均所得不到一百美元。那时候，台湾的作家恐怕很难想象，四十年后这岛上的人口已逼近二千万，而人均所得达到了六千美元。

四十年间，台湾能够转危为安，转贫为富，这成就实在值得自豪。但是若问一位台湾的作家他是否快乐，则他的答复也许会迟疑而不肯定，因为他觉得，为了目前的富有，付出的代价颇高。因为他发现，有钱的社会未必幸福。钱可以买东西，包括各式各样的机器，来为人代劳，供人享受。但是机器多了，也会制造噪音，阻塞交通，带来车祸，并且引起各种污染。繁荣的社会有利可图，所以从前的纯朴勤奋变成了今日的投机取巧。另一方面，在一个文化失调的暴发社会里，一般人也往往只顾争取自己的权利而不顾他人的权利，面对多元化的分歧而陷于价值的混乱。

八十年代末的台湾作家，面对的正是日渐浇薄的社会和迅趋憔悴的自然。

二

《中华现代文学大系》编选的范围，是一九七〇年以来二十年间在台湾出版而具有代表性的文学作品，分为诗、散文、小说、戏剧、评论五卷，共十五厚册。比起巨人版的《中国现代文学大系》来，它多出戏剧和评论两类，涵盖更广。若是比较两种大系皆有的诗、散文、小说三种文类入选的作者，当可看出二十年来作家的阵容有何变迁。

巨人版的诗选有诗人七十位，其中有二十八位入选九歌版的诗卷，传后率（survival rate）为 40%。这二十八位耐久的诗人，在九歌版诗卷的九十九位诗人里，占的比重是28%。

巨人版的散文选有作者六十七位，其中十七位入选九歌版的散文卷，传后率为25.3%。这十七位耐久的散文家，在九歌版散文卷的九十位作者里，占了19%的比重。

巨人版的小说选有作者九十七位，其中二十四位入选九歌版的小说卷，传后率为24.7%。这二十四位不倒翁，在九歌版小说卷的七十位作者里，占了34%的比重。

这现象说明了诗人汰旧率较低，后浪的冲击也较小，传承比较稳定。小说阵容的变动，将传后和领先合观，也不太大。但是散文家的变动就可观多了，因为二十年后巨人版的散文家只留下来四分之一，在九歌版的新阵容里，只占了五分之一弱。

就入选作者的年龄而言，九歌版的诗人平均是四十三点四岁，散文家平均四十八点五岁，而小说家平均四十六点四岁。差别虽然不算很大，却也可见诗比较还是年轻人的艺术，而散文比较需要阅历，小说则似乎介于其间。仅看三卷的目录，便可知入选诗人中年龄最长者六十八岁，小说家最长者七十岁，但是散文家最长者却有九十二岁。

当初在巨人版《中国现代文学大系》的总序里，我曾就社会背景把入选的作家大致分为四类，即军中作家、女作家、本省作家、学府作家。这当然是相当粗浅的分类，因为有些作家实际上兼属其中两类，甚至三类，而且同属女作家，琦君和夏宇大异其趣，七等生也跟其他的本省作家迥然不同。可是在二十年前，这四类作家显然各成气候，各有贡献，值得文坛注意。

　　二十年来，情形颇有变化。军中作家渐渐面临困境，因为大陆经验已成湮远的回忆，题材难以为继，同时久无战争，作品里也罕见沙场生活了。优秀的军中作家即使佳作不断，其军人的身份也已淡去，不是退了伍，便是改了行，而与文人的差别无多。另一方面，其他身份的作家都有后浪汹汹继起，唯独一代的军中作家逐年老去，虽有张拓芜这样后起的"老秀"，却无传人。其中仍有一些在坚持创作，个别的成就尽管可观，但是集体而言，这身份已经渐渐失去意义。

　　女作家的情形却很不同。巨人版的七十位诗人里，女性占了八位，约为九分之一；六十七位散文家里，女性多达三十一位，几近一半；九十七位小说家里，女性占了二十三位，约为四分之一。这数字说明了台湾文坛四十年来不变的传统：女作家最出色的表现在散文，其次是小说，最后才是诗。二十年后，这比重仍未改变。九歌版的九十九位诗人里有十九位女性，九十位散文家里有三十二位女性，七十位小说家里有十八位女性，所占比重依次约为五分之一，三分之一，四分之一，仍然是散文最盛，小说次之，诗殿后。尽管如此，却也看得出来，女性在小说创作上的比重改变不大（巨人版占四点一分之一，九歌版占三点八分之二，但是在诗的分量上却从九分之一上升到五分之一，而在散文的分量上却从二分之一下降为三分之一。

巨人版的大系未收戏剧与评论，无从比较。仅就九歌版的大系而言，戏剧卷十位作家里只有张晓风一位是女性，评论卷五十九位作家里女性占了七位，超过十分之一。我们可以说，女作家在散文与小说上简直举足轻重，在诗与评论上也渐渐追了上来，"成长率"可观。这和西方的情形颇不相同。以美国为例，女作家在诗和小说两方面都有骄人的成绩，但是不曾听说有什么女散文家。其实散文，尤其是抒情的小品，在西方现代文坛已经失势，连专擅散文的男作家也少见了。美国女作家的散文，大半在她们的小说里。

再以中国大陆为例，"文革"以后女作家在小说上十分活跃，在诗上也不示弱，但是在散文方面，除了杨绛等例外，却乏善可陈。其实，大陆散文之相对沉寂，于男作家亦然，其原因张晓风在散文卷的编者序言中已有析论。散文盛行于台湾，而且由许多女作家来撑场面，实在是台湾文坛的一大胜景。

其实，这些年来台湾的社会日渐开放，教育日渐提高，女作家活动的天地也早已开阔，不再是"守着窗儿，独自怎生得黑"。首先把大陆经验写热了的，是女作家。首先把流浪异国写成风气的，是女作家。甚至生态文章和报告文学，也要靠女作家来支援。更有一些敏锐的女性在编辑、书评、采访、翻译，甚至年度文学批评选等的知性工作上，也表现出众。闺秀、婉约、感性等等，不再是女作家的界限了。[1]

在巨人版大系的总序里我曾说过："由于日据和方言的背景，本省作家在文坛上露面较晚，但成就不容低估。奇怪的现象是：他们的成就很偏，偏在小说；诗的成就不能算小，但比起小说来还是逊色；至于散文，几乎不值一提。"二十年后回顾这一番话，显然说得不很周密，因为从"五四"以来台湾文学的传承一直不断。不过在五十年代初期，本省作家论量论质确也远远不如今日之盛。至于散文一项，在整个五十年代，本省作家实在没有多少声音。但是六十年代既然出现了叶珊、许达然、季季、黑野等作家，却也不能就说"几乎不值一提"。

尽管如此，我当初的排列次序仍然可用。巨人版大系里本省作家的分量，依次是小说九十七人中占三十六人，为二点六分之一；诗七十中占二十人，为三点五分之一；散文六十七人中只占十人，为六点七分之一。二十年后，本省作家在三种文类上的比重都有增加，在散文上尤见剧增，但仍然追不上小说和诗。九歌版的《中华现代文学大系》里，本省作家占的比重是小说七十人中占三十一人为二点二分之一；诗九十九人中占四十五人，亦为二点二分之一；散文九十人中占二十七人，为三点三分之一；戏剧十人中占一人，为十分之一；评论五十九人中占十九人，为三点二分之一。二十年来，本省散文家的成长率已经超过了一倍，后浪之势澎湃可惊。诗人的崛起也大有可观。

本省作家自然是乡土文学的主角。乡土文学一词在七十年代中期大盛，其实早在五十年代，描写本省农村的作品里，已有乡土文学之实。不过早期的乡土小说比较朴素温厚，后期的同类作品有些就比较凌厉，渐见意识形态的宣扬，地域观念的突出。其实一般人心目中的乡土小人物，悲哀、可笑之中含有同情与温馨，仍以黄春明等人的笔下最为典型。往往，无心的乡土作品是一回事，而刻意的乡土文学理论又是一回事。七十年代以来，随着"外交"的挫折，"国运"的逆转，颇有作家不满现状而求变心切，乃在作品中发为社会批评、政治抗议，甚至绘出"倒乌托邦"（anti-Utopian）的梦魇。有的作家为了认清现实，转而从事报道文学。有的作家从社会环境转向更大的自然环境，在作品里描写生态，鼓吹环保。其实这些作家未必都属省籍，当然也有战后出生的外省籍下一代。况且还有不少本省作家像七等生、李昂、黄凡等等，都是独来独往，不但无意纯写乡土，甚至也无意纯然写实。本省作家人才之盛，不是乡土文学可以囊括。出身学府的一些，尤其是香火中文系的，像林文月、萧萧、渡也等等，都传了中华文化的儒雅气质。至于更年轻的一些，从林彧、王添源到许悔之等，早已进入后现代的都市文学而非乡土文学了。

本省作家和女作家的身份容易确定，但是二十年前我特别拈出的所谓学府作家，今日正如军中作家一样，身份已经不那么鲜明易认了。二十年来，高等教育益趋发达，连留学生也早已车载斗量，所以原则上几乎一切作家都出身学府，不必再加斤斤计较。加以今日已到所谓资讯时代，报刊书籍来得又多又快，所以不必深入学府名校，也能吸收学问。

在巨人版的大系总序里，我曾指出学府作家"以学校来说，台大居首，以系别来说，外文系最多"。当时的现代文学，中文系不肯认领，简直可说是外文系学生的课外活动，弄假成真，副业作主，竟成了气候。文学史写到那一章，简直像台大外文系的同学录。王文兴、白先勇、欧阳子、陈若曦的那一班，不能算是空前，却似乎有点难以后继，因为这些年来，非但台大外文系，甚至许多他校的外文系，都是学者越出越多，而作家越出越少。

去年我担任"第八届台湾学生文学奖"的评审，在大专新诗组的总评里我曾有如下的分析：

　　进入决审竞争的十五篇诗里，有六位作者属于人文科系，仅占三分之一强。这现象说明了近年台湾文坛的趋势，那就是，知识分子的兴趣日见多元，作家早已不必出身于文科。早年的学府作家有很多来自外文系，但本届"台湾学生文学奖"大专各组进入决审的四十五篇作品中，只有三篇是出于外文系学生的笔下，其中只有一篇得到佳作。相反地，这四十五篇作品里，中文系学生所写的却有十四篇，几近三分之一，而其中得奖者却多达七篇，比例够高了……中文系是变了，至少在许多征文比赛里，已经逐逐超过了外文系。本届大专新诗组里，三篇佳作奖中就有两篇来自中文系；进入决审的十五篇里，没有一篇来自外文系。中、外文系互为消长的现象，至为显著。

以往是外文系多出作家，中文系多出学者。二十年后，这情形似乎已倒了过来。在巨人版大系众多外文系出身的作家之间，要找中文系的作家，除了前辈琦君之外，在台湾毕业的，就只有张健、张晓风、陈晓蔷、吴宏一、黑野、洪素丽等寥寥几位。但是二十年后，中文系的丰收至少包括马森、林文月、陈冠学、方瑜、王璇、庄因、王拓、萧萧、渡也、苦苓、阿盛、廖辉英、陈幸蕙、曾丽华、郑明娳、高大鹏、李瑞腾、张大春、仲延豪、陈义芝、沙究、凌拂、简媜，真是令人刮目相看。

在日渐开放的多元社会中，作家也不一定来自人文科系。相反地，新人的涌现在在证明，来自理工科系的作家也能够活跃于文坛：张系国（电机）、非马（核工）、白灵（化工）、黄凡（工业工程）、保真（森林）、平路（数理统计）、顾肇森（生物）等等都是显赫的例子。医科的学生异常出诗人，尤以北医、高医为盛，陈克华乃其代表。

另一方面，名校也不一定能出高徒而独领风骚。东吴的张晓风、阎振瀛，东海的杨牧、钟玲、许达然，辅大的罗青、萧萧、张大春、林耀德，成大的龙应台等等，证明在台湾这块文学沃土上，除了北部名校之外，处处也都是地灵人杰。甚至专科学校的校园里，也开始产生像林彧、林清玄这样的人物。近年我担任"台湾学生文学奖"的评审，欣然发现师专、工专等各式专科学校的得奖者，也愈来愈多。

学府作家之中，有少数是从海外回来定居，例如李永平与张贵兴便归自马来西亚。也有少数是在台湾读书之后回去，例如新加坡的王润华和淡莹。但更多的是从台湾出境而在海外定居，成为所谓的海外作家。这样的海外作家入选本大系的，占了很大的比例，计有诗人十三位（总数九十九），散文家二十一位（总数九十），小说家十七位（总数七十），阵容可观。也许有人认为，在本土苦守耕耘的作家，才是社会写实的中坚，而遥悬海外的那些花果不免有些离题。久居海外的作家，尤其是小说家，如果不是住在华人的大社会里，就会面临"题材危机"，往往无以为继。但是如果他们关怀台湾，热爱民族，而且认真注意岛内的变化，而与时俱进，则海外的远视也可以提升为高瞻远瞩，成为对于两岸的宏观。同时因为具有海外的杠杆地位，在两岸交流之中他们不但捷足先登，而且可以担任谏者与裁判。

三

在巨人版大系的总序里我又曾说："在题材的选择和时空的交织上，大致可以分为三大类型：中国大陆，中国台湾，海外。"二十年后，这样的三分法仍可成立，但其分量应该依序改为：中国台湾、中国大陆、海外。

以台湾生活为题材的作品，依地区和生活形态，自然而然可以分为乡土和都市两类。进入七十年代之际，台湾的农业与工业、乡土与都市互为消长的现象，显著加速。一九六八年，制造业产值的比例占24%，开始超过了占22%的农业。次年，农业开始呈现2%的负成长。一九七二年，农民所得只及非农民的66%。到了七十年代的末年，工业品所占出口品比例终于突破90%，与"光复"初期正好相反。[2]这些抽象的数字到了小说家的笔下，变成了活生生的形象，看得出农村开始萎缩，田园变貌，机器下乡，人口进城，种田人的下一代为了出头，不得不纷纷辞乡入市，去"呷头路"。乡土作家的笔下，大半是反田园，甚至倒乌托邦式的农村；笔触轻的，发出无助而迷惘的叹息，重的，就发出反省的社会批评。从钟肇政到吴锦发，从王拓到洪醒夫，二十年来乡土小说多变的风貌，成为台湾社会变迁重要而生动的见证。另一方面，林焕彰、吴晟、向阳等诗人的作品，也为前后的变化造型留影。散文家如陈冠学、孟东篱、粟耘等更深入日渐难保的田园与自然，企图留住清净的山水、安宁的心灵。但是一切都来不及了，终于自然也遭到破坏，又激起报道文学与强调环保的作品。农村的风光与传统一去不回，勾走作家们对童年与母亲的眷眷回忆。这种哀愁而温馨的作品，同样来自小说家、散文家、诗人的腕下，而呼应了像《城南旧事》那样对另一时空的孺慕与乡愁。

都市拐走了农村的少年，黄春明作品里的乡下人也不得不进城去讨生活。其实不但人物进城，就连创造人物的作家也大多在城里消磨岁月，不是投入企业界就是被吸进文化界，尤其是出版业里，成了上班族。但是城里虽然"钱淹脚目"，竞争却更加紧张、无情，而胜利只归强者：黄凡的《人人需要秦德夫》、李黎的《梦镜》是最好的写照。古蒙仁笔下的学生困作《盆中鳖》，吴锦发腕底的作家缩成了《乌龟族》。萧飒的《我儿汉生》写富裕社会里中产阶级的青年，莫知所从地去寻找不很明确的价值，而发现顺境比逆境更难以克服。

　　六十年代的台北还说不上是怎么工业化的社会，生活节奏不很紧张，专业化的现象也不很显著，机械对人性的压迫感也不算怎么沉重。那时候的作家要追随现代主义，慨叹现代人的孤绝与失落，未免失之早熟。进入八十年代后，台北的都市生活加速地科技化，已经追上西方的社会，但西方的文艺却早已步入所谓的后现代主义。在为林彧的诗集《梦要去旅行》所写的序言里，我曾说："如果说，六十年代的现代文学倾向揠苗助长的前瞻，则七十年代的乡土文学倾向莫可奈何的回顾。目前的台北、高雄等地有的是现代大都市的新现实，等待新的知性和感性去探讨，新的语言和技巧去表现。"

　　我写这一段话，是在一九八四年，心目中在等待的正是林彧这样的新知性与新感性。这几年来，台北的文坛果真涌现了一群这样的新作家。他们早熟而慧黠，对电脑时代的媒体和资讯习以为常，也惯于都市中产阶级的舒适生活。在"解严"前后没有战争、贫穷、暴政等大威胁的时代，他们虽思有所反叛，却苦无具体而沉重的压力，乃转而承担世界性的当代问题，或预言科幻的危机险境。从陈克华到林耀德的战后第二代都市青年，都属于这一群。罗门和罗青都领过他们一段路。

近年台湾的社会愈益开放，至一九八七年而宣布"解严"，并开放党禁与报禁。在政治参与渐趋热烈的年代，政治小说与政治诗也应运而生，其中最引人瞩目的当推一九七九年黄凡的得奖小说《赖索》。故事里的天真青年坐了十年政治犯的冤狱，出狱之后他所崇拜的政客竟当众不肯认他，使他承受双重的打击。他如施明正的《渴死者》借求死的政治犯做正面的抗议，七等生的《我爱黑眼珠续记》则借旁观者的冷眼来议论街头的政治活动。以政治做主题的作品，不仅可以批评制度，也可以批评反方或双方；萧萧的诗《解严以后》就保持了艺术的距离。他如渡也、苦苓、阿盛、龙应台等等关怀政治、批评社会的诗与杂文，也拓宽了当代文学的题材。"解严"已有两年，关怀政治的作品却也未见转盛，因为这样的作品要把意识形态提升为艺术，并非易事。同时，在言论禁忌的时代，此类作品难以刊登，但是到了百无禁忌的时代呢，压力既除，反弹力也相对减弱了。回力球，要在有墙壁的空间才会反弹出回声。

台湾现实的另一空间是女性的处境。当代女性的教育普及，经济自主，家务比从前方便，加以罕见所谓封建家庭的独裁家长或刻毒公婆，所以这一方面的作品也大异于从前。许地山、巴金、张爱玲笔下的委屈女性在今日已成历史，正如今日的女强人在三十年代也不可能。另一不同，就是从前女性的处境，大半是由男作家来写，毕竟女作家还不够多。甚至到了六十年代，许多生动的女性还要来自白先勇这种作家。但是今日女性的经验，因为女作家又多又好，多半是由女性自己来诠释了。袁琼琼《自己的天空》里的弃妇，不再自艾自怨，逆来顺受，却出门谋生，反而可怜前夫身边乖驯的新妇。始于悲剧的故事却终于喜剧，打破了自古以来随鸡随狗的命运，真令人高兴。当代小说中的女子，"在自己的天空"下走上"不归路"而终于"杀夫"，真令妄自托大的男人刮目惊看。而郭良蕙、康芸薇、三毛等小说中的女人，也都不是弱者；若教莎士比亚读了，也要跌落眼镜，自承名句失言了。

对比之下，女性散文家和诗人的自述就"文静"得多了，更不提琦君和蓉子的温柔敦厚，敻虹和席慕蓉的一往情深。不过女诗人中也有钟玲这样的坦露，夏宇这样的调皮。大概女性小说家比较客观写实，多写他人，而女性散文家与诗人大半是主观的抒情，多带自传。

写大陆的作品，由于"文革"后大陆渐趋开放，而两年来台湾更开放探亲，又可以分为旧大陆与新大陆，其间的时差约四十年。描写旧大陆的作品，例皆追忆一九四九年迁台以前的往事，归根究底，也都算是一种乡土文学。在七十年代以前，林海音的《城南旧事》、梁实秋的北京生活小品、痖弦民谣风味的早期诗作，都是这方面的佳例。进入七十年代之后，这方面的小说和诗已经罕见，但是散文家如梁实秋、台静农、琦君、张拓芜等乡心仍存，而时有追忆旧地故人之作。军中小说的三杰，朱西宁、司马中原、段彩华，也只能掉过笔来写此时此地的经验了；司马中原近年的乡野奇谭，也只是一种变相的乡愁。倒是四十年代渡海来台的小人物，各自背着一段难忘难遣的生平，对于未曾亲历动乱的年轻一代作家，颇能激发同情与想象。尤其老兵这一角色，由于只身来台，饱尝艰苦，乡愁最重，特别成为年轻作家探讨的对象。季季的《异乡之死》正是为大陆来台的中学老师塑造群像。东方白、宋泽莱、钟延豪都善于体会老兵的心情。张大春更是老兵老将的知己；《鸡翎图》《将军碑》《四喜忧国》，以崭新的风格，在谐谑与迷幻之间直探老兵的灵魂，成为此道的专家。一时老兵的题材盛行于年轻作者之间，在我评审各式文学奖，尤其是"台湾学生文学奖"的时候，屡次出现。

相对于旧大陆的这些回忆，还有"新大陆"的消息甚至经验。此地的"新大陆"是我所杜撰，不是指美洲，而是指一九四九年以后尤其是"文革"以来的大陆。两岸隔绝多年，记忆中的亲友，特别是父母，往往一声霹雳传来了噩耗，最能催人的热泪与作品，而令我们读到潘人木的《有情袜》、王鼎钧的《一方阳光》、洛夫的《血的再版》、向明的《湘绣被面》。有时候，仅从间接的新闻报道里，也能够激起诗的灵感，例如杨泽的《致狱中的魏京生》和白灵的《黑洞》。最直接的经验，当然是"文革"时期陈若曦回归大陆之作的《尹县长》，当时震撼了海外的文坛。至于以香港为两岸探亲之桥重逢之站的小说，例如萧飒的《香港亲戚》，其经验则恍若隔世，又像直接，又像间接。香港早已成为两岸会亲之地，但规模既小，也不便公开。如今既已开放，成了千千万万回乡客探入时光隧道的洞口，必为我中华民族分久复合的悲喜剧，带来新的文类。

两岸的接触虽以香港之近为盛，但也往往远及美国。白先勇的《夜曲》，用老友三小时的重逢来反映三十年的家国身世。彭歌的《微尘》，安排两岸的两个青年相逢在停电的电梯，在狭小的空间里展望未来。本大系的三百多位作家里，海外作家的比例近于五分之一，非常重要。这比例显然高于六十年代。如果以一九七一年的钓鱼台事件为分水岭，则其前二十年的海外文学，以於梨华为主，加上丛苏、欧阳子、吉铮等等，大致上可谓留学生文学，处理的多为个人的问题。保钓运动的民族主义加强了留学生的祖国认同，和对于社会及政治的参与，也改变了海外文学的方向，在感性之外更增加了知性。张系国一身兼顾人文与科技，对海峡两岸并有远瞩，小说的题材与艺术变化多端，无疑是后二十年海外文学的主力，宜乎小说卷的主编齐邦媛教授说他"真正扩展了海外文学的疆域"。当然，海外作家鼎盛，风格多般，其旅外尤久而创作不衰者，诗人首推杨牧，散文家首推王鼎钧，小说则包括刘大任、施叔青、陈若曦。

四

《中华现代文学大系》是一九七〇到一九八七的二十年间在台湾发表的诗、散文、小说、戏剧、评论的综合选集。书名大系，只是标出追求完备的理想。其实篇幅不能无限，体例不能庞杂，许多东西只好割爱。诗的作者入选最多，不是因为好诗人比好散文家或好小说家众多，而是因为诗的篇幅最短。另一方面，太长的诗，尤其是叙事诗，也就不收。散文之中，杂文性太强或论述性太著的作品也都割爱。小说卷里只收短篇，所以长篇的名家不能并纳，否则再添五册也不够装。戏剧则恰恰相反，两大册只能容纳十位作家。至于评论，为了要呼应前述四种文类的创作，所选以实际的作家论与作品论为主，而不强调纯粹理论。

评论卷里，除总论之外，针对四种文类的评论，依篇数的次序为小说二十六篇、诗二十篇、散文八篇、戏剧二篇。这比例相当接近四种文类在评论界实际所受的注意，也许小说受评量实际上还要高些。前述的现象显示，散文这文类读者众多而评者稀少，颇不平衡。相反地，诗的读者较少，但是诗评却远多于文评。

散文集不但作者多，书目多，读者亦众，却不获评论者的等量注意，是因为散文向来是写实的文体，跟诗、小说、戏剧等虚构的创作不同。诗多为自言自语，小说部分要靠对话，戏剧全凭对话来展开，唯独散文经常要作者维持对读者的发言。散文家无所凭借，也无可遮掩，不像其他文类可以搬弄技巧，让作者隐身其后。散文既如此坦露平实，评论家也就觉得没有多少技巧和隐衷可以探讨。同时，我国的散文古时候虽然曾有不少人来评注，可是西方的现代文学里散文不振，评论家用力所在是诗和小说，自有一套套的理论和术语可供施展。我国当代的评论家，所习的大半是西方的理论，面对散文，往往难于下手。

散文既为非虚构的常态作品，不像其他文类那么强调技巧，标榜主义，所以不是评论的兵家必争之地，论战也少。二十年来台湾散文的变化，显然不像诗和小说那么剧烈。文坛的风潮，从六十年代的现代主义卷向七十年代的乡土文学与写实主义，到了八十年代，又在高度工商化与快速都市化的压力之下，引进了后现代主义的理论，并且实验魔幻写实，对传统的写实主义有所反动。而渐至八十年代末期，在大陆政策开放之下，"文革"以后"新大陆"兴起的反样板、反遵命文学作品纷纷在台湾转载、出书，并引起学者与作家的注意。这一连串的变化对台湾文类的影响，首在小说、次及诗，但对散文或戏剧的波及则有限。

散文既为作者对读者说话，通常不事虚构。反之，诗与小说的艺术必须在现实与想象之间做巧妙的安排：用中国传统的说法，就是以虚证实，而臻于虚实相克相生，托出本质之真。若是以实证实，就仍然停留在历史的层次。"东风不与周郎便，铜雀春深锁二乔。"二乔并未在铜雀台上，所以只是虚拟，但是这虚笔却能刺探一旦战败之实，故成其为真。玛莲·摩尔（Marianne Moore）的名句，"虚幻的花园里蹲着真实的虾蟆"（imaginary gardens with real toads in them），最能说明这种虚实相依的创作艺术。

比较起来，诗更需要出虚入实，所以刻板写实的诗不易成功。从十九世纪以来，写实主义一直是小说与戏剧创作上最有势力也最具代表性的一种手法，甚至态度。在我国的三十年代，写实主义的小说发挥了社会批评的作用，但是后来，在普罗文学成为正宗之后，它渐渐变质为所谓的"社会主义的写实主义"，实际上反而近于文以载道的理想主义了。七十年代，写实主义盛行于台湾，一时成为小说创作的主流，且造就了不少佳作，但也有若干作品的意识形态未能充分融入艺术经验，曾为评者所惜。

到了八十年代，年轻的作家对写实主义的长久传统有了反动，想要挣脱历史写实与载道写实的束缚。其实前辈的小说重镇，如李乔、郑清文、七等生，往往在写实的架子上酌用现代主义出虚入实的技巧，来追求立体之真。及至近年，张系国、黄凡、张大春等纷纷跳出了写实主义的框框，向魔幻甚至科幻的境域，去探讨生命与语言的本质。张大春的《将军碑》与白先勇的《国葬》《梁父吟》取材相似，但是八十年代的这篇新作忽虚忽实，时空无碍，人物自由，把相似的题材做崭新的处理，风格已大异于前作。二十年间的进展，此为一例。

另一方面，大陆的文学自"文革"之后的伤痕文学与朦胧诗以来，十年之间作家辈出，发展很快，如今也已产生可观的成果。对于心仪"三十年代神话"但有意向旧大陆寻根的人来说，开放大陆的门缝里，一瞥之下乍见的景象，真要令他大吃一惊。从阿城到韩少功，近年大陆的小说活力充沛，变化多端，但其发展趋势，尤其是近三年来，却是突破写实主义的桎梏，在历史的写实之外，更探讨虚构和神话的空间，在社会的共相与常态之下，更抉发个人的殊相与变态，无论在题材或形式上都勇于实验，而令两岸的评论家众说纷纭，忙于诠释甚至"破译"。王德威说："翻开现代的中国文学史，我们实在还找不出一个时期，曾呈现如此多量的怪诞角色，并赋予其如此繁复的意义象征。"[3]

另一方面，自北岛、顾城的朦胧诗以来，大陆上年轻一辈热衷于现代诗风格的多元实验，亦已远离三十年代左翼诗歌的传统，其中固有创新的佳作，也有标新立异的浮嚣现象，某些作品的晦涩与虚无，甚至超过台湾的六十年代。根据徐敬亚所编《中国现代主义诗群大观：一九八六至一九八八》的分析，较具规模的诗群有十四个，而形形色色的流派竟有五十四个之多，令同情他们的香港作家叶彤也不免感叹："一般的反应是：中国现代诗界已陷入空前混乱的局面。"[4]

当台湾文坛上有不少作家心怀三十年代的写实与乡土，大陆新生一代的作家却神往于西方的文艺，甚至现代主义与前卫的实验。当海外的作家孺慕长江与黄河，中原的学者却说："世界的潮流走向国际化，我们面临的是全球性的问题。为什么我一定要爱黄河，不可以爱大峡谷呢？"当海外的心灵渴望回去黄土地寻根，内陆的心灵却呼喊，要奔向蔚蓝的海洋。[5]一面是流浪的向往归宿，另一面是禁锢的向往自由。两岸作家的历史背景不同，所以时代要求也相异。然则乡土与西化，传统与现代，寻根与寻找出路，这些矛盾百年来一直困扰中国的心灵，并不只限于作家，也许还要向我们挑战一百年。

而在这一切的中间，台湾的文学该如何定位呢？历史到了目前的急转弯大转弯处，必然有人会着眼于它和大陆的血脉相连，梦魂相牵，也有人会着眼于它和大陆的时空相悖，境遇相违，而强调海岛的地域特性。回顾中国的文学史，常会发现，公安的清隽流畅、竟陵的孤峭幽深、桐城的雅驯简洁，虽为风格的标榜，也有地域的鼓吹。至于其后的阳湖文派、常州词派、浙西词派，或是其先的《花间词》集、江西诗派，也都有地理和乡情的特性。[6]更不提庾信以孑然一身而分割于南朝之梁与北朝之魏周，萨都刺与纳兰性德以外族才子而成就汉文学家，在政治与种族上有更大的差异。在当时，这种种差异想必都颇重要，但放在中华民族的滚滚长流里，久而久之，当然都同其回旋而起伏了。

后之视今，当如今之视昔。我们把这部浩大的选集称为《中华现代文学大系：台湾，一九七〇～一九八九》，正因为十六位编辑都认定，不管二十年来台湾文坛在风格上如何多般，在思想上如何歧异，既然作家们吃的都是米饭，用的都是筷子，过的都是端午跟中秋，而写的又都是中文，则当然这部选集里的作品最后必归于中华民族。[7]

一九八九年三月于西子湾

附　注

1. 余光中：《李清照以后》，《中国时报》人间副刊，一九八四年一月九日至十日。

2. 《走过从前，回到未来》，页82—95，天下杂志，一九八八年二月。

3. 王德威：《畸人行——当代大陆小说的众生"怪"相》，《中国时报》人间副刊，一九八八年三月二十七、二十八日。

4. 叶彤：《中国现代主义诗群大观》，《星岛日报》诗之页，一九八九年三月一日。

5. 苏晓康，王鲁湘：《河殇》第六集《蔚蓝色》，香港中国图书刊行社，一九八八年十月第二版。

6. 这些以地名为号召的派别，其同人弟子未必皆为同乡。桐城派的名家管同、梅曾亮是江苏人，吴敏树、曾国藩是湘人，薛福成是无锡人，林纾是福州人；但是其奠基前辈戴名世，与其三代中坚方苞、刘大櫆、姚鼐，皆出桐城，至于姚鼐的弟子陈用光、吴德旋、方东树、刘开、姚莹等，无一不是桐城人。江西派里，陈师道、吕本中等亦非同乡，但谢逸、洪朋、徐俯、汪革、李彭、谢薖等却都是江西人。

7. 本大系之编印，在人力物力上虽然不遗余力，但限于时间与篇幅，缺失或遗珠必多。尚望高明加以指点，当于再版之时尽量修正。

当缪思清点她的孩子

——序《新诗三百首》

一

二十七年以前，正当"文革"乱世，古中国罹患了空前的恶疾。我虽然隔岸观火，却感同共焚，悲痛之中，写了一首诗，叫《读脸的人》，开头是这样的：

> 有客自远方来，眉间有远方的风雨
> 我要他讲一些可惊的事情
> "那些面孔！没有什么比那更可惊"
> 他说。"一张脸是一个露体的灵魂
> 敏感如花，阴鸷如盾，狰狞如伤口
> 或美，或丑，读一张，就一次战抖

终于每一个梦都用脸，那些脸，组成
那些脸，脸的图案，不，脸的漩涡
在我四周疯狂地旋转"

受惊的主人忧惧之余，只觉夜长梦多，患得患失，经
历了一整部险恶的现代史。幸好诗末是这样的结局：

就这样，噩梦延长，直到卯辰
一转身，就出现那孩子的脸
晶亮的眼睛流溢着惊异
可笑，可爱，不怎么耐看
新得像一朵雏菊，一个预言
我看见那张脸向我仰起
似乎在庆祝一件事要过去
我看见那张脸举起了信仰
像一朵雏菊自一亩荒田……
说着，他眉间透出了阳光
我认出失踪的，很久以前
我认出自己失踪的兄弟
有客自远方来，自远方的风雨

从一九四九年，这两兄弟互为"失踪"达三十年之久；

两岸的作家当然也在其列。直到一九八一年底，我才在香港见到了前辈作家辛笛与柯灵，并在中文大学主办的研讨会上发表了一篇论文：《试为辛笛看手相》。近十多年来，两岸的文艺交流日频，诗人们不但在对岸刊诗、出书，甚至还隔水唱和、越峡论诗，大陆诗人甚至获得台湾的诗奖，而台湾诗集居然在大陆销畅。这一切，在"文革"的黑暗时代全然不可思议。当时的大陆作家，肉体与灵魂都在劫火里煎熬，自顾之不暇，怎么会想到台湾有没有文学的这种闲事？彼此的印象大概不外乎：台湾无诗，即有，也无非苍白颓废之作；大陆无诗，即有，也无非政治宣传。当时，谁想得到会有这样一部跨代跨海的中国新诗"通选"呢？

　　史家纵论历史的发展，常说什么"分久必合，合久必分"，其间似乎十分玄妙。其实简而言之，当可发现，使人分开的，是政治，而使人融合的，是文化。所以两岸交流，最自然的是文化，而最复杂的是政治。像《新诗三百首》这么一部巨著的编选与出版，若无艺术上的共识与默契，而斤斤计较意识形态的正误，将全不可能。不要说"文革"期间了，就算早在五〇年代初期，要把这两百多位诗人并列在同一张封面之下，都是不可思议的事。例如王瑶在五〇年代初编写又再修订的《中国新文学史稿》，出版之后就屡遭北京大学中文系"集体写作"的严厉批评，其理由有四："第一，把新文学运动的性质描写成资产阶级领导的旧民主主义性质的运动，否认社会主义因素是新文学运动中起决定作用的因素。第二，把文学事业描写成个人的事业，而不是党的事业，阶级的事业。第三，混淆了、取消了两条道路的斗争……感觉不到无产阶级文艺思想在与资产阶级文艺思想的斗争中所取得的一次又一次的胜利，而只看到一些个人与个人之间的争吵纠纷。第四，否认党对文学事业的组织领导作用。"[1] 理由虽然冗赘其词，列了四条之多，其实只有一条，就是没有把文学当作政治的工具。两岸文化交流，如果有一方还未脱政治工具论的旧调，那无论分得多久，恐怕也难见其合。

二

《新诗三百首》把一九一七到一九九五之间中国新诗的发展，分为四卷，即"大陆篇前期""台湾篇""海外篇""大陆篇近期"。这样的区分以地域为准，不但方便，而且清楚，颇为高明。大陆篇再分前期和后期，并且分置于台湾与海外之前后，则于地域之外更照顾了年代，显示新诗不但发轫于大陆，而且从五〇年代以迄七〇年代，在大陆上遭受政治压迫而近于中断者，凡三十年。

中国大陆前期（一九一七～一九四九）从刘大白到绿原，选了三十七位诗人，其中已故者二十五人，现存者最年轻的也已七十三岁了。这三十七位前辈，有的天不假年，有的早封诗笔，有的改写旧诗，有的热衷政治，更多的是才入壮年就"解放"了，像马雅科夫斯基那样，与新社会格格不入，总之很少能像杜甫或叶慈那样得竟其诗人之全功。新诗的根基未能深广，政治的压力当为一大原因。

中国大陆前期的三十二年，外国思潮纷至沓来，国内政局波动，战乱频仍，诗坛变化自多。大致而言，三〇年代是一条显然的分水岭。在这以前，无论是白话诗要取代旧诗，格律诗要整顿自由诗，或是古典、浪漫、象征等等风格的相激相荡，西方诗歌、日本俳句、印度哲理的多般启发，其进展大多以文学为本。但是进入三〇年代之后，前有"中国左翼作家联盟"成立于一九三〇年，后有抗日战争爆发于一九三七年，于是意识形态与社会生活都倾向集体主义，而诗，正如左联的理论纲领所谓，必须为"无产阶级的解放斗争"服务。也就是说，以前的诗人是文坛的个体户，不妨自我言志，从此却入了文坛的公社，必须为某一阶级，其实是为某一政党，去载道了。这样的转变对于诗人何止是言不由衷，其结果往往无补于政治，却有损于缪思：郭沫若、何其芳，甚至卞之琳的某些后期作品，便常有这种"变而不化"的现象。

不过在"后左联"或抗战的时期，诗坛仍然有一些真实的声音。绿原、曾卓、牛汉等"七月"派的诗人风格朴素，有写实的精神：穆旦、杜运燮、郑敏、陈敬容、袁可嘉等"九叶"派的作者受西方现代诗的影响，流露主知甚至玄想的风格。辛笛的《手掌集》颇能融合古典与现代，有清新之气，是《九叶集》的主力。冯至的《十四行集》师承里尔克，将静观冥想的风格约束在十四行的纪律之中，开启了四○年代中国新诗明净主知的新途，可谓九叶之先导。这两本薄薄的诗集至今犹曳着大陆前期新诗美好的尾声，只可惜在随后的国共内战与政治变局里，这清音不得播扬。

一九四九年，正当现代与当代交替，《九叶集》的九位诗人都在盛年，最长的辛笛才三十七岁，最幼的还不到三十，历史无情的手指突然将他们点了穴，热血的脉搏有不得跳者三十二年；直到一九八一年他们的合集才得见阳光，而这时，穆旦已殁，余人也都已过了六十。一群老诗人集体的"处女作"，这历史的嘲谑说明了，大陆新诗近期（一九五〇～一九九五）的前三十年，诗运在政治的高压下沉沦了多久，多低。

另一显例，是所谓"胡风集团"的"七月"派诗人，一九五五年因涉"胡风案件"而入狱、流放、劳改，直到一九八〇年才获平反。绿原、曾卓等的年纪与"九叶"诗人相仿，但在徒耗青春之际却比他们多受折磨。尽管"七月"和"九叶"的部分作者在复出之后还可以重挥诗笔，但是三十年的浪费却无可补偿。

在那三十年间，文学完全沦为政治宣传的工具，很少耐久的艺术价值，即使有才有志的作家不甘人云亦云，写出了一些独创的作品，也难逃什么个人主义、形式主义，甚至反动之类的批判。尽管表面上也曾有新民歌、政治抒情诗等的盛况，其实那种诗往往失之夸大、抽象、浅显、粗糙，只是把口号草草修辞加工而已。至其极端，竟有江青揠苗助长的所谓"小靳庄诗歌"，更是不淘自汰。

当然，在那三十年间，严肃的诗人并不缺乏，但是在教条与批判之间既然动辄得咎，诗的生命不是被压抑便是被扭曲，也就难以自然成长、尽情发挥。例如邵燕祥的《贾桂香》，流沙河的《草木篇》，蔡其矫的《红豆》《雾中汉水》《川江号子》等诗，由于批评甚至只是暗示了现实，刊出之后莫不遭受严惩。[2] 这一辈的诗人，和稍早于他们的"七月""九叶"等的作者，在台港与海外读者之间，较为陌生，因为他们没有机会像徐志摩、闻一多、郭沫若、艾青那样成名于"解放"以前，更没有自由能像朦胧诗的作者那样摆脱了普罗文学的重担，而发轫于"开放"之始。无情的政治大磨，磨尽了他们宝贵的壮年。

在《新诗三百首》里，大陆后期的篇幅有三分之二都配给了"崛起的诗群"，其重视可见。十年"文革"像噩梦幢幢的长夜，直到一九七六年清明节的天安门诗歌运动，才一线破晓，但是还要再等两年半，到一九七八年底《今天》诗刊出版，天才大亮。反讽的是，北岛、顾城、江河、舒婷、杨炼等新人的新作，反而以朦胧诗为名，而且引起文坛正统的质疑、非议。这些青年大多出生于"解放"之后，而且在"文革"的劫火中历经狂热与幻灭，对于当前的现实有切肤之感，发为"后文革"的新诗，自有一股反叛传统、肯定个人自尊的锐气。在开放以前，诗人在政治的旋涡里只能扭扭捏捏，跟艺术暗暗偷情，但是在"新诗潮"中，这些青年就不再敷衍政治，公然追求起缪思来了。

朦胧诗引起了争议，却也因此扩大了影响，而开明的评论家及时声援，也助长了新诗潮的澎湃。谢冕的《在新的崛起面前》、孙绍振的《新的美学原则在崛起》、徐敬亚的《崛起的诗群》环绕着这些争议先后发表，虽然也不免遭受到政治的批判，却在文坛引起更大的关怀，尤令海外甚至国际的同道注目：抑之适足以扬之，倒成了反效果。同时在开放的气氛下，继朦胧诗而起的更年轻的一代，所谓新生代，面对"后文革"渐趋开放而多元的社会，纷纷组织诗派，标榜主义，各行其是，甚至所言要推翻前面的一代。[3] 大陆后期所选的四十六位诗人之中，自于坚、韩东以下，几近三分之一都属新生代，其中颇有几位显然有才，但是尚待时间的考验。

七〇年代末期诗坛的另一现象，便是为数颇多的中老年诗人，以前为了种种政治的纠葛，或早或晚地被迫停笔，这时终获平反，纷纷复出而再度创作。其中老一辈的包括艾青、苏金伞等，中年一辈包括公刘、流沙河、邵燕祥、昌耀，加上受害最深的"七月"派和养晦最久的"九叶"派，重新拾笔的固然不少，但是新的现实应如何入诗，而旧的诗艺又应如何重振，都是难题，所以真能超越故我的并不太多。[4]

三

不同于《大陆篇》前后两期的断层安排，《台湾篇》是一气呵成的通选。在《大陆篇》前后两期，新诗的发展判然可分，但是在《台湾篇》里，由于政治的变迁，语言的消长，诗运却大盛于五〇年代以降。看得出，在入选的一〇七位诗人之中，只有从赖和到水荫萍这六位是"光复"以前在"五四"的召唤之下创作新诗的，民初的语言和诗体显然可见。但是紧接着从覃子豪起，台湾的新诗坛便加速向现代诗推进了：从五〇年代中期一直到七〇年代早期，可谓现代诗的全盛期。论述现代诗发展的文章已多，以诗社的此消彼长为其经纬者亦复不少，凡此种种，都无须赘述。我只想指陈下列数点：

首先，所谓现代诗有广、狭二义。狭义的现代诗以追求西方的现代主义为目标，凡波特莱尔（Charles Baudelaire）以降的西方诗派均为其取法的对象，至于诗体，则强调用散文来写自由诗。其间心灵用力的方向，早期则强调反浪漫的主知主义，后期却转而热衷解放潜意识的超现实主义。至其末流，不幸每沦于晦涩与虚无。广义的现代诗则无意自囿于如此的"横的移植"，却想在现代与古典、主知与抒情、超现实与写实之间有所取舍，并加融合。广义的现代诗似乎欠缺"前卫性"，但今日回顾，却也较少"后遗症"。

其次，历来对台湾现代诗的评断，千篇一律，几乎不假思索，径称其为全盘西化。其实广义的现代诗从来没有否定中国文学的古典传统，无论在主题或语言上均有相当继承，及其后期，甚至还有新古典的继起。

至于当年的诗人何以如此热衷于向西方取经，其原因也不能简化为纯然"崇洋"。台湾地促岛孤，当时的政局蹇困、社会保守、资讯闭塞，诗人们易患文化恐闭症，自然想追求世界潮流。加以当局只解鼓吹反共文学，尤其是所谓"战斗文艺"，青年诗人乃引"外援"以为对抗。同时对岸的意识形态所厉行的那种普罗文学，强调什么阶级斗争，更令人感到莫大的压迫，那威胁对于刚刚渡海过来的外省青年诗人，尤为真切。至于本省诗人熟悉的日本现代诗，原就深受西方现代主义的影响。一迎一拒之间，西化自有其心理背景。

现代诗曾经带来晦涩与虚无，但是它在语言和意象上的创新，对其他文类，尤其是散文的影响，不容低估。现代诗人对现代画的鼓吹，现代诗对民歌的提升，也有其贡献。

现代文学焦虑眼前的时间，乡土文学关怀脚下的空间：乡土文学是倾向写实的，应无疑义。从六〇年代底到七〇年代初，台湾的逆境逼人而来，使作家在自我之外更感到群体的处境，而有反思自省认真写实之必要。先是保钓运动激起了海外华人的民族主义，继而退出联合国，又与美国、日本"断交"，在在都逼迫作家深切思索政治认同的问题，于是乡土文学应运而起。

其实在这名称确立之前，台湾文学之中早有乡土写实的成分，例如黄春明描写小人物的小说早在七〇年初就已出现，而一九六四年创立的《笠》，在即物主义的探索、现实人生的批评之外，已倡导乡土精神的维护了。他如《龙族》《大地》《后浪》等等诗社成立于七〇年代之初，亦多以乡土为标榜。不过在乡土文学论战之初，正如吕正惠所言，乡土一词的含义与民族颇有重叠，而其立论之中也曾有"明显的左翼色彩，强调文学的社会功能与阶级性"[5]。

所以一开始，乡土文学所谓的"乡土"在空间上并不确定，可指台湾，亦可泛指中国，而其中的民族主义可指中国的传统文化，亦可仅指"五四"以来的反帝国主义。几经辩论以后，左翼的色彩消失，乡土的空间确定，民族调整为族群，于是乡土文学终于定调为台湾文学。

不过乡土文学的主力多在小说，不尽在诗，所以在文学本土化的运动之中，乡土诗的激荡不如乡土小说。还有一点，现代诗崛起于六〇年代，当时台湾的社会还未及工业化，所以现代诗抒发什么现代人在工业社会的孤绝感等等，不免显得早熟。反之，乡土文学鼓吹于七〇年代后期，当时台湾倒是工业化了，再回头去写农村，却有点怀古恋旧的意味。不久，纯情的乡土诗转化为较具知性的社会诗、政治诗，也有人采用闽南语来写。但是进入八〇年代的后工业社会，新闻诗、都市诗，甚至环保诗相继出现，于是现代诗也进入了后现代。

八〇年代以降，台湾的社会开发而多元，已趋近西方的资本主义社会，表面的进步下更露出人文的、自然的各种病态，现实之复杂吊诡也已经不是乡土文学所能处理。加以"解严"之后言论百无禁忌，资讯潮涌而来，旅游则无远弗届，台湾被推入地球村里，国际化之势日益显著，乡土之关何能久守？

所谓后现代诗也是百无禁忌，无论政治的、道德的、隐私的、美学的任何"大限"都可以突而破之。问题在于破后是否能立。其实今日在后现代名下写的诗，无论其语气是低调、谑调、反调，跟六〇年代的老现代诗之间，往往分别不大。文学在多元的民主社会里，甚至连小众化也不一定能把握。但是后现代的作品无论如何翻案出奇，对以前的典范谐拟也好，反讽也好，颠覆也好，其互文的背景常会困惑读者，难处不下于僻典冷经。这现象也见于对岸"新生代"的

诗人，也许这不过是一过渡，终有一天会破而能立，
将现代诗带上二十一世纪的大道。

四

《海外篇》的时间始于一九四九年，也就是当代之
初。这样的划分不无争议，我想两位编辑也有其苦衷，
因为"海外"的定义不明，而"海外"的身份也会变化。
例如大陆前期的李金发，后半生客居他乡长达三十年，
殁于纽约，可谓海外诗人了，却未列入《海外篇》。北
岛旅居欧洲，去国多年，顾城甚至死在南半球，却仍
名列大陆篇的后期。编辑的安排是对的，因为李金发
的名字应该和戴望舒排在一起，才有意义，而北岛、
顾城也不应和舒婷分开。既然如此，纪弦又何以排在
海外呢？纪弦到台湾，已入中年，而晚岁定居美国也
已经很久，但他的诗人生命和影响却在台湾，而"美
国居"的意义并不重要。他的名字天经地义在覃子豪、
钟鼎文之间。问题是将他归位之后，方思、夏菁、林
泠等又怎么办呢？他乡之客若皆召回国来，《海外篇》
虽不至于取消，恐怕也只剩下周粲等几个人了。郑愁
予、叶维廉、杨牧、张错、非马等又不同，因为他们

的美国经验与后期作品不可分割。

　　但丁三十七岁流放国外，终老他乡，《神曲》是在国外写成。我国的屈原、贾谊、韩愈、柳宗元、苏轼等等，也都是流放诗人。这些诗人都是见逐，但是《海外篇》的多数作者却是自放，其中不少已经多年不写或写得很少，令人怀念。可见近八十年的新诗坛上，缪思的笑靥并不常开：大陆诗人的彩笔屡在政治运动里缴械，海外的诗人却常在寂寞之中自己搁下彩笔。也因此，迄今仍未搁笔的一群，更值得我们珍惜。

　　《海外篇》的三十四位作者之中，三分之二是从台湾出去的，有的是在岛上出生，更多的是原本来自大陆、香港、新加坡而在岛上成为诗人；无论来龙去脉有多少差异，台湾这块诗之沃土对他们孕育培养之功，无可否认。这四十多年来台湾一岛诗人之多、诗艺之盛，对海外华人诗坛影响之深远，在中国文学史上确为一大壮观。

五

　　书以《新诗三百首》为名，令人无可避免地联想到也是三百篇的《诗经》和《唐诗三百首》。非常

423

巧合，英国诗的经典选集《诗歌金库》(*The Golden Treasury of Songs and Lyrics*：selected and arranged by Francis T. Palgrave, 1861)，作品是三三四首，而《英格兰与苏格兰民谣集》(*The English and Scottish Popular Ballads*：collected by F.J.Child)所选的民谣，恰为三〇五首，与《诗经》首数相同。《诗经》之作成于周朝初年到春秋中叶，为时约五百年，平均每年约得零点六首。

《唐诗三百首》实为三〇三首，分配给唐朝的二八七年，平均每年约得零点九五首。英国的《诗歌金库》三三九首分配给一五二六到一八五〇的三一四年，每年约得一首。也就是说，英诗之盛，从莎士比亚到华兹华斯，抒情诗歌的杰作每年只得一首；中国古典诗歌在周朝与唐朝之盛，每年选得出来的佳篇还不到一首。

反之，从一九一七年迄今，不到八十年间，本书却选出了三三六首，每年平均超过四首，似乎新诗佳作出现的频率简直要四倍于唐诗了，未免自负了一点。问题在于这部《新诗三百首》选入的作者多达二百二十四人，而《唐诗三百首》只选七十六人，英国的《诗歌金库》只选八十六人。《唐诗三百首》和《诗歌金库》只选古人，但是《新诗三百首》的二百多诗人里，已故者三十八位，只有六分之一强。

选现存的作者，未经时间淘汰，当然较难取舍，而且碍于情面，未免会选多些。人选多了，每人名下的作品当然也就相对减少，因此《新诗三百首》中大多数作者只选一首，而选得多的也只限五首，有僧多粥少之憾。《唐诗三百首》由七十六人来分，每人平均四首，所以李白二十八首，杜甫三十六首，王维二十九首，李商隐二十二首，孟浩然十五首，白居易虽只六首，却包括了两首长诗，都能呈现各自的风格和体裁。《诗歌金库》的轻重比例也有分寸，所以华兹华斯竟有四十四首，雪莱二十首，而米尔顿、史考特（Walter Scott）、济慈也都在十首以上。相比之下，《新诗三百首》人多诗寡，就难以表现重要作者的多元成就，和整个诗坛发展的轨迹。

诗选与文选的安排，不但要挑出个别作家的佳作、杰作，显示各人的演变与分量，还要展现一个时代或一个地区在主题、体裁、风格上的特色与趋向。若是仅作机械的排列、齐头的平等，恐就难以选家传后。真要做到，当然很难。

《诗经》的编排是先分体裁，再在各体之中进一步分类，例如《国风》就再按地域来区分。《唐诗三百首》

也是先按诗体，分成五古、七古、七言乐府、五律、七律、五绝、七绝等八卷，再在各体之中将各作者按年代先后排列，而所选作品之多寡也显示其擅长的成绩。例如七律之中，李商隐一口气就选了八首，杜甫更多达十三首，而李白只有一首，七律经营之功谁属，乃不言自喻。

英国的《诗歌金库》则心裁别出，先按莎士比亚、米尔顿、格瑞、华兹华斯各领风骚的时代分成四卷，以示三百多年英诗的进展历经了伊丽莎白、十七世纪、十八世纪、十九世纪前半的四期。然后，编者巴尔格瑞夫（Palgrave）说明，"每一卷中再将各诗依感情与题材的逐渐变化加以编排"。例如卷一的八十四首，大致上便是从春到冬、从喜到悲、从爱到死巧做安排，因此在发展上隐然有奏鸣曲（sonata）乐章演进的美感。我并不相信谁会这么依次一路读下去，却对编者这样的气象与规模深为感佩。

新诗发展了八十年，在诗体上虽有格律与自由之分，但两体都未臻成熟，格律之呆板、自由之散漫，令大半作者迄仍无所适从，有待来者努力。本书的两位编者当然也就无体可依，不像《诗经》与《唐诗三百首》的编者那么幸运。不过诗人入选太多，诗作相对不足，一些较具分量的作者未能成为小说家佛斯特（E.M.Forster）所谓的"立体人物"，却令人感到可惜。另一问题是入选作品的篇幅长短悬殊，短者不满十行，长者每逾百行，对作者创作的"分量"会有误导的幻觉。[6]用夸张格来说，史诗怎能和俳句并列？《唐诗三百首》就善于安排，把《长恨歌》《琵琶行》《石鼓歌》《韩碑》等巨制另置一卷，而那些巨制确也真够分量，压得住卷，镇得住四周的小诗。

当然，《唐诗三百首》和《诗歌金库》的经典诗选，不免也有不足之处：例如孙洙就把张若虚和李贺漏了，而巴尔格瑞夫也未能看出邓约翰与史考特谁重谁轻。冷眼观古尚且欠清，热眼鉴今岂能必准？这本《新诗三百首》如果换人来编，其中的取舍必然不同，就算是调整五分之一的内容，我也不会惊异。

不过九歌版的这本"通选"也自有其优点，值得注意。例如经过两位编辑遍读细选，某些素来少人注意或是未及得人青睐的作品，得以呈现在我们眼前，像苏金伞的《头发》、白家华的《晒衣》、匡国泰的《一天》、李汉荣的《生日》等作，都令人有新发现的惊喜。我一向认为苏金伞是早期诗人中虽无盛名却有实力的一位，却未料到他能写出像《头发》这么踏实有力、捣人胸臆的好诗，并且立刻认定，此诗虽短，撼人的强烈却不输鲁迅的小说。同样地，要是沈从文能读到匡国泰的《一天》，也会承认湘西并未被他写尽。

另一优点是在每位诗人的作品后面，都附有"鉴评"，其内容除作者生平、诗风综述之外，更对入选之作提供了简要的赏析。这二百多篇鉴评兼有参考资料与提示导读之功，读者据此可以进一步去探讨他偏爱的诗人，这样的编者真可谓"服务到家"了。一篇篇的鉴评少则近于千字，多则更达千余，加起来足有四百多页，成为本书的一大特色，也是重要资产。张默和萧萧投注的心血可观，这一点，却为孙洙和巴尔格瑞夫所不及。

《新诗三百首》涵盖的时间，始于一九一七年而止于一九九五年，几与二十世纪相当，简直有二十世纪中国诗回顾大展的意味。"世纪之选"的联想是不能避免的。不出两年，香港就要归还中国。世纪末的倒数正在加速，今后几年，类似的世纪选集当会相继出现。如果我们的祖先在上个世纪末要编一部十九世纪中国诗选，情形又该如何呢？我想应该是从张维屏、林则徐开始，龚自珍、魏源为继，而以谭嗣同、丘逢甲终篇。龚自珍诗"凭君且莫登高望，忽忽中原暮霭生"，恰好写于"五四"前一百年，先天下之忧而忧，已经敏感大难之将至。谭嗣同句"四万万人齐下泪,天涯何处是神州";丘逢甲句"四百万人同一哭,去年今日割台湾",都写于世纪末的一八九六年,却是大劫之余了。

这种先忧后乐的志士胸怀,进入二十世纪后依然激荡。新诗出现之前,二十世纪初的十七年间,中国的诗心当然还是在跳着,而且跳得很壮烈,尽管是用旧体诗来写。一八九九年梁启超在日本流亡时所写《读陆放翁集》四首之一:

诗界千年靡靡风,兵魂销尽国魂空;
集中什九从军乐,亘古男儿一放翁。

一九〇一年,他又有七律《自励》一首,后四句是:

十年以后当思我,举国犹狂欲语谁?
世界无穷愿无尽,海天寥廓立多时。

一九〇四年,女杰秋瑾写《日人石井君索和即用原韵》:

漫云女子不英雄,万里乘风独向东。

诗思一帆海空阔，梦魂三岛月玲珑。

铜驼已陷悲回首，汗马终惭未有功。

如许伤心家国恨，那堪客里度春风？

这些世纪初大气磅礴的诗句，我们在世纪末读来，仍然为之激昂。另一方面，一九〇九年苏曼殊在日本所写的《本事诗》之一：

春雨楼头尺八箫，何时归看浙江潮？

芒鞋破钵无人识，踏过樱花第几桥？

还有同在二十世纪初王国维所写的《浣溪沙》：

山寺微茫背夕曛，鸟飞不到半山昏，

上方孤磬定行云。试上高峰窥皓月，

偶开天眼觑红尘，可怜身是眼中人。

苏曼殊的凄美，比周梦蝶的《孤独国》又如何呢？而王国维的深思果真会较冯至的《十四行集》逊色吗？好在这部选集名为《新诗三百首》，而非《二十世纪中国诗选》，否则世纪初的这些古典作品就不能排除在外。我实在不能确定这些古典作品的传后率必然不及新诗，更不能确定这三百首新诗都可以传后。诗选的编者原是时间之"代办"（chargé d'affaires），负责"初审"而已。至于"决审"，仍然有待无情的时间。且看二十一世纪到时又怎么说。

一九九五年七月于西子湾

附　注

1．见《文学研究与批判专刊》，北京大学中文系编辑，人民文学出版社出版，一九五八年。

2．洪子诚、刘登翰著：《中国当代新诗史》（人民文学出版社，一九九三年第一版），见第八章及第九章。

3．见前书第十一章。

4．见前书第八章。

5．吕正惠：《七八十年代台湾乡土文学的源流与变迁》，见《四十年来中国文学》，台北：联合文学出版社，一九九五年六月初版。

6. 孙毓棠的叙事长诗《宝马》未能节选，未免可惜。臧克家才逾百行的佳作《运河》未选，只收了两首小诗，也"小看"了他。

词典序

《美语口语辞典》序言

英文里有"四字母之字"(four-letter word)一词,意为脏话、秽语,等闲使用不得。中文里的"四字成语",例如"得不偿失"或"得意忘形",却无此意。中文是一字一格的方块字,不但便于对仗,而且常省介词,所以许多道理或情况,四个字就说清楚了。不过成语之中也有深浅之别,像"得不偿失"之类,望文便能生义;透明可解,最易流行。换了"得陇望蜀",就深一些,不过还可以猜。至于"得鱼忘筌",语出《庄子》,就不但难解,而且易生误会。若要彻底掌握,就需要引出上下文来,溯其来源,所以必须借助成语辞典。当代人使用成语,往往不求甚解,容易闹出笑话来,例如把自己的母亲说成"徐娘半老",把当选议员说成"雀屏中选",不一而足。

英文的情况也是如此。正如本书编者罗杰斯（James Rogers）所言："成语是语言的润滑剂，可以浓缩一个观点或一种情况，可以轻松地转移话题，或是把话说得更添谐趣。"一般而言，一句话能够变为成语，流传众口而历久不衰，一定是言简意赅而又音调响亮，好记又好说。而要如此，必须用字单纯，深入浅出，而且容易上口。这朗朗上口的优点，非常重要。只要看中文的"千军万马""千方百计""千山万水""千秋万岁"，音调的排列都是平平仄仄，便知说得悦耳，自能传之久长；换了平仄不调的"千马万军"或是"千计百方"，就不顺口，也就不便流传。英文也一样，冷僻或太长的字难入成语格言，而且有不少成语就因为好听而不暇究其是否合理。例如 neither rhyme nor reason（毫无道理），dead as a doornail（毫无反应），两词都以头韵取胜；而 drunk as a skunk（大醉）则是为了押韵，其实谁会看见臭鼬醉倒呢？有时成语的关键在于一语双关，例如 donkey's years 喻时间悠久，因为驴子长寿。可是动物之中比驴子长命的，多的是，何以不说乌龟呢？其实此语妙在双关，意为驴有长耳（long ears 与 long years 谐音）。

成语也好，谚语也好，传后既久，必须追溯历史背景，才能了解。例如 not a Chinaman's chance（毫无机会），原来是指十九世纪加州淘金正热，中国的移民也想跟进，却受美国人歧视，根本无缘得手。至于荷兰，曾为英国世敌，尤以十七世纪为然，所以许多坏事都编排给荷兰人去做，本书所列的 Dutch treat（各自付账，亦称 go Dutch, Dutch party 或 eat in Dutch street）与 Dutch uncle（严师畏友，苛以律人），正是历史背景与民族情绪引起。其他如 Dutch cheese（原意荷兰干酪，引申为秃头），Dutch comfort（谢天谢地，不算太糟），Dutch nightingale（字面是荷兰夜莺，实指青蛙），Dutch palate（荷兰口味，即口味低俗），Dutch reckoning（不分细目的总账），Dutch courage（酒后之勇），Dutch widow（妓女），Dutchman's headache（酒醉）等等，至少在二十条以上。数百年来，这些成语之中有些渐不流行，成为所谓"过时俚语"（historical slang）。

本书编者把一般渐趋冷门的谚语俚词，叫作 proverb，而把仍在流行的叫作 cliché。Cliché 一字，通常都作贬词，意为陈腔滥调，文章要有新意，应当知所避免。但是正如中文里的四字成语，若是不加滥用，仍能发挥润滑剂的功能，若是加以活用，或有所变化，更能推陈出新。例如笑人"不学无术"是正用，笑人"不学有术"却是翻案，倒用起来，就更深一层了。同样，"The sun also rises"语出《圣经》，有人世沧桑而天长地久之叹；海明威引为书名，《时代周刊》却改成"The son also rises"来嘲讽金日成培养儿子接班。又如中文的"天作之合"，英文叫 Marriages are made in Heaven。王尔德在《不可儿戏》中取笑婚姻，却反过来说成 Divorces are made in Heaven（天作之分）。足见成语格言虽为旧瓶，却可装新酒。今人文笔不济，往往绕圈子说了半天，抵不过一句四字成语。常见学生不肯或是不会用"见仁见智"，却冗赘其词，说什么"人们各有各的不同看法"。滥用成语固然失之滑利、笼统，但在一般文章之中全然不用成语，也失之冗赘、生硬。

许多习见惯用之语，出自众口，生动而又自然，一旦究其原意，溯其出典，就连专家也莫衷一是。例如"敲竹杠"或"吃醋"吧，究竟是怎么来的呢？"马马虎虎"一词，本身就十分暧昧，有人说应该是"猫猫虎虎"。其实我们口头的读音是"妈妈呼呼"，所以此词的来历实在成谜。英文的情况也一样，不少惯用语在本书中的诠释，尽管引经据典，也难有定论。不过本书搜罗丰富，释义简明，探本溯源也娓娓动人，无论临时参考或是平时赏阅，都能有所启迪。至于中译，当然难求天造地设，巧相呼应，不过成语总该言简意赅，令人印象深刻。例如"Abandon hope, all ye who enter here"一句，典出但丁，初稿译作："来到此地的人，放弃你们所有的希望吧。"原文只有七字，中译却长达十六字，实在松散乏力，不像名言。在我建议之下，改为"入此门者，莫存幸念。"就简洁多了。

一九九二年

《牛津高阶英汉双解词典》序言

　　享誉五百多年的牛津大学出版社，即使英语词典之编印，也已超过百年。在系衍族繁的牛津词典世家之中，最适合非英语国家的学生查用的一种，首推这部《Oxford Advanced Learner's Dictionary》（简称《OALD》）。

　　本书初版于一九四八年，由霍恩比（A.S.Hornby）主编，其后在一九六三年与一九七四年历经增订，读者日众，先后印刷五十九次。一九八九年由考伊（A.P.Cowie）主持增订，推出这广受欢迎的第四版。编者在序言里开宗明义就指出：《OALD》旨在解决外国学生研习英语所面临的特殊困难，若能善用，无论对其阅读或写作，均必大有裨益。第四版在前三版的坚实基础上精益求精，在语法、句型、例句各方面更为加强，并彻底修订了动词的分类，而且简化了成语、派生词、复合词等等的检寻。参与第四版编写工作的各行专家，多达四十余人；词典学者有十七人之众，已称鼎盛，甚至插图绘制也动员了十多位行家，可见专业之谨严，规模之庞大。

我使用本书的第四版已有年余，觉其编排紧凑，解析详尽，查阅省时，而例句之多，尤便于解惑释疑。要了解一字一词，与其个别释义，不如置于句中，用上下文的呼应来衬托，更加明了。这一点，林语堂先生最为强调。一般人常说查词典，如果有谁主张读词典，人必笑其迂阔。其实，好的词典不但要勤查，也应细读。当然不是整页整本地阅读，而是在查某字某词之际，应该把它所属的标题仔细读完，包括例句。英文往往一词数解，常用词的定义尤为繁复，初习者必须逐条耐心细读，若是只查了前面的一两条说明，便含糊接受，就会文不对题。像《OALD》这么精编详析的词典，每一则注释、每一个符号都有作用，不可草草放过。查词典，是学习英语必下的基本功夫。老师所教的毕竟有限，但词典所教的，却是无穷。

除了正文之外，本书前后的附录与图表等等多达百页，至为丰富，足见编辑小组为了方便读者，真是煞费苦心。这些附录都是"入境问俗"所必具,并非锦上添花、聊备一格。

初用本书的读者,至少应该将前面的音标、注解二表和简要的实用说明,细细阅读,并且时时重温。后面的图表也应常加参考,标点的用法尤应熟悉。

研究最为深入而设计最具匠心、最有条理的一大附录,是全书之末的详细说明。其中语法指南的部分尤为透彻,动词的句型更是条分缕析,三十二型的变化逐一道来,并详加举例,真是洋洋大观。读者真要善用此书,就应该耐心细看一遍,以后也应常常查阅,好在封底内页附有三十二型的动词模式表,可以一索即得。本书编者对读者的照顾体贴,已经无微不至,只等读者善加利用,努力自修了。

不过,使用本书的读者首应了解,这本词典针对的是当代英语[1]。如果他要解决的疑难,不属当代而是古代的英文,例如莎士比亚的剧本或米尔顿的史诗,那他就应去查别种词典。专就当代英语的解释与示范而言,则本书之规模与品质确乎出类拔萃。正如众多学者一样,我也深受其益,所以乐于推荐给广大读者。

《牛津高阶英汉双解词典》第四版中译翔实,对于初习者最为方便。读者如能英汉同时并比参阅,当可左右逢源，深入了解，则在查词典之余尚可兼学翻译，又添一种收获了。

一九九四年于高雄市国立中山大学

附　注

1. 此书原版全名为 *Oxford Advanced Learner's Dictionary of Current English*。

《朗文当代英汉双解辞典》序言

　　一般人常说"查辞典"，却很少人说"读辞典"。
辞典不比一般的书，本来不是给人从头读到尾的。可
是查辞典却是一门学问，会查的人不但查得快，查得
细，而且查得准：他的收获当然远多于一位生手。不
要看一本大辞典厚逾千页，里面的符号却是少一个都
不行，而那些"藏尾露头"的缩写，也一个都不可轻
易放过，更不提释义与例句了。例如 abound 这个字，
在《朗文当代英汉双解辞典》的辞条里，便是如此开
始：a·bound/ə'bound；ə'bavnd/v[I]fml。依次排来，
第一项是拼字兼分音节，第二项是音标，第三项是词
类，第四项是表示"不及物动词"，第五项则表示"正
式用语"；错过任何一项，对该字的了解就欠完整。

因此，一本辞典固然不必从头读到尾，但是每逢查一个字，却往往必须将该辞条通读一遍，而愈是常用的熟字愈有必要如此。例如 intimate 一字，在文法上有形容词、名词、动词三种身份，最常用的身份是当形容词，意为"亲密、亲近"，但除此之外尚有其他含意。多年前我和一位美国太太谈天，话题转到某位画家，我说：It seems you're quite intimate with him。不料她笑容顿失，脸色尴尬，言语嗫嚅，不知如何是好。我也愣住了。后来我才发现，这个字另有性的含意，不但可指昵友、腻友，甚至可指狎友。如果你查《朗文当代英汉双解辞典》，当会发现，此字作形容词时，其第二解为："providing or suggesting warm or private surroundings for making close（esp.sexual）relationships 造成亲昵气氛的：an intimate candlelit dinner for two 适于两人世界的一次烛光晚餐。"这已经不是我对那位美国太太使用此字的本意了。再往下看，其第五解竟是：[F（with）]euph having sex "婉"有性行为的："They were intimate three times." reported the policeman. "他们曾有过三次性关系。"警察报告说。一足见 intimate 一字用来形容男女的关系，必须慎重。也足见，查辞典不可蜻蜓点水，一掠而过，应该定下心来，细读全条。不少生字（甚至熟字）的含意，要看到最后数解才会明白，不是匆匆扫瞄前一两解就能找到。所以查辞典是一门学问、一大锻炼。

字，乃静态，句，却是动态。字要用在句子里，才有完整的生命。句可以说是字的生态环境：如果字是个人，句就是社会了。因此，死记生字、光查单字，只是开始，而非完成。曾见某大学教师的文章里有这么一句：

> Students today are luckily confronted by the large quantity of critical Studies that have been attributed to Spenser in English. However, no single Volume is written in Chinese for students who would like to familiarize with the great achievements of Spenser.

这位教师的英文程度显然不低，只可惜他对许多字眼的用法一知半解，并无把握，因此用来似是而非。例如 confront 这个动词，若查《朗文当代英汉双解辞典》，可得二解："1. to face bravely or threateningly 勇敢地面对；对抗；正视；遭遇：They have confronted the problem of terrorism with great determination，他们以极大的决心对付恐怖活动问题。

2. to be faced with and have to deal with；meet 面临；遇到：He prepared answers for the questions he expected to confront during the interview。他为这次访谈中可能面对的问题准备好了答案。"作者原意是："今日的学生幸有许多用英文写的研究史宾塞的评论著作。可是却无一本是用中文写成，以助学生认识史宾塞伟大的成就。"足见 confront 用在此地格格不入。同时，attribute 当为 contribute 之误，会令读者误会那些评论是史宾塞自己所写。至于 familiarize with，也用得不对，因为《朗文当代英汉双解辞典》说得很清楚，此字乃 "v［T（with）］to make（someone，esp.oneself）well informed（about）使熟悉，使通晓：You should familiarize yourself with the rules before you start to play the game。你在开始玩这游戏之前，先要熟悉比赛规则。"如果作者查过辞典，就应知道这个字是反身及物动词，不会把它用成不及物动词了。

仅此一端，当知辞典为用之大。朗文版这部大辞典的好处，当然不限于此。希望读者能细查勤用，日日请益，则英文读写的能力，必然大有进境。

一九九六年八月于高雄西子湾

447

附 录

受序著作出版概况

方娥真 著　《娥眉赋》，台北四季出版公司，一九七七年
　　　　　　十二月初版。

敻 虹 著　《红珊瑚》，台北大地出版社，一九八三年八
　　　　　　月初版。

林 彧 著　《梦要去旅行》，台北时报文化出版公司，
　　　　　　一九八四年七月初版。

钟 玲 著　《芬芳的海》，台北大地出版社，一九八八年
　　　　　　一月初版。

温健骝 著　《苦绿集》，台北允晨文化公司，一九八九三
　　　　　　月台湾初版。（此书前身《温健骝卷》
　　　　　　一九八七年由香港三联书店初版。）

陈义芝 著　《新婚别》，台北大雁书店，一九八九年九月
　　　　　　初版。

焦 桐 著　《失眠曲》，台北尔雅出版社，一九九三年
　　　　　　十二月初版。

斯 人 著　《蔷薇花事》，台北书林出版公司，一九九五
　　　　　　年五月初版。

王一桃 著　《诗的纪念册》，香港雅苑出版社，一九九六年一月初版。

梁锡华 著　《挥袖话爱情》，台北九歌出版社，一九八一年七月初版。

保 真 著　《孤独的旅人》，台北纯文学出版社，一九八六年九月初版。

陈幸蕙 著　《黎明心情》，台北尔雅出版社，一九八八年二月初版。

陈 煌 著　《人鸟之间》（冬春篇），台北光复书局，一九八九年三月初版。

董崇选 著　《心雕小品》，台北跃升文化公司，一九九〇年四月初版。

孙玮芒 著　《忧郁与狂热》，台北三民书局，一九九二年一月初版。

潘铭燊 著　《小鲜集》，香港枫桥出版社，一九九五年一月初版。

金圣华 著　《桥畔闲眺》，台北月房子出版社，一九九五年一月初版。

梁实秋 著　《雅舍尺牍》——梁实秋书札真迹（余光中·痖弦·陈秀英合编），台北九歌出版社，一九九五年六月初版。

李元洛　著　《凤凰游》，台北三民书局，一九九五年十月初版。

李永平　著　《吉陵春秋》，台北洪范书店，一九八六年四月初版。

彭镜禧、夏燕生　译著　《好诗大家读——英美短诗五十首赏析》，台北书林出版公司，一九八九年三月初版。

梁宗岱　译　《莎士比亚十四行诗》，台北纯文学出版社，一九九二年五月初版。

楚戈　绘　《楚戈作品集》，台北采诗艺术公司，一九九一年初版。

郑浩干　绘　《郑浩千画集》，马来西亚吉隆坡中央艺术学院，一九八五年初版。

刘国松　绘　《刘国松六十回顾展》，台中台湾省立美术馆，一九九二年九月初版。

痖弦　总编辑　《提灯者》（联副三十年文学大系·散文卷），台北联经出版公司，一九八一年十月初版。

罗门、张健　主编　《蓝星诗选》，台北九歌出版社，一九八六年六月初版。

余光中　编　　《秋之颂》(梁实秋先生纪念文集),台北九歌出版社,一九八八年一月初版。

余光中　总编辑　　《中华现代文学大系:台湾(一九七○ ～ 一九八九)》,共十五册,台北九歌出版社,一九八九年五月初版。

张默、萧萧　合编　　《新诗三百首》(一九一七 ～ 一九九五》,共二册,台北九歌出版社,一九九五年九月初版。

李伟仁、卢秀沼　编辑　　(原著 James Rogers)《美语口语辞典》(原书 *The Dictionary of Cliches*),台北旺文出版社,一九九三年一月初版。

李北达　编辑　　(原著 A.C. Hornby)《牛津高阶英汉双解词典》(第四版)(原书 *Oxford Advanced Learner's English-Chinese Dictionary : Fourth Edition*),香港牛津大学出版社,一九九四年出版。

Sir Randolph Quirk　《朗文当代英汉双解辞典》(原书 *Longman English-ChineseDictionary of Contemporary English——New Edition*),香港朗文出版亚洲有限公司,一九九六年出版。

图书在版编目（CIP）数据

井然有序 / 余光中著. — 上海：上海三联书店，2019.3

ISBN 978-7-5426-6575-1

Ⅰ．①井… Ⅱ．①余… Ⅲ．①序跋—作品集—中国—当代 Ⅳ．①I267

中国版本图书馆CIP数据核字(2018)第276253号

井然有序

著　　者 / 余光中

责任编辑 / 朱静蔚

特约编辑 / 李志卿　丁敏翔

装帧设计 / 微言视觉工坊 ｜ 阿　龙　苗庆东

监　　制 / 姚　军

责任校对 / 田　雪

出版发行　上海三联书店

　　　　　(200030) 上海市徐汇区漕溪北路331号中金国际广场A座6楼

邮购电话 / 021-22895540

印　　刷 / 山东临沂新华印刷物流集团有限责任公司

版　　次 / 2019年3月第1版

印　　次 / 2019年3月第1次印刷

开　　本 / 787×1092　1/32

字　　数 / 250千字

印　　张 / 14.75

书　　号 / ISBN 978-7-5426-6575-1 / Ⅰ·1478

定　　价 / 68.00元

敬启读者，如发现本书有印装质量问题，请与印刷厂联系0539-2925680。